W0284711

Sven Borstelmann

Behalte den Spatzen im Auge

Umschlaggestaltung: Christina Eiling, Kaufungen, unter Verwendung der Fotos: »Interessierter Spatz« von LioTou und »Wunderschöner Wolkenhintergrund« von fovito – stock.adobe.com
Gesamtherstellung: EDV+Grafik, Kaufungen
ISBN 978-3-00-064916-5

Das Buch kann über den Autor, e-mail: svenborstelmann2@gmx.de oder den Buchhandel erworben werden.

Die Pforten der Wahrnehmung
Prolog

Der Stimmenpegel senkte sich abrupt, als eine kleine Mittfünfzigerin mit graumeliertem Kurzhaarschnitt in pinkem Blazer und kurzem, schwarzen Rock an das Rednerpult trat. Sie hob ihre an einem Kettchen hängende Lesebrille auf die Nasenspitze, schaute erst in die Runde, dann noch einmal auf ihr Manuskript und begann.

»Meine sehr geehrten Damen und Herren, liebe Kunstfreunde und Pressehyänen«, damit hatte sie gleich die Lacher aller, auch der Vertreter der regionalen Zeitungen auf ihrer Seite, »ich begrüße Sie von Herzen zu unserer heutigen Vernissage. Sie werden sich ebenso wie ich gefragt haben, was Fotos von todkranken Menschen und psychedelische Malerei aus Mexiko miteinander zu tun haben. Nachdem ich mir die Exponate angesehen habe, frage ich mich das nicht mehr und vermute, viele von Ihnen auch nicht, wenn Sie nachher angeschickert nach Hause schwanken. *Die Pforten der Wahrnehmung* ist der Titel unserer Doppelausstellung, den wir von Aldous Huxley geklaut haben. Was nehmen wir wahr, wenn wir psychedelische Drogen zu uns nehmen, was nehmen wir wahr, wenn wir allmählich die Pforte zum Tod durchschreiten? Huxley beschrieb seine Mescalinerfahrungen, und wenn ich mich so umschaue«, sie blickte schmunzelnd einmal quer durch den Raum, »könnte wahrscheinlich auch so mancher der Anwesenden seine Erlebnisse mit Drogen zum Besten geben.«

Sie machte eine kurze Pause. »Mehr möchte ich gar nicht sagen, nur noch eine kleine Bombe hochgehen lassen. Sie hängt da vorne«, sie zeigte zur Stirnseite des Raums, an der ein einziges Bild hing, das mit einem roten Seidentuch verhüllt war. »Die Gerüchteküche hat im Vorfeld schon mächtig gebrodelt, und ja, am Ende der Einführung werden wir in der Tat einen bisher unbekannten Garcia Hernandez enthüllen! Fragen Sie mich nicht, wie und wo Karl Brodersen, der Kurator unserer Ausstellung, den nun wieder aufgetrieben hat, auch mir gegenüber hat er nur vage Andeutungen gemacht. Aber ich bin unglaublich stolz, dass er in meiner Galerie zum ersten Mal der Öffentlichkeit gezeigt wird. Er ist übrigens unverkäuflich.«

Mehr als nur ein Raunen ging durch die Zuhörer und es war offensichtlich, dass mehrere Gäste mit sich rangen, ob sie sich gleich von ihren Plätzen zu dem Bild begeben oder doch lieber der Etikette folgen und das Ende des offiziellen Teils abwarten sollten. Ein Räuspern vom Rednerpult holte die Aufmerksamkeit der Anwesenden zurück.

»Ich wünsche, dass Sie sich alle einen persönlichen Eindruck von diesem ungewöhnlichen Ausstellungsmiteinander von realem Foto und surrealem Ölbild verschaffen, bitte Sie aber, zunächst Professor Heinrich Middelhoffs eloquenten Würdigungen der Fotografin und des Kurators dieser Ausstellung zu lauschen.«

Lauter Beifall umbrandete die beiden, als Sylvia Weitkamp, die Inhaberin der renommierten Kieler Galerie des Nordens, mit Middelhoff die Plätze tauschte und ihm im Vorbeigehen etwas zuraunte.

Middelhoff beschwerte sich zunächst, dass seine Vorrednerin ihm mit ihrer Ankündigung die eigentlich ihm zustehende Aufmerksamkeit geraubt habe, aber zum Glück sei er ja nicht eitel. Außerdem gehe es hier doch wohl auch um Tanja Schneider und Karl Brodersen. Er habe deren künstlerischen Werdegang von den frühen Anfängen an hautnah verfolgt, schließlich hätten beide an seiner Kunsthochschule studiert. Tanja sei eine in jeder Hinsicht begnadete Fotografin, die ein besonderes Talent für außergewöhnliche Perspektiven und Stellungen habe.

»Seitdem er den Ruf nach Basel bekommen hat, kriegt er keinen mehr hoch, egal in welcher Stellung«, meinte Tanja trocken zu Karl, während Middelhoff Karl als einen exzellenten Kenner der mexikanischen Malerei, als Spürhund mit unglaublichen Kontakten und den charmantesten Strippenzieher südlich von Spitzbergen bezeichnete. Er ergänzte: »Karl Brodersen hat etwas von einem Mystiker und ist doch von dieser Welt. Er redet nicht viel, das scheint ihn ungeeignet für den Kunstbetrieb zu machen. Aber er ist nicht nur bezaubernd, er kann tatsächlich zaubern, ich habe es selbst mehrmals erlebt. Was viele wahrscheinlich nicht wissen, ist, dass er zudem selber ein hochtalentierter Maler ist.«

Als Middelhoff zum Ende kam, war die Galeristin neben ihn an das Pult getreten, nahm ihm das Mikrofon aus der Hand und sagte: »Ich bitte noch um ein paar Minuten Aufmerksamkeit, bevor wir gleich den eigentlichen Star dieser Ausstellung freigeben und sich alle auf den Weg zum Buffet machen. Ich hatte Karl gebeten, ein paar Worte an Sie zu richten, aber er hat sich etwas anderes überlegt. Bitte, Karl, die Bühne gehört dir.«

Karl griff sich seine an der Wand lehnende Gitarre, ging nach vorne und nahm auf einem Barhocker Platz. Er schaute in die Runde, zwinkerte Momo zu, die mit einer Hand andeutungsweise winkte, und lächelte in die Stuhlreihe, in der neben dieser seine Eltern, seine Schwester Rosa und sein Freund Björn saßen.

»Der Originaltitel von Huxleys Buch hieß *The doors of perception* und war namensgebend für eine allseits bekannte Band«, sagte Karl, schloss seine Augen, spielte zunächst das Intro und begann dann zu singen:

»You know the day destroys the night,
night divides the day,
tried to run, tried to hide«

Schon bei den ersten Worten klatschten einige der Gäste und in den Refrain stimmten all diejenigen mit ein, die den Doors-Song kannten:

»Break on through to the other side!«
»We chased our pleasures here,
dug our treasures there,
but can you still recall the time we cried.
Break on through to the other side!«

Während der Beifall für die Darbietung abebbte, ging die Deckenbeleuchtung aus. Für einige Sekunden war es stockdunkel, dann ging ein einzelner Scheinwerfer an. Er war auf das verhüllte Bild gerichtet, daneben stand die Galeristin. Sie erhob mit einer Hand ein Sektglas, mit der anderen zog sie das Tuch weg und rief in den Raum: »Tiendas de dulces – Süße Geschäfte.«

Das Gemälde war groß, fast quadratisch. Es zeigte eine nächtliche Szene an einer blutroten Meeresbucht. Im Vordergrund waren Hunderte von fein gezeichneten Ameisen zu sehen, die auf ihren Köpfen metallisch glänzendes Zuckerrohr über einen düsteren, sandigen Strand und eine Holzplanke in ein großes Ruderboot trugen. In dem mit groben, dunkelbraunen Strichen hingeworfenen Boot stand ein Soldat mit einem silbernen Harnisch. Statt eines Helms trug er eine Baseballkappe mit Mars-Logo auf dem Kopf, in einer Hand hielt er eine schwarze Peitsche, während er mit gelangweiltem Gesichtsausdruck über die Bordkante pinkelte. Im Hintergrund der Bucht war ein gräuliches Konquistadoren-Schiff zu sehen, über dem eine Mondsichel fahles Licht warf. Aus einer violetten Wolke regnete es verfaulte Zähne.

Kurze Zeit später war Karl bereits von einer Menschentraube umringt. Einsilbig beantwortete er einige der auf ihn eintrommelnden Fragen, verwies, wenn nur irgend möglich, an Tanja und Sylvia, lächelte geduldig in einige Fotoapparate und vertröstete Journalisten. Nach zehn Minuten entschuldigte er sich und eilte zu dem Stehtisch, um den sich Momo, seine Familie und Björn gruppiert hatten. Seine Mutter schloss ihn in die Arme, schaute ihm ins Gesicht und schüttelte den Kopf. »Lass uns anstoßen!« Momo reichte Karl ein Glas Mineralwasser.

»Die Chefverkäuferin hat immerhin Humor, aber sonst, naja, nicht meine Welt«, brummte Karls Vater. »Und ist Strippenzieher eigentlich ein Beruf? Mystiker, Zauberer? Das ist mir alles zu«, er hob die Arme, spreizte die Finger beider Hände, wedelte leicht mit ihnen, ließ seinen Satz aber unvollendet. »Björn, du bist doch ein vernünftiger Junge, ist das noch ehrliche Arbeit? Mit der man sich«, er schaute sich um, »Champagner, Lachshäppchen und Parkettboden leisten kann?«

»Solange die Steuern bezahlt werden, wahrscheinlich ja«, antwortete Björn, der vor kurzem sein Jurastudium abgeschlossen hatte, und knuffte Karl an die Schulter, der ihm daraufhin eine Erdbeere aus der kleinen, auf dem Tisch stehenden Obstschale zuwarf.

»Was gibt es denn bei den Feierlichkeiten in Björns Kanzlei so zu essen und trinken oder in Rosas Medizinerkreisen?«, warf Karls Mutter ein. »Käsestullen und Apfelsaft? Ist eben eine andere Zeit. Ich bin froh, mal aus dem Mief unserer Siedlung herauszukommen, und der Schampus schmeckt.«

Rosa schenkte allen nach. »Hat irgendeiner der Anwesenden tatsächlich die Hoffnung gehabt, dass mein Bruder sein Brot jemals mit ehrlicher Arbeit verdienen wird?« Sie schaute die anderen an. »Seht ihr? Prost!« Unter allgemeinem Gelächter stießen sie erneut miteinander an.

»Vielleicht hat der Professor ja unrecht, und Karl ist eben doch nicht von dieser Welt«, sagte Momo.

»Diese Welt braucht ihn aber nun gerade mal«, meinte Sylvia Weitkamp, die zu ihnen getreten war. »Karl, ich möchte dich kurz entführen.«

Sie lotste ihn quer durch die Eingangshalle zu einem Nebenraum. »Morten Hecklund ist einer meiner besten Kunden. Als Mensch nicht ganz einfach, aber stinkreich, ein wahrer Kunstkenner und gut in der skandinavischen Szene vernetzt. Sei nett zu ihm!«

Sylvia machte Karl mit Hecklund und dessen Frau Britta bekannt, zog dann aber gleich wieder mit einem bedauernden Achselzucken weiter. Hecklund war groß, schlank, schätzungsweise Ende fünfzig, hatte strohblonde Stoppelhaare, ein kantiges Gesicht und eine Narbe auf der Stirn. Seine Frau war deutlich jünger und kleiner, ebenfalls schlank, ihr smaragdgrünes Kleid passte ausgezeichnet zu ihren dunkelblonden Haaren. Sie hatte Grübchen, wenn sie lächelte.

»Karl, ich darf Sie doch so nennen, und sagen Sie bitte Morten zu mir, ich hoffe sehr, dass sich die jahrelange, gute Zusammenarbeit zwischen mir und diesem Hause auch bezüglich der von Ihnen kuratierten Ausstellung fortführen lässt.«

»Das ist auch mir ein großes Anliegen, Morten. Hatten Sie schon die Gelegenheit, sich ein wenig umzuschauen?«

»Die Fotos habe ich ignoriert, ich habe in meinem Leben schon genug lebende Leichen gesehen. Die Mexikaner sind gut, aber nicht sehr gut. Ich werde wahrscheinlich zwei oder drei von ihnen kaufen. Wirklich interessieren tut mich einzig der Garcia Hernandez, ein Prachtexemplar.«

»Sie sagen es.«

»Sie haben sehr schön gesungen«, schaltete Hecklunds

Frau sich ein, »was für eine originelle Idee. Sie scheinen multitalentiert zu sein.«

»Vielen Dank, es freut mich, dass es Ihnen gefallen hat. Ich komme in letzter Zeit viel zu selten zum Gitarrespielen.«

»Wirklich unverkäuflich?« Die Fingerspitzen von Hecklunds rechter Hand veranstalteten einen leisen Trommelwirbel auf der Lehne seines Sessels.

Karl nickte bedauernd.

»Alles ist eine Frage des Preises.« Der Norweger beobachtete ihn genau.

»Für mich nicht«, antwortete Karl und blickte seinem Gegenüber fest in die Augen.

Hecklunds Gesichtsausdruck wechselte von einem Moment zum nächsten von kühl und ernst zu warmherzig lächelnd. »Sie haben Prinzipien und Standfestigkeit. Das gefällt mir.«

»Sie sind sehr freundlich.«

»Ich habe auch Prinzipien und eines davon lautet, wenn ich etwas haben will, tue ich alles, um es zu bekommen. So leicht werden Sie mich nicht los, spätestens zur Kieler Woche bin ich wieder da. Jetzt gehen Sie mal zur Meute zurück, Sie werden bestimmt schon sehnsüchtig erwartet. Hat mich gefreut.«

»Ganz meinerseits.«

Britta sagte zum Abschied: »Sie gefallen mir. Die Bilder.«

Auf dem Weg zurück in den Hauptausstellungsraum verstärkten sich die Kopfschmerzen, die Karl schon den ganzen Tag geplagt hatten. Er krümmte sich zusammen und legte sich erst beide Hände auf den Kopf, dann trommelte er mit ihnen gegen die Wand. Zum Glück war der Eingang zur Herrentoilette gleich rechts neben ihm im Gang und er schleppte sich mühsam durch die Tür. Er ging zum Waschbecken, drehte den Kaltwasserhahn auf und steckte seinen Kopf darunter. Dann schnappte er sich das Handtuch, ging durch die Zwischentür und ohne sich umzusehen in eine der Kabinen. Dort klappte er den Deckel herunter, setzte sich und atmete mehrmals tief durch. Ähnliches war ihm letzte Woche schon einmal beim Frühstück und einmal bei einem nächtlichen Spaziergang passiert. Als es allmählich besser wurde, schüttelte er sich, stand auf, trocknete sich notdürftig die Haare und verließ den Raum.

»Da kommst du endlich«, rief seine Mutter ihm zu. »Dein Vater sitzt schon im Auto, er muss doch morgen wieder so früh raus.«

Rosa inspizierte ihn. »Hast du in der Zwischenzeit geduscht? Alleine?«, neckte sie ihn und bekam dafür von ihrer Mutter einen Ellenbogen in die Seite. »Ich zische übrigens auch ab und nehme Björn mit nach Hamburg.« Sie wuschelte ihm zum Abschied durch die Haare, Björn hob die linke Hand ans Ohr als Zeichen, dass sie telefonieren würden.

Momo schaute Karl besorgt an. »Geht es dir nicht gut?«

»Nur mal kurz geschwächelt, geht schon wieder. Fahr du ruhig mit meinen Eltern, ich kann hier sowieso noch nicht weg.«

Middelhoff und Tanja kamen beschwingt, beide mit einer ungeöffneten Sektflasche in der Hand auf sie zu. »Genug repräsentiert, es leert sich eh«, Middelhoff schwenkte seinen Autoschlüssel. »Wir fahren schon mal vor zu Sylvias Datscha, ihr kommt nach, intime Après-Party.«

Karl warf einen Seitenblick auf Momo, die etwas unschlüssig, aber noch in Hörweite herumstand. Er nickte ihnen zu und wollte sich wieder an Momo wenden, aber die war schon unterwegs Richtung Ausgang. Er sah ihr nach und biss sich auf die Lippen.

»Warte, Momo! Ich komme doch mit!« Er schnappte sich seine Jacke, eilte kurz zu Sylvia, um ihr mitzuteilen, dass er jetzt nach Schleswig fahren werde. Sie reagierte verärgert. Ihm war das egal.

Teil I

Proletarischer Einkauf

Aus der Küche waren das Geklapper von Töpfen, auf- und zugehende Schranktüren und das Zischen von Fett zu hören. Durch die Wohnzimmertür drangen Stimmen der Fernsehnachrichten.

Karl, der gerade von einer Schul-AG kam, zog die Turnschuhe aus, hängte seine schwarze Kapuzenjacke an die Garderobe und machte ein paar Schritte durch den schummrigen Flur, dessen niedrige Decke immer dazu führte, dass er instinktiv den Kopf einzog. Durch die Glasscheibe der Küchentür betrachtete er seine Mutter, die gerade eine Zwiebel klein hackte und anschließend mit der stumpfen Seite des Messers in die Pfanne zu den Frikadellen schob. Als sie aufschaute, streifte ihr Blick die Tür, sie zuckte kurz zusammen, dann erfasste ein Lächeln ihr Gesicht. Sie wischte sich die Hände an ihrer Schürze ab, öffnete die Tür, zog Karl in die enge Küche und schloss die Tür gleich wieder.

»Sonst riecht man das Essen in der ganzen Bude. Musst du mich denn immer so erschrecken!« Sie streckte sich, umarmte ihn und er drückte sie fest an sich. »Willst du mitessen?«

»Momo kocht nachher noch Spaghetti.«

»Seitdem du in deiner Wohngemeinschaft lebst, ist dir Mutters Essen wohl nicht mehr gut genug.«

Er legte seine schlaksigen Arme zart auf ihre Schultern, zwinkerte ihr zu und klang verschwörerisch: »Ich wollte dir eigentlich nur kurz, na du weißt schon …«

»Nachher. Gieß mal die Kartoffeln ab. Ach was, begrüße besser erst mal deinen Vater.«

Karl ging ins Wohnzimmer. »Moin.«

Wie meistens am frühen Abend lag sein Vater auf dem Sofa. Ohne den Blick zu heben, sagte er mit erregter Stimme, zu der er seine Faust schüttelte: »Der Stoltenberg ist und bleibt ein Verbrecher, egal mit welchem Colgategrinsen er uns seine Zumutungen verkaufen will!«

»Der ehrwürdiger Landesvater meint es doch nur gut mit uns.«

Jetzt schaute sein Vater doch hoch. »Junge, das ist nicht witzig! Der ist ein knallharter Interessenvertreter des Kapitals. Der Mann muss weg!«

»Eine Sache für die RAF?«

»Keine Frechheiten!«

»Na, deine Gewerkschaft wird es schon richten.«

Sein Vater schnaubte verächtlich. »Die kannst du genauso in der Pfeife rauchen wie die Sozis. Und diese Grünen, die ihr Jungspunde so toll findet, wollen doch bloß die Wale schützen. Aber die Klassengegensätze sind der Hauptwiderspruch, das ist doch klar wie Kloßbrühe!«

»Vielleicht sind Parteien überhaupt nicht die Antwort.«

»Da könntest du Grünschnabel ausnahmsweise mal Recht haben. Wir müssen die Köpfe der Arbeiter erreichen!«

»Vielleicht sollten wir eher die *Herzen* erreichen. Und nicht nur die der Arbeiter.«

»Romantisches Geschwafel! Wenn du mit der Schule fertig bist, dann geht der Ernst des Lebens erst richtig los. Du wirst schon sehen, wie schwer es ist, sich im Kapitalismus über Wasser zu halten.«

»Ich halte mich auch jetzt schon alleine über Wasser und ich werde mich bestimmt nicht in einer Fabrik kaputt schuften und auch noch mitten in der Nacht die blöde Lokalzeitung austragen. Oder, wie Mama, für einen Hungerlohn in der Klapsmühle putzen gehen.«

Karls Vater hustete.

»Heinz, du sollst dich nicht aufregen, hat der Arzt gesagt. Und du«, Karls Mutter stand in der Wohnzimmertür und zeigte auf ihren Sohn, »deckst bitte mal den Tisch.« Sie ging zum Sofa, schnappte sich die Fernbedienung und schaltete den Fernseher aus. »Und keine Politdiskussionen beim Essen!«

»Ich muss noch etwas Platz lassen, sonst ist Momo nachher enttäuscht«, sagte Karl zu seiner Mutter, die ihm einen Nachschlag anbot. »War aber wie immer sehr lecker.«

Das Telefon klingelte.

»Nicht für mich«, sagte Karls Vater mit Blick auf die Wanduhr, putzte sich den Mund am Ärmel seines Flanellhemdes ab, schlurfte zum Sofa und streckte den Arm zur Fernbedienung aus.

Währenddessen hatte Karls Mutter den Hörer abgehoben: »Brodersen.« Ihre Gesichtszüge hellten sich auf. »Ach, Rosa, das ist aber schön, dass du dich mal wieder meldest! Karl ist auch gerade zu Besuch. Wie geht es dir?« Sie lauschte in den Hörer. »Heinz, Rosa fragt, ob du auch regelmäßig deine Medikamente nimmst.«

Die Hand ihres Mannes wedelte genervt durch die Luft. »Erst hören sie nicht auf einen, dann widersprechen sie einem ständig, und kaum sind sie aus dem Haus, behandeln sie einen, als ob man selber ein Kind wäre!« Richtung Telefon rief er: »Alles prima bei mir, angehende Frau Doktor! Sei schön fleißig, Schätzchen!« Dann sah er seine Frau an, zeigte demonstrativ auf die Uhr und machte mit seiner schwieligen Pranke den Fernseher an.

»Dein Vater muss sich gerade wieder das Unheil auf der ganzen Welt anschauen, ich nehme den Apparat mal mit in die Küche.«

Karl räumte den Tisch ab, während sein Vater dem Moderator des *Auslandsjournals* an den Lippen hing. Als er in die Küche kam, stand seine Mutter mit zwischen Kinn und Schulter eingeklemmtem Telefon lachend an der Spüle und ließ heißes Wasser aus dem Boiler in das Becken. »Du weißt doch, wie er ist. Aber Unkraut vergeht nicht. Dein Bruder steht gerade neben mir, willst du ihn sprechen?« Karl signalisierte ihr, dass er jetzt dringend gehen müsse und wedelte mit einem Zettel vor ihrem Gesicht.

»Rosa, eines der vielen Probleme mit Männern ist, dass sie nie Zeit haben, sich mit uns Frauen zu unterhalten. Karl will los, ich rufe dich in ein paar Minuten zurück.«

Sie nahm ihm den Zettel aus der Hand und überflog ihn. »Was soll denn der Gulasch auf der Liste? Wir drehen dieses Ding doch nicht zum ersten Mal. Und frischer Gulasch geht nu mal nicht, weil der doch aufs Gramm genau abgewogen wird.«

»Geht eben doch. Auf dem Werbezettel stand als Angebot der Woche: »Schweinegulasch, abgepackt, 500 g, 2,99.«

»Na dann nehme ich auch gleich zwei davon! Und was wollt ihr mit Tequila?«

»Ich gar nichts, wie du weißt. Aber Rita ist auf eine Party eingeladen.«

»Also gut. Dann eben auch Tequila.« Seine Mutter ging die Liste weiter durch. »Der Rest geht auch klar. Ich komme morgen gegen halb elf bei euch vorbei. Wenn wir dann da sind, ist der Laden schön voll. Grüß Momo bitte von mir!«

Karl küsste seine Mutter zum Abschied auf die Wange, ging noch mal ins Wohnzimmer, hob den rechten Arm zum sozialistischen Gruß und rief seinem Vater ein kerniges »Freundschaft!« zu.

Draußen vor dem Wohnblock grüßte er Nachbar Becher, der gerade seine Begonien auf dem Balkon im ersten Stock goss, und schwang sich auf sein Fahrrad. Von der Königsbergerstraße bis zum Rathausmarkt ging es die meiste Zeit bergab, er brauchte keine zehn Minuten.

Vor knapp drei Monaten war er ausgezogen und hatte mit Björn, Rita und Lulu, der eigentlich Ludwig hieß, die erste Schleswiger Wohngemeinschaft gegründet, was nicht nur an seiner Schule für reichlich Gesprächsstoff gesorgt hatte. Neulich wollte sogar die Lokalzeitung über sie berichten, aber das wurde nach ausgiebiger Diskussion am Küchentisch abgelehnt, wobei Karl als Einziger dafür gestimmt hatte. An die Wohnung waren sie über Lulus Vater gekommen, der Immobilienmakler war und das Haus bei einer Zwangsversteigerung billig erworben hatte. Er wollte es von Grund auf sanieren und dann teuer verkaufen, aber zum Glück erst im nächsten Jahr. Eigentlich war das Haus in dem Zustand gar nicht mehr vermietbar, aber Lulus Vater hatte wohl die täglichen Auseinandersetzungen mit seinem Sohn so satt, dass er ihm anbot, dort mietfrei zu wohnen. Der wiederum mutmaßte, dass es seinem Vater hauptsächlich darum ging, die Bruchbude nicht noch ein Jahr vor sich hin rotten zu lassen, und ihm da anspruchslose Bewohner ganz gelegen kamen. Als Lulu ihn gefragt hatte, ob er mit einziehen wolle, hatte Karl noch am gleichen Tag zugesagt. Sie kannten sich von der Schule und hatten sich schon immer gemocht. Lulu war mit Fachhochschulreife abgegangen und machte jetzt Zivildienst im Krankenhaus. Weil er oft Schichtdienst hatte, traf man ihn allerdings – vor allem, seitdem er mit Anita zusammen war – nur selten in der WG an.

Björn und Rita waren auch gleich begeistert gewesen, allerdings mussten beide erst noch einige Gespräche mit ihren Eltern führen, bis sie schließlich ein Okay erhielten. Karl dagegen hatte seine Eltern nur beiläufig über seine Pläne informiert. Sein Vater sagte nur: »Jahrelang war die Wohnung zu klein, jetzt wird sie zu groß«, und auf Nachfrage, was das heißen solle, »ist mir recht« geantwortet. Seine Mutter hatte mit feuchten Augen gesagt: »Erst Rosa und jetzt du so schnell hinterher«, und dann unmissverständlich klar gemacht, dass sie dort ganz bestimmt nicht putzen werde.

Fast die gesamten Osterferien hatten sie zusammen renoviert, Küchengeräte geschnorrt und Möbel aus dem Sperrmüll gezogen, vor allem aber viel Dreck und Müll entsorgt. Über die Zimmerverteilung waren sie sich schnell einig geworden. Lulu hatte das größte Zimmer erhalten, Rita das mit dem tollen Kachelofen, Björn hatte freiwillig angeboten, das kleinste zu nehmen, das dafür aber viel Tageslicht bekam. Karl hatte früh mitgeteilt, dass er gerne in den Raum unter dem Dach ziehen würde, der zwar dunkel und kaum warm zu kriegen war, außerdem diverse Balken in Kopfhöhe hatte, an denen Karl sich öfters stieß, aber eben auch eine Gaube mit einem wundervollen Blick über die Dächer der Altstadt auf den imposanten St. Petri Dom. In die Gaube hatte er ein Holzpodest gezimmert und es mit einer ausrangierten Turnmatte, einer Wolldecke und diversen Kissen ausstaffiert. Wenn ihm nach alleine sein war, verzog er sich gerne dorthin, spielte Gitarre, las oder schaute stundenlang in den Himmel.

Mit einem Wanddurchbruch, über den Lulus Vater zunächst nichts wissen durfte, hatten sie eine geräumige und gemütliche Wohnküche geschaffen. Das Badezimmer war allerdings ein düsterer Schlauch, der sich trotz diverser Anstrengungen einer Verschönerung widersetzte, außerdem hartnäckigen Schimmel an der Decke hatte und einen antiken Badeofen, der Stunden vorher angeheizt werden musste. Sonntag war Badetag, die Reihenfolge wurde jedes Mal vorher ausgelost, was Björn ungerecht fand. Er hatte einen Rotationsplan gewollt, war aber überstimmt worden. Die jeweils zuerst Badenden mussten sich ausgiebige Ermahnungen anhören, ja nicht zu viel vom heißen Wasser zu verbrauchen, und die gelegentlichen spitzen Schreie des letzten, für den es mal wieder nicht gereicht hatte, führten anschließend zu geheuchelten Beileidsbekundungen und ausufernden gegenseitigen Schuldzuweisungen, die meistens in allgemeinen Lachanfällen endeten.

Nachdem Karl die Haustür aufgedrückt hatte – ein Schloss gab es nicht –, schallte ihm durch das Treppenhaus *Stayin' alive* entgegen. Er ging die halbe Treppe hoch, wobei die Dielen altersschwach ächzten, und öffnete die Tür zur Wohnküche. Momo stand am Herd und rührte in einem Topf, Rita saß Knoblauch schälend und fröhlich vor sich hin wippend am Küchentisch, während Björn sich mit genervter Miene auf dem Sofa lümmelte und ein Buch las. Als er Karl in der Tür stehen sah, rief er: »Meine Rettung naht!«, und warf ihm einen Apfel aus der Obstschale zu, den Karl auffing und in einer fließenden Bewegung umgehend zurückwarf.

»Die Bee Gees waren schon vor zehn Jahren scheiße«, sagte Karl, bereits auf dem Weg zum Plattenspieler.

»Genau! Und bei Musik hört die Toleranz auf«, pflichtete Björn ihm bei.

»Wage es!« Rita stellte sich vor die Musikanlage, funkelte ihn durch ihre Nickelbrille an, schüttelte ihre kastanienbraunen Korkenzieherlocken und fuchtelte mit dem Küchenmesser.

»Keine Gewalt!« Karl hob die Arme.

»Keine Zwangshippisierung unserer Musikanlage. Nicht immer nur Bowie, Velvet Underground und die Doors. Das hier ist doch endlich mal was Flottes zum Schunkeln! Momo findet das übrigens auch gut.«

Karl schaute irritiert Richtung Herd. Als von Momo keine Reaktion kam, rief er: »Sag, dass das nicht wahr ist!« Sie zuckte nur mit den Achseln.

Momo wohnte zwar nicht in der WG, war aber ein fast täglicher Gast und im Laufe der Wochen so etwas wie der gute Geist der WG geworden. Sie redete nicht viel, hatte aber immer ein offenes Ohr für die anderen, was ihr auch ihren Spitznamen eingebracht hatte. Eigentlich hieß sie Monika. Meist saß sie auf dem Sofa, eine Teetasse vor sich und strickte. Oder sie kochte, so wie heute. Und sie kochte ausgesprochen gut. Vielleicht lag es daran, dass ihr Vater schon vor Jahren verschwunden war und ihre Mutter die Hälfte der Zeit in der großen Schleswiger Nervenheilanstalt verbrachte. Sie war wohl manisch-depressiv, schizophren oder so ähnlich. Wenn sie mal raus war, musste Momo sich um sie kümmern, ansonsten war Momo sich selbst überlassen.

»Lou Reed ist ein Ostküsten-Intellektueller und alles andere als ein Hippie«, meinte Björn.

»Bowie war auch nie wirklich einer«, ergänzte Karl. »Außerdem geht es doch nicht um die Frage: ›Hippiemusik oder nicht?‹, sondern um die Frage: ›Gute Musik oder schlechte?‹«

»Genau! Das musste mal gesagt werden.«

»Mensch, Kalle, du bist doch sonst nicht so eingebildet.« Rita tanzte vor ihm, das Messer immer noch in einer Hand über ihrem Kopf kreisend. Dann ging sie zum Plattenspieler und setzte die Nadel wieder auf den Anfang des Songs. »Mach einfach mal die Augen zu und gib dich dem Rhythmus hin!«

Karl gehorchte, schloss seine Augen und tatsächlich fing auch er nach wenigen Sekunden erst zögerlich, dann immer ausgelassener zu tanzen an. Rita strahlte ihn an, Björn schaute missbilligend zu, Momo drehte am Herd den Kopf über die Schulter und schmunzelte.

»Geht doch«, sagte Rita, als der Song zu Ende war, und umarmte Karl.

»Verräter«, zischte Björn vom Sofa aus. »Wann gibt es eigentlich Essen?«

Momo streckte, ohne sich umzudrehen, vier Finger ihrer linken Hand in die Luft.

Sie hatten gerade mit dem Essen begonnen, als sie jemanden die Treppe hoch stampfen hörten. Die Tür öffnete sich, ihre Mitschülerin Eva trat ein und trompetete ein fröhliches »Moin« in den Raum. Sie betrachtete die Szenerie. »Klarer Fall von gutem Timing. Als ob ich es gerochen hätte. Was gibt's?«

Während Eva ihre Hirtentasche abstellte, ihren bunten Poncho an den Garderobenständer hängte, sich schwungvoll neben Karl auf die Eckbank setzte und sich mit beiden Händen durch ihre Haare fuhr, holte Momo einen weiteren Teller und Besteck aus dem Küchenschrank.

»Nächsten Monat ist übrigens wieder Brokdorf-Demo. Wollen wir da nicht alle zusammen hin?« Eva schaute erwartungsvoll in die Runde. »Björn, könntest du als Schulsprecher nicht einen Bus anmieten? Den kriegen wir locker voll!«

»Ist doch schon in Arbeit, ich bin dabei, Angebote von Busunternehmen einzuholen.«

»Und, Kalle, kommst du auch mit?«

»Ich habe an dem Wochenende Aikido und außerdem bin ich nicht scharf drauf, was auf die Rübe zu bekommen. Kennt ihr übrigens *Weihnachten bei Hoppenstedts* von Loriot?«

»Das Thema der nuklearen Bedrohung ist doch viel zu ernst, um sich darüber lustig zu machen«, sagte Björn. »Und dein hedonistischer Eskapismus ist auch keine Lösung.«

»Du redest genau wie mein Alter, bloß mit mehr Fremdwörtern.«

»Aber Björn hat doch recht«, ereiferte Eva sich. »Wir können doch nicht nichts tun!«

»Na gut, dann lasst uns eben eine Bombe bauen.«

»Nachschläge?«, fragte Momo in die Runde, schaute dabei aber hauptsächlich zu Karls noch halbvollem Teller hinüber. Der sagte etwas beschämt: »Es war mal wieder total lecker, aber ich bin pappsatt. Ich esse gerne morgen die Reste.«

»Er hat sich vorhin mal wieder bei Mutti füttern lassen«, stichelte Rita.

Anschließend fläzten sich alle auf dem Sofa und in den Sesseln, Karl hatte es sich auf dem orangenen Sitzsack bequem gemacht und bastelte aus Werbeprospekten Papierflieger. Momo hatte ihr Strickzeug herausgeholt, Björn blätterte in einem ausrangierten Schulatlas, Eva baute einen Joint.

»Wisst ihr, was mir vorgestern Peinliches passiert ist?«, fragte Rita in die Verdauungsstille. »Ich war gerade bei meinen Eltern zu Besuch und ahnte nichts Böses, da fragt mein Vater mich doch tatsächlich, was ich eigentlich nach dem Abi zu tun gedenke. Ich hab ihm natürlich nicht erzählt, dass ich auf jeden Fall nach Berlin will, in ner Frauenband spielen oder Ethnologie studieren. Vielleicht auch Goldschmiedin werden.«

»Sondern?«

»Na, dass ich Beamtin werden will, so wie er, und mir einen rechtschaffenen Mann suchen werde, den ich heirate und mit dem ich viele Kinder kriege.«

»Und?«

»Fand er nicht lustig, meine Ma auch nicht.« Sie machte eine Pause. »Was habt ihr denn eigentlich so vor?«

Eva äußerte sich nach einer Weile als Erste.

»Ich glaub, ich geh zu Greenpeace. Oder Amnesty. Irgendwas Sinnvolles tun.«

»Ist ja noch ein wenig hin, aber nach dreizehn Jahren Penne werde ich erst mal eine große Reise machen«, meinte Björn. »Dann Jura studieren und Linksanwalt werden.«

»Iiih«, kreischte Eva. »Mit all diesen pickligen Alligatorhemden aus gutem Hause? Und das ganze dröge Zeug auswendig lernen? Bist du masochistisch veranlagt?«

»Gerade in den heutigen Zeiten brauchen wir Leute, die das Recht und die Rechtsprechung nicht den Herrschenden überlassen.«

»Und du?« Eva schaute hinüber zu Karl.

»Ich werde mich treiben lassen wie eine Feder im Wind.«

»Aha. Und wohin?«

»Blöde Frage. Wer sich treiben lässt, weiß nicht, wo er landet.«

»Du verschwendest deine Talente, mein Freund«, schaltete Björn sich ein.

»Im Gegenteil: Lebensfreude *ist* mein Talent!«

Eva wandte sich Momo zu: »Was ist dein Talent? Außer kochen und stricken natürlich.«

Momo hielt mit ihren Nadeln inne und dachte nach. Als die anderen schon etwas unruhig auf ihre Antwort warteten, sagte sie schließlich: »Da sein.«

»Ganz wichtig! Die Wurzel von allem«, rief Karl und warf ihr einen Papierflieger zu.

»Und was willst du machen, außer einfach da zu sein?«, hakte Rita nach.

Wieder ließ Momo sich viel Zeit mit ihrer Antwort. »Aktuell habe ich keine Pläne. Außer diesen Pullover fertig zu bekommen.« Sie stand aus ihrem Sessel auf, ging zu Karl und hielt den dunkelblauen Ärmel mit den kleinen, gelben Sternen an seinen bereitwillig ausgestreckten Arm.

»Spiel uns was vor«, bat Eva Karl, der gerade aus Spielkarten eine Pyramide baute.

»Aber nur eins, dann will ich ins Bett.« Karl pustete die Pyramide um und ging zur Ecke beim Kohleofen, um seine Gitarre zu holen. Er zog einen Stuhl vom Küchentisch heran, setzte sich und stimmte das Instrument.

»Etwas Politisches!«, forderte Eva.

»Genau! Wader, Degenhardt, meinetwegen auch Biermann«, ergänzte Björn.

»Was Flottes«, rief Rita mit einem Augenzwinkern.

»Weder noch.« Nachdem Karl zunächst mit seinen langen, schmalen Fingern die Melodie nur gezupft hatte, begann er mit einer leisen und doch kräftigen Stimme zu singen.

»If you want to sing out, sing out
and if you want to be free, be free
'cause there's a million things to be,
you know that there are.
And if you want to live high, live high
and if you want to live low, live low
'cause there's a million ways to go,
you know that there are.
You can do what you want, the opportunity's on
and if you can find a new way, you can do it today
you can make it all true and you can make it undo«

»Kalle?« Eva kam die Dachbodentreppe hoch. »Wo bist du?«

»Hier«, kam die Antwort aus Richtung der Gaube.

»Was machst du?«, fragte sie im Näherkommen und setzte sich neben ihn auf das Podest.

»Ich schaue in den Himmel.«

»Was siehst du?«

»Wolken.«

»Wie Interessant.«

»Eben. Sie lassen sich treiben.«

»Sie werden getrieben. Sind abhängig vom Wind.«

»Ansichtssache.«

Eva faltete ihre Hände hinter ihrem Nacken, streckte sich und atmete tief ein. »Wie fändest du es, wenn ich heute Nacht hierbliebe?«

Im ersten Moment dachte Karl: »Gut, dass Momo schon gegangen ist«, dann schämte er sich etwas, sagte aber schließlich: »Interessant.«

»Deine Mutter kommt«, sagte Rita am Frühstückstisch. »Bist du nervös?«

Jetzt hörte auch Karl das unverkennbare Knattern des Mopeds, das sein Vater jeden Morgen zum Austragen der Zeitungen brauchte und mit dem er zur Arbeit in die Zuckerfabrik fuhr. Seine Mutter benutzte es gelegentlich, um größere Einkäufe zu erledigen oder allerhand zu ihrem geliebten Schrebergarten zu transportieren. »Ich bin die Ruhe selbst«, antwortete er und goss sich noch etwas Kaffee in seinen Becher.

Als Karls Mutter in die Küche trat, mussten Rita und Karl lachen. Sie hatte noch die hellbraune Lederkappe auf dem Kopf, die Fliegerbrille war zur Stirn hochgeschoben und ein großes, lila Tuch hing ihr um Hals und Schultern. Der viel zu große Bundeswehr-Parka und die mit Lehm verkrusteten, gelben Gummistiefel setzten dem Ganzen die Krone auf. Noch leicht verschlafen und blass wie immer trat Björn in die Küche, fuhr sich durch seine widerspenstigen, rotblonden Haare und sagte anerkennend: »Eine tollkühne Frau auf ihrer fliegenden Kiste.«

»Aber ehrlich gesagt, Ingrid«, meinte Rita – alle aus der WG duzten sich mit Karls Mutter –, »BW-Parka geht ja nun gar nicht.«

»Der hält mich prima warm beim Fahrtwind, und immerhin«, sie zeigte auf die Schulterklappen, »habe ich die schwarz-rot-goldenen Lappen abgetrennt.«

»Ein fauler Kompromiss«, sagte Björn.

»Das nennt man Pragmatismus, mein Junge. Soll ich etwa noch einen roten Stern und die Anti-Atomsonne draufnähen? Nun aber Schluss. Karl, wir haben eine Mission. Bist du bereit?«

»Ay, ay, Käptn!«

Björn räusperte sich. »Nur fürs Protokoll: Als Jurist in spe missbillige ich euer Vorhaben auf das Entschiedenste.«

Er machte eine Pause. »Nicht fürs Protokoll: Als Mitbewohner beschwöre ich euch, die Chips und das Nutella nicht zu vergessen. Und lasst euch gefälligst nicht erwischen!«

»Hier ist dein Zettel«, sagte Ingrid zu Karl. »Du gehst links rum, ich rechts. Wagen an der Eistruhe abstellen. Wir treffen uns in zwanzig Minuten oben.«

In dem neuen, großzügigen Supermarkt war am späten Samstagvormittag immer viel los. Karl und seine Mutter nickten sich nur kurz zu, als sie sich jeweils einen Einkaufswagen nahmen. Karl schwenkte gleich hinter dem Eingang nach links ab. Er fing mit den Hygieneartikeln und Konserven an, während seine Mutter zunächst Obst und Gemüse in ihren Wagen packte. Nach zehn Minuten begegneten sie sich kurz, ohne Notiz voneinander zu nehmen, nach weiteren zehn Minuten war Karl fertig. Er checkte noch einmal gründlich die Liste, stellte dann seinen gut gefüllten Wagen bei den Tiefkühltruhen ab und ging zur Kasse. Dort schnappte sich eine Packung Kaugummis, fragte vorne in der Schlange, ob er schnell vorgelassen werden könne, bedankte sich, bezahlte und verließ den Laden.

Nach einer gefühlten Ewigkeit sah Karl seine Mutter mit ihrem Einkauf im Eingangsbereich. Er wollte gerade auf sie zugehen, als er bemerkte, wie eine ältere Frau an sie herantrat. »Moin, moin, Fru Brodersen, bannig swoor beladen, wat?«

Seine Mutter nickte nur abwesend und schob den Wagen weiter. Die Frau drehte sich noch einmal um. »Wat hett se denn blots?« Nun erkannte Karl sie als Nachbarin, die einen Block weiter in der Königsberger wohnte. Er drehte sich schnell weg und tat so, als ob er sich die Schuhbänder neu schnüren müsste. Er wartete ein paar Sekunden, dann ging er zu seiner Mutter und übernahm wortlos ihren Wagen. Sie deutete nur auf die Stelle vom Parkplatz, wo das Moped mit dem kleinen Anhänger stand.

Anschließend ging sie wieder in den Supermarkt, eilte schnurstracks zu den Truhen, nahm den anderen Wagen und begab sich zur Kasse. Auf dem Weg schnappte sie sich die neueste *Brigitte* aus dem Zeitschriftenregal, rollte sie zusammen und behielt sie in der linken Hand. In der Schlange verglich auch sie noch einmal ihre Liste mit den Artikeln im Wagen.

Plötzlich legte sich eine Hand auf ihre Schulter. Sie zuckte zusammen und ließ erschrocken die Zeitschrift fallen.

»Allens op de Reeg bi Se, Fru Brodersen? Se kaamt mi so en beten verbiestert för.«

Karls Mutter bückte sich, bekam einen Hustenanfall, klaubte die *Brigitte* vom Boden auf und sagte, während sie sich zu der Nachbarin umdrehte: »Geht schon wieder, Frau Steenhusen, danke der Nachfrage. Wissen Sie: Als wir uns vorhin beim Eingang begegnet sind, wollte mir partout nicht einfallen, was ich vergessen hab. Dann fiel der Groschen doch noch«, sie wedelte mit der Zeitschrift, »mein Leib- und Magenblatt. Und für das musste ich noch mal ganz durch den vollen Laden. Ist das nicht bekloppt?«

»Ja, so is dat, wat en nich in de Kopp hett ... Aver dat harr doch ok Se ehr Jung maken kunnt, de heff ik doch even op de Parkplatz sehn.« »Ach, der...«, Karls Mutter wischte sich kurz mit dem Ärmel ihres Parkas über die feuchte Stirn, »dem war schon den ganzen Vormittag übel, den habe ich nach Hause geschickt.«

»Ja, ja, op de jungen Lüüd kann en sik hüüttodaags ok nicht mehr verlaten.«

»Wem sagen Sie das. Wie geht's denn eigentlich ihrem Lumpi? Jagt er immer noch die Karnickel?«

»Sie müssen ihre Sachen auf das Band legen«, fuhr ihnen die strenge Stimme der Kassiererin dazwischen.

»Brauch ich nicht, ist alles schon bezahlt. Ich war doch erst vor ein paar Minuten damit hier bei Ihnen. Ich hatte nur meine Zeitschrift vergessen.« Sie legte die *Brigitte* aufs Band und reichte der Kassiererin den Kassenzettel vom Großeinkauf. Die schaute erst misstrauisch auf den Bon, dann misstrauisch in den Einkaufswagen. Schließlich tippte sie auf die Kasse. »Macht eins zwanzig. Nächstes Mal lassen Sie den Wagen lieber im Eingangsbereich stehen.«

»Und wenn der dann geklaut wird?«

Beim Hinausgehen drängte sich Frau Steenhusen noch einmal neben sie. »Weten Se, wat ik mi fraag? Worüm is Se jüst bi mi de *Brigitte* infüllen? Sünd Se de Menen, ik bün to dick?«

Karls Mutter lachte laut. »Nein, ich dachte, ich könnte Sie doch mal zum Kaffeetrinken einladen und habe überlegt, welchen Kuchen ich dafür wohl backen würde. Und in der *Brigitte* stehen doch immer so viele tolle Rezepte.«

Nachdem sie sich verabschiedet hatte und bei Karl und dem Moped ankam, meinte sie: »Ich glaube, ich werde zu alt für sowas.«

Karl nahm sie in die Arme. »Für den proletarischen Einkauf ist man nie zu alt, und du warst wie immer Spitze.«

Gate Crashing

Björn hielt es nicht länger aus. Karl hatte zwar öfters diese Art von nervöser Energie, aber so schlimm wie heute war es selten. Er hatte seinen Teebecher in die Spüle gestellt, war plötzlich die Treppe zu seinem Zimmer hochgespurtet, nur um sich oben an einem Balken den Kopf zu stoßen, einmal kurz zu fluchen und wenige Sekunden später wieder heruntergehüpft zu kommen. Dann hatte er den Mülleimer unter der Spüle herausgezerrt, den Deckel hochgehoben, reingeschaut, den Deckel wieder draufgelegt und den Eimer wieder an seinen Platz gestellt. Als Nächstes hatte er sich eine alte MAD vom Couchtisch geschnappt, sich auf das Sofa geworfen, in dem Magazin geblättert, um es umgehend wieder auf den Tisch zu werfen, zur Spüle zu gehen, den Kessel mit Wasser zu füllen und auf den Herd zu stellen. Kaum hatte er das getan, war er zu dem Regal mit den Schallplatten gegangen, hatte mal hier, mal da eine LP herausgezogen, und so war es weiter und weiter gegangen.

»Spuck's aus!«

Karl, der gerade mit dem hinteren Ende eines Teelöffels Wachsreste von der Oberfläche des Küchentischs kratzte, hielt in seiner Bewegung inne, seufzte und setzte sich hin. Er schaute knapp an Björn vorbei, der am anderen Ende des Tischs versucht hatte, die Wochenendausgabe der Frankfurter Rundschau zu lesen. Auf einmal grinste Karl.

»Raus mit der Sprache!« Björn wurde schummrig: »Erzähl mir nicht, dass du mit Bine rumgemacht hast.«

Karl, der wusste, dass sein Freund seit kurzem ein Auge auf Bine geworfen hatte, winkte ab. »Es ist schlimmer.« Sein Grinsen wurde noch breiter. »Ich komme nicht mit nach Kiel.«

Björn atmete erst einmal aus. »Du meinst, nicht mit auf die Demo gegen das neue Schulgesetz?«

Karl nickte.

»Was? Wozu habe ich mich beim Landesschülerrat dafür stark gemacht, dass du auf der Kundgebung zwischen den Reden zwei Lieder auf der Gitarre spielst? Auf der großen Bühne. Vor ein paar tausend Leuten. Presse ist da, wahrscheinlich sogar das Fernsehen.« Er zögerte. »Hast du Schiss bekommen, Lampenfieber oder so?«

Karl schüttelte derart den Kopf, dass seine dunkelbraunen, gewellten Haare hin- und herstoben.

»Was denn?«

»Es ist noch viel schlimmer.«

»Du machst mich fertig!«

»Du kannst auch nicht auf die Demo.«

»Wüsste ich von.«

«Dylan.«

»Wie, Dylan?«

»For the first time ever in Germany. Nürnberg. Open Air. 1. Juli.«

Björn brauchte etwas, um die Informationen zu verarbeiten. »Möchtest du eventuell zum Ausdruck bringen, dass du mit mir am 1. Juli nach Nürnberg auf ein Open Air Konzert mit Bob Dylan willst, statt auf die große landesweite Demonstration gegen das Schulgesetz?«

»Das hat aber lange gedauert.«

»Du spinnst! Wir bereiten die Demo seit Monaten vor. Zwei Busse sind angemietet, die Fahrkarten sind schon fast alle verkauft. Die Leute verlassen sich auf uns. Und ich als Schulsprecher kann doch nicht einfach kurzfristig abspringen!«

»Kann doch alles auch ohne uns zwei unwichtige Hanseln stattfinden. Und deine Stellvertreterin Bine ist bekanntermaßen ein Organisationstalent.«

»Ich habe da aber selber auch Bock drauf.«

»Mehr als auf Dylan?«

»Der Vergleich hinkt.«

»Er stellt sich. Kommst du nun mit oder nicht? Ich muss spätestens morgen die Eintrittskarten besorgen. Übrigens: Ist ein Festival. Rate mal, wer noch kommt.« Als Björn eine »Sag's schon«-Geste machte, schob Karl nach: »God himself!«

»Eric Clapton?« Björn schluckte. »Aber Bine wäre stinksauer. Und was sollen wir den anderen erzählen? Etwa: Leute, wir von der Schülervertretung haben euch monatelang eingetrichtert, wie wichtig es ist, etwas gegen dieses Gesetz zu unternehmen, sorry, aber jetzt haben wir leider etwas besseres vor? Mann, ich fühle mich verantwortlich!«

»Sieh es doch mal so: Wir beide wissen, dass das Schulgesetz so oder so kommen wird, egal ob demnächst Fünftausend oder Viertausendneunhundertachtundneunzig dagegen protestieren. Es gibt doch nun wirklich Wichtigeres im Leben. Und Scheiß drauf, was die anderen denken! Es geht um Dylan!«

»Gib mir Bedenkzeit.«

An den Lärm von der Autobahn hatten Karl und Björn sich schnell gewöhnt, ihr Nachtlagerplatz befand sich vielleicht dreihundert Meter von der Raststätte Hasselberg entfernt. In dem Tannenwäldchen hatten sie eine weiche, ebene Stelle gefunden, auf der sie ihre Schlafsäcke ausrollen konnten. Bisher hatte alles wie am Schnürchen geklappt. An der Auffahrt Schleswig/Jagel, zu der Björns Mutter sie netterweise am frühen Nachmittag gebracht hatte, brauchten sie keine zehn Minuten zu warten, bis ein freundlicher

Däne, der auf dem Weg nach Hamburg war, sie einsteigen ließ. Sie hatten ihn gebeten, sie an der Raststätte Holmmoor abzusetzen, weil es ihrer Erfahrung nach leichter war, von Autobahnraststätte zu Autobahnraststätte zu trampen, als an einzelnen Ausfahrten den Daumen hochzuhalten, erst recht in Großstädten, wo die meisten nur in die Vororte wollten. Es hielt bald ein Student aus Braunschweig, der sie bis Allertal, kurz vor Hannover mitnahm. Als sich dort nach einer halben Stunde immer noch keiner ihrer erbarmt hatte, begann Karl LKW-Fahrer anzusprechen. Erst an der Tankstelle, aber dort wurde er vom Personal verscheucht, dann bei den Parkplätzen, wo er schnell fündig wurde. Ein gemütlicher Bayer, der Kühlschränke, zwar leider nicht nach Bayern, aber immerhin nach Frankfurt bringen sollte. Es zog sich etwas, gerade das letzte Stück durch die Kasseler Berge hatte der Laster zu schnaufen gehabt, aber jetzt war es gerade erst kurz nach zehn am Abend und sie hatten schon deutlich mehr als die Hälfte geschafft. Sie waren zuversichtlich, den Rest am nächsten Vormittag zu schaffen.

»Was ich dich schon lange mal fragen wollte«, Björn schaute im Dämmerlicht zu Karl, der auf seinem Schlafsack lag und in den nur leicht bewölkten Himmel schaute, »was suchst du eigentlich ständig da oben?«

»Ich suche nicht, ich finde, wie schon van Gogh sagte.«

»Picasso.«

»Weiß ich.«

»Also, was findest du da oben?«

»Vielleicht Antworten.«

»Auf welche Fragen?«

»Die wichtigen.«

»Ich hasse es, wenn du dir alles aus der Nase ziehen lässt.«

»Na du weißt schon: Woher wir kommen, wohin wir gehen, was das Ganze soll, wie Dylans Auftritt morgen wohl wird …«

»Okay, das sind wirklich wichtige Fragen. Und welche Antworten stehen da oben?«

»Da steht leider nichts. Alles zieht vorbei. Die Wolken, die Sonne, der Mond, der Regen, das Leben, selbst Dylans Konzert. *The answer is blowin' in the wind.* Apropos, ich wollte es nur schon mal gesagt haben: Wenn ich zufällig sterben sollte, werft meine Asche in die Luft, an der Biegung des Flusses.«

»Das Buch heißt *Begrabt mein Herz an der Biegung des Flusses.*«

»Weiß ich.«

»Und was sind das überhaupt für trübe Gedanken? Alter, behalte bloß den Spatzen im Auge!«

Die Nürnberger Innenstadt war proppenvoll, als sie am späten Vormittag ankamen. Aus dem Hauptbahnhof quoll ein stetiger Strom junger Leute, viele mit schwer beladenen Rucksäcken auf dem Rücken. Straßenmusiker spielten, zwei Frauen schminkten Bereitwillige, besonders Geschäftstüchtige verkauften neben einem Schild *Glasflaschen bei Festival verboten* palettenweise Dosenbier. Ein fröhliches Sirren lag in der Luft, das gute Wetter trug seinen Teil bei. Björn und Karl brauchten sich nicht lange zu orientieren, sie folgten einfach der Menge. In der völlig überfüllten Straßenbahn fingen einige an, zu schunkeln und lauthals Lieder von Dylan zu singen. Immer mehr schlossen sich an, bis der Waggon drohte, sich zu neigen. Der Fahrer machte dem Ganzen mit einer Vollbremsung und einer scharfen Lautsprecheransage ein Ende.

Auf dem ehemaligen Reichsparteitagsgelände und der gigantischen Haupttribüne wimmelte es von Menschen. »Geil«, rief Karl aus.

»Aber auch etwas gruselig, wenn man bedenkt, was hier früher los war.«

»Das ist doch das Geile, *The times they are a changin*!«

»Gehen wir zum Einlass?«, fragte Björn. Er bemerkte, dass Karl von ihrer etwas erhöhten Position aus das Gelände mit seinen Augen abcheckte. »Suchst du was?«

»Da gibt es noch etwas, was ich vergessen habe, dir zu erzählen.«

»Und das wäre?«

»Ich habe nur noch eine Eintrittskarte bekommen.«

Björn schaute erst Karl fassungslos an, holte dann seinen Brustbeutel unter dem T-Shirt hervor und vergewisserte sich, dass seine Karte noch da war. »Du bist manchmal echt unglaublich! Wo willst du denn jetzt noch eine herbekommen? Das Festival ist doch ausverkauft.«

»Locker bleiben. Schon mal was von Gate Crashing gehört? Die Typen da vorne«, er zeigte auf eine kleine Gruppe an einer Ecke des Zauns, der sich rund um das riesige Festivalgelände zog, »peilen auch schon die Lage, denen werde ich mich anschließen. Nimmst du meinen Rucksack mit rein? Wir treffen uns in einer halben Stunde vorne links an der Bühne.«

Björn seufzte und nahm Karls Gepäck entgegen.

Als Björn sich der Bühne näherte, sah er schon aus einiger Entfernung Karls dunklen Lockenkopf. »Natürlich, die Ruhe selbst, wie immer nach solch Aktionen«, dachte er und fragte sich, ob sein Freund sich damit irgendwann mal in ernstere Schwierigkeiten bringen würde. Als Karl ihn erblickte, winkten sich beide zu.

»Alles gut gegangen?«

»War total einfach. Wir haben ein Zaunelement aus den Angeln gehoben, zur Seite gedrückt und sind zackig durch. Ein Ordner ist uns noch hinterher, aber wir sind in unterschiedliche Richtungen gelaufen und in der Menge untergetaucht. Hat Spaß gemacht.«

»Ganz in Ordnung finde ich so was eigentlich nicht.«

Karl zuckte nur mit den Schultern.

Sie suchten sich einen Platz knappe dreißig Meter mittig vor der großen Bühne – weiter vorne würde es später drängend voll werden –, breiteten ihre Schlafsäcke aus und machten es sich gemütlich. Für die ersten Bands gab es höflichen Applaus. Es war klar, dass alle nur auf Clapton und Dylan warteten. In einer Umbaupause spielten die beiden Schach auf Björns kleinem Reiseset. In ihr Spiel vertieft hörten sie das Klicken erst gar nicht, als dann aber ein Schatten auf sie fiel, blickten sie auf. Zwei junge Frauen standen in der Sonne und machten ungeniert Fotos von ihnen.

»Du musst dein Pferdchen decken«, sagte die eine, blonde Locken, knallgelbes Bikinioberteil, grünes Batiktuch mit weißen Kreisen um Hüfte und Beine gewickelt, und lachte Karl an.

»Ich decke keine Pferde«, antwortete dieser und zog einen Turm. »Ich jage die Königin.«

Schon hatten die beiden sich zu ihnen gesetzt. »Ich bin übrigens Manu und das ist Tanja«, meinte die mit den langen, braunen Haaren, den schwarzen Hotpants und der Spiegelreflexkamera. Sie holte eine Flasche Weißwein aus ihrer Jutetasche. »Habe ich durch die Kontrolle gebracht, obwohl sie mich gefilzt haben, im Schlafsack eingerollt.« Sie öffnete den Schraubverschluss. »Wollt ihr?« Karl winkte dankend ab, Björn nahm einen großen Schluck, bemüht, nicht allzu auffällig auf Manus Brüste zu schauen, die von ihrer Kamera zu den Seiten gedrückt wurden.

»Interessiert dich die Canon?«

Björn wackelte mit Kopf und Oberkörper vor und zurück, wobei ihm sein Schlapphut herunterfiel. »Auch.«

Nach Claptons umjubeltem Auftritt, zu dem die vier pausenlos getanzt hatten, holten die beiden Frauen ihr Gepäck von ihrem ursprünglichen Lagerplatz. Nahezu andächtige Stille herrschte, als der Veranstalter den Hauptakt ankündigte. Zunächst kam die Band, die mit lautem Applaus begrüßt wurde, der sich zu einem Orkan steigerte, als der Meister die Bühne betrat. Nachdem die ersten beiden Stücke eher unbekannter waren, sangen dann ab *Mr. Tambourine Man* alle mit. Als Ansage zu *Masters of war* nuschelte Dylan: »It gives me great pleasure to sing in this place«, und deutete in Richtung der gigantischen Nazitribüne, auf der Tausende standen.

Björn stupste Karl an und sagte gerührt, aber auch etwas trotzig: »So etwas bleibt eben doch und weht nicht einfach weg. Ich jedenfalls werde mich bis an mein Lebensende an das hier erinnern!«

Der glückliche Umstand, dass die beiden Frauen nicht nur mit einem Auto da waren, sondern auch aus Kassel kamen, ersparte ihnen das erneute Trampen, stattdessen fuhren sie zu viert in einem altersschwachen, roten R4 gen Norden: Manu am Steuer, Björn mit dem Autoatlas auf dem Beifahrersitz, Karl und Tanja knutschend auf der Rückbank. Es dämmerte bereits, als sie Manus und Tanjas WG erreichten. Tanja schob Karl gleich in ihr Zimmer, Manu gähnte ausgiebig und zeigte Björn seinen Schlafplatz auf der Wohnzimmercouch.

Beim späten Frühstück schaute Karl sich die an den Wänden hängenden, großformatigen Fotos an, hauptsächlich Portraits älterer Menschen. »Die sind toll, habt ihr die gemacht?«

Beide Frauen nickten. »Manu und ich werden ab Herbst hier an der Hochschule für Bildende Künste studieren. Die Aufnahmeprüfung haben wir schon bestanden.«

»Ist echt cool da, die sind alle total locker drauf, alle duzen sich, selbst die Profs bestehen darauf, beim Vornamen angeredet zu werden.«

»Klingt gut«, meinte Karl. »Und wie lief die Aufnahmeprüfung so ab?«

»Ganz entspannte Atmosphäre«, erzählte Tanja. »Du bringst ein paar von den Sachen mit, die du schon mal gemacht hast, egal, was es ist, Gemälde, Zeichnungen, Fotos, Kunstobjekte aller Art. Dann haben sie gefragt, warum du Kunst studieren willst, welche Visionen du hast, wofür dein Herz schlägt, so in der Art. Deine Abi-Noten interessieren überhaupt nicht und du wirst auch nicht gefragt, von wann bis wann Michelangelo gelebt habe.«

»1452 bis 1519«, murmelte Björn, sein Müsli kauend. »Wir müssen übrigens bald mal los.«

Sie kamen auf der Rückreise gut bis kurz vor Hamburg durch, aber an der Wiederauffahrt auf die Autobahn der Raststätte Harburger Berge standen sie nun schon eine Dreiviertelstunde.

»Soll ich Leute anquatschen?«, fragte Karl.

Björn, der wortkarg auf der Leitplanke saß, meinte nur: »Ist mir egal.«

»Was ist eigentlich los mit dir?«

»Nichts.«

»Habe ich dir was getan?«

»Nein.«

»Sondern?

Björn holte tief Luft, setzte einmal zum Reden an, atmete wieder aus und sagte schließlich: »Vielleicht hätte ich auch gerne mal eine wilde Nacht verbracht. Aber ne, wer will mich schon, wenn du dabei bist. Eh ich mich versehe, schleppst du die nächste Frau ab, einfach so. Fragst du dich denn nie, wie es den anderen dabei so geht?«

»Ich wurde abgeschleppt.«

»Na bitte, sag ich doch. Und überhaupt. Grottenfaul, wie du bist, schreibst du, so viel ich auch lerne, die besseren Noten. Du hast so eben mal nebenbei Gitarre spielen gelernt, einen gut bezahlten Job als Nachhilfelehrer für die zwei verzogenen Gören dieser reichen Leute und schlägst mich beim Schach, obwohl ich es dir erst vor ein paar Monaten beigebracht habe. Alles fliegt dir zu! Und ich? Ich strampele mich ab und komme nicht weit.«

Karl setzte sich neben ihn und legte einen Arm auf seine Schulter. »Ich weiß, das ist unfair, aber ich habe mir das nicht ausgesucht. Und ich sage dir, es ist auch nicht nur toll, wenn einem Dinge leicht fallen.«

»Ach ja?«

»Na, zum Beispiel bin ich fast nie stolz auf mich, wenn ich Erfolg habe. Ich habe mich ja nicht anstrengen müssen. Ich freue mich kaum über eine Eins in Mathe. Es war nichts Besonderes für mich, letzte Nacht mit Tanja im Bett gewesen zu sein. Und dann ist da der Neid der anderen. Denkst du, ich spüre den nicht? Ach ja, und dann muss ich auch noch mit diesen Segelohren leben.«

Björn grinste schief. »Du hast es wirklich auch nicht leicht.«

»Genau! Endlich versteht mich einer. Und weißt du was? So schlecht hast du es nämlich auch nicht: respektierter Schulsprecher, Zweitbester der Klasse, Waschbrettbauch, großer Schwanz«, Björn zwickte ihn in den Oberschenkel, »umschwärmt von Bine Knudsen.«

Björn zwickte ihn erneut: »Wer sagt das denn?«

»Ich. Und jeder, der Augen im Kopf hat.«

»Ha, ha! Red doch lieber mal darüber, was mit dir und Momo ist.«

Doch dazu kam es nicht. Ein Auto mit Flensburger Kennzeichen hatte schon vor einer Minute angehalten. »Wollt ihr eventuell mit oder habt ihr euch nur ein besonders gemütliches Plätzchen für euren Plausch ausgesucht?«, rief ein Mann durch das geöffnete Beifahrerfenster.

Als Schleswig in Sicht kam, fragte Björn: »Hast du gestern eigentlich mal an die Demo gedacht?«

»Keine Sekunde.«

Nich lange snacken

»Sag mal, Alter, wollen wir das jetzt echt durchziehen? Das könnte ganz schön riskant werden.« Als hätte das Karl jemals von etwas abgehalten! Björn redete dennoch weiter auf ihn ein: »Meine Mutter hat mir ihr Auto nur nach Aufbietung aller Überredungskünste und der Abgabe hochheiliger Versprechen für heute Abend gegeben. Und jetzt dieser Himmel! Der sieht irgendwie giftig aus. Der Schneesturm, den sie angekündigt haben, soll nicht von Pappe sein.«

»Der Himmel sieht nie giftig aus!«, erwiderte Karl heftig. »Und was soll schon passieren?« Er wandte sich Bine zu. »Was meinst du?«

Bine und Björn waren seit kurzem ein Paar. Für Karls Geschmack redete sie deutlich zu viel. Groß, blond, schlau und politisch auf Björns Linie. Leider bestärkte sie ihn auch oft in seinem allzu vernünftigen und vorsichtigen Denken. In diesem Fall überraschte sie ihn allerdings mit ihrer Antwort: »Es sind kaum mehr als zehn Kilometer, keine scharfen Kurven, keine großen Hügel. Wenn es zu schlimm wird, können wir doch jederzeit zurückfahren. Es war schon schwer genug, einen gemeinsamen Termin zu finden. Verschieben wäre blöd, es geht schließlich um etwas Wichtiges, auch wenn manche Leute vor einem halben Jahr der Meinung waren, dass so ein näselnder Countrysänger wichtiger sei.«

»Also los, oder was?« Karl schaute die beiden anderen an. »Ich hole nur noch kurz meine Zeichensachen.« Er sprintete die Treppe zum Dachboden hinauf.

»Was willst du denn mit einem Malblock bei dem Treffen?«, rief Björn ihm hinterher.

»Bin ich nicht so was wie ein Protokollwart in eurem Verein? Außerdem weiß man nie, wofür Zeichenblock und Bleistift nützlich sein können. Das ist so ähnlich wie mit dem Handtuch bei *Per Anhalter durch die Galaxis*.«

Björn seufzte und machte eine »Du kennst ihn ja«-Geste zu Bine.

Sie wollten zu einem Treffen mit Buttgereit, dem Vertrauenslehrer ihres Gymnasiums. Der wohnte mit seiner Frau, Schneider-Buttgereit, Karls Klassenlehrerin von der fünften bis zur achten Klasse, in einer großen, reetgedeckten, alten Bauernkate in Goltoft an der Schlei. Auf der Tagesordnung stand wieder mal das neue Schulgesetz, vor allem natürlich die Frage, was man jetzt, kurz vor der Verabschiedung durch den Kieler Landtag, noch dagegen unternehmen könnte. Björn, nun seit drei Jahren Schulsprecher, hatte Bine, seine offizielle Stellvertreterin, überredet, Karl mitzunehmen.

Als Karl wieder runter in die WG-Küche kam, stand Momo, die die ganze Zeit wortlos auf dem Sofa vor sich hin gestrickt hatte, neben der Tür und hielt ihm gefütterte Handschuhe, einen von ihr gestrickten Schal und eine Wollmütze hin.

»Danke, o holde Retterin vor dem weißen Tod!« Er machte einen tiefen Diener, sie einen Knicks.

Als Björn, Bine und Karl durch das Gartentor traten, stand Buttgereit am Barometer und schüttelte besorgt den mit einer Baskenmütze bewehrten Kopf. »Ich habe vorhin noch bei euch angerufen, um zu fragen, ob ihr nicht lieber zuhause bleibt, aber ihr wart schon unterwegs. Der Luftdruck fällt und fällt.«

Auf der Fahrt von Schleswig hierher hatte der Wind sie

in dem kleinen Polo durchgeschüttelt und die anfänglich vereinzelten Schneeflocken waren dichter und dicker geworden. Trotzdem hatten sie es problemlos in zwanzig Minuten geschafft und waren guter Dinge.

»Na kommt mal rein. Notfalls könnt ihr hier übernachten und verhungern werden wir bestimmt auch nicht, Patty hat überbackenes Baguette gemacht.«

Nachdem sie sich in der Diele ihrer Jacken und Mützen entledigt hatten und aus ihren Stiefeln in bereit stehende, mit Lammwolle gefütterte Hausschuhe geschlüpft waren, traten sie in die Küche, die behaglich warm war. Die Hausherrin kam gerade durch einen schweren Vorhang aus dem neben der Küche gelegenen Esszimmer.

»Da seid ihr ja. Herzlich willkommen! Wir kennen uns ja alle schon mehr oder weniger. Ich würde vorschlagen, dass wir uns heute duzen. Ich bin die Patricia.«

»Und ich, wie ihr ja schon wisst, der Ludger. Wer von euch fährt? Für die anderen gibt es Rotwein.«

Die drei Jugendlichen schauten sich an. »Wenn du saufen willst«, meinte Karl an Björn gewandt – Bine kam nicht in Frage, sie war erst siebzehn –, »kann ich gerne zurückfahren.«

Nach dem Essen gingen alle kurz vor die Tür. Es schneite weiter, aber der Wind blies das meiste wieder von der Straße runter.

»Wir können ja zügig arbeiten und uns dann rechtzeitig losmachen«, sagte Bine.

»Ohne Geschwafel?«, fragte Karl.

»Was willst du damit andeuten?«

»Nihichts!

Die Besprechung zog sich dann doch länger hin. Björn verwies darauf, dass ein möglicher, aber noch zu organisierender Schülerstreik auf jeden Fall mit dem Landesschülerrat terminlich koordiniert werden müsse. Ludger meinte, dass der Landesverband seiner Gewerkschaft einen Streik auf jeden Fall unterstützen werde, aber aus juristischen Gründen nicht dazu aufrufen könne. Hier vor Ort sehe es hingegen nicht so gut aus, leider seien nur wenige der örtlichen Kolleginnen und Kollegen gewerkschaftlich organisiert. »Diese Gegend ist, gelinde gesagt, nicht gerade die Speerspitze des pädagogischen und sonstigen Fortschritts.« Aber eine solidarische Grußadresse sei allemal drin.

Bine vertrat einen ganz anderen Ansatz: »Wir müssen doch vor allem noch mehr das Interesse der Schülerschaft für die reaktionären Inhalte der Reform des Schulgesetzes wecken, damit sie nicht nur wissen, *dass* sie es nicht wollen, sondern auch, *warum* sie es nicht wollen. Unsere Basisarbeit ist noch ausbaufähig.«

»Willst du das 130-seitige Machwerk an alle verteilen?«, warf Björn ein. »Das liest doch keine Sau.«

»Wir müssen es aufbereiten, die Knackpunkte sichtbar machen und den reaktionären, obrigkeitsstaatlichen, antiemanzipatorischen ...«

Karl, der in einem Sessel fleißig das Wohnzimmer mit seiner niedrigen Decke und den vielen Bücherregalen skizzierte, klatschte Beifall und ergänzte: »... faschistoiden und vor allem: kontraerotischen ...«

»... Geist der sogenannten Reform offenlegen.«

Die anderen lachten, Bine blitzte Karl wütend an. »Dir fehlt mal wieder der nötige Ernst.«

»Sagt mein Vater auch immer. Apropos nötiger Ernst: Ich schlage allen Ernstes vor, dass wir eine große Party gegen das Schulgesetz feiern. Mit Band und allen Schikanen. Am besten mieten wir die Stadthalle an. Und wenn dann spät am Abend die Stimmung kocht, werfen wir aufrührerische Flugblätter von den Balustraden. *Fackelt das Kultusministerium ab,* oder so ähnlich.«

Björn verdrehte die Augen, Bine machte nur »pfff«, Ludger prostete Karl mit seinem Weinglas zu.

»Meinetwegen stehen auf den Flugblättern auch eine von dir erarbeitete kritische Würdigung des Gesetzentwurfes und der Streikaufruf«, schlug Karl zur Güte vor.

»Na, dann haben wir es doch!«, rief Björn erfreut. »Bine dreht den Entwurf durch den Fleischwolf, Karl organisiert eine Fete und ich bereite den Streik vor. Jeder macht das, was er am besten kann. Was für ein gelungener Abend!«

Ludger hob den Arm. »Genau, und daher werde ich die nächsten Wochen schon mal ausgiebig an einer Grußbotschaft feilen, die sich gewaschen hat, mich aber nicht den Beamtenstatus kostet.«

Patricia kam rein. »Ihr solltet euch jetzt wirklich auf den Weg machen.«

Mit sichtlichem Bedauern packten die drei ihre Sachen zusammen. Björn rief noch schnell seine Mutter an, um ihr Bescheid zu geben, dass sie jetzt losfuhren.

Sie schafften es bis ungefähr einen Kilometer hinter Brodersby. Dann setzte Karl, der die ganze Zeit schon mehr nach Gefühl als nach Sicht gefahren war, das Auto in eine fast einen Meter hohe Schneewehe. Alles Schieben half nichts.

»Scheiße, scheiße, scheiße«, brüllte Björn. »Was machen wir jetzt?«

Karl schaute sich in dem Schneechaos um. »Weiße Flagge schwenken.«

»Ich glaube, ich sehe da hinten ein Licht«, sagte Bine und zeigte zu hohen Bäumen, zwischen denen sich ein dunkler Schatten duckte, der von einem matten Schein umgeben zu sein schien.

»Auf zur Expedition«, rief Karl abenteuerlustig.

Sie hatten das Glück, dass der Wind schräg von hinten kam. Der Schnee schien fast waagerecht über das Feld zu wehen, obwohl die Flocken groß und schwer waren. Innerhalb von ein paar Minuten wurden sie klatschnass. Es pfiff und zischte, heulte und wütete so sehr, dass die drei sich nur durch Schreien verständigen konnten. Mehrmals sanken sie bis über die Knie in den Schnee ein.

Es war ein für die Gegend typisches Gehöft. Vom Haus aus roten Backsteinen zweigte an der einen Seite der Stall, an der anderen die Scheune ab. Die Hofstelle war umgeben von hohen Pappeln, deren Kronen sich im Sturm bogen. Was sie gesehen hatten, war das Außenlicht gewesen. Hinter einem Fenster des Wohnhauses war ein weiterer Lichtschein zu erkennen. Ein glatzköpfiger, etwa sechzigjähriger Mann in Schlafanzug und Bademantel, die Füße in dicken Wollsocken und Pantoffeln, öffnete auf ihr Klingeln. »Je later de Avend, ümso smucker de Gäst«, sagte er mit verschmitztem Lächeln.

»Wir sind auf dem Weg nach Schleswig mit unserem Auto im Schnee steckengeblieben«, erklärte Björn.

»Keen gode Infall. Na, denn man rin in de gode Stoov.« Er wies ihnen mit der Hand den Weg und sie trotteten durch die geflieste Diele.

»Dürfte ich bitte mal Ihr Telefon benutzen?«, fragte Björn, nachdem sie sich Jacke und Schuhe ausgezogen hatten. Der Bauer zeigte auf ein kleines Tischchen und lotste die beiden anderen in die Küche.

Keine Minute später kam Björn hinterher. »Die Leitung ist tot. So ein Mist. Meine Mutter wird krank vor Sorge werden.«

»Malör kümmt, Malör geiht«, meinte der Bauer. Aus einem Küchenschrank holte er vier Gläser, öffnete den Kühlschrank und zog eine Flasche Genever aus dem Eisfach. »Ik glööv, ji köönt nu eerstmol en Schnaps verdregen.«

Er schenkte großzügig ein und ignorierte Karls abwehrende Handbewegung. »Nich lang snacken, Kopp in'n Nacken!«

»Und was machen wir jetzt?«, fragte Bine.

»Slapen. Ji köönt utsöken: Kohstall, Heuborm oder de gode Stuuv.«

Die drei schauten sich an. »Stube.«

Die Nacht war kurz und unruhig gewesen. Der Wind hatte um das Haus getost, bei manchen Böen hatte das Mauerwerk gezittert. Jetzt am Morgen schneite es noch immer weiter, aber nicht mehr so dicht und es war bei weitem nicht mehr so stürmisch. Aus der Küche machte sich Kaffeeduft breit.

»Das darf doch alles nicht wahr sein«, sagte Björn.

»Typischer Fall von Glück im Unglück«, sagte Bine.

»Was für ein Abenteuer«, sagte Karl.

Beim Frühstück mit Rührei, Speck und Schinkenbroten berieten sie, was sie machen sollten.

»Straten dicht, Katastroof«, fasste der Bauer die morgendlichen Radionachrichten zusammen. »Bundeswehr kümmt to Hülp.«

»Schnee erschießen?«, murmelte Karl vor sich hin.

Zu Fuß nach Schleswig zu kommen, schien unmöglich, also beschlossen sie, sich zurück nach Goltoft durchzuschlagen. Zum Abschied gab der Bauer ihnen noch einen roten Stofflappen und etwas Paketband mit. »Tütert dat an juus Autoantenne. Schull dor en Rüümfohrtüch kamen, de scheert sik nich doran, wat ünner de Snee verstaken is.«

Als sie sich auf den Weg machten und nach einigem Suchen das Auto wiederfanden, schaute nur noch das Dach aus dem Schnee.

Sie brauchten dann fast zwei Stunden, bis sie die Straße mit dem Haus des Lehrerehepaars erreicht hatten. Beide Buttgereits schippten gerade mit einigen Nachbarn einen Gehweg frei.

Nach einem großen Hallo und kurzen Austausch der Erlebnisse, meinte Patricia: »Wir sind froh, euch wohlbehalten wiederzusehen. Geht schon mal rein und ruht euch aus.« Zum Glück funktionierte ihr Telefon. Björns Mutter weinte, Bines Eltern klangen, als würden sie Tränen zurückhalten, bei Karls Eltern und in der WG nahm niemand ab.

Etwas später kam Ludger hereingestapft. »Wir brauchen noch ein paar Lebensmittel. Hat einer von euch Lust auf einen Ausflug zum Dorfladen?«

Karl war sofort dabei, Bine und Björn winkten ab. Ludger holte einen Schlitten aus dem Schuppen und sie zogen los. Vor dem Geschäft waren jede Menge Schaufeln und Schneeschieber abgestellt, drinnen schien sich das halbe Dorf aufzuhalten. Die Frau des Besitzers schenkte neben der Fleischtheke Glühwein aus, jemand anderes reichte eine Dose mit selbstgebackenen Keksen herum. Natürlich gab es kein anderes Thema als den Schneesturm und diverse Anekdoten wurden von Grüppchen zu Grüppchen weitergetragen. Karls Geschichte wurde mit einem anerkennendem: »Dat harr noch leger warrn kunnt«, kommentiert. »De Hansen sin Fru is nu ok al veer Johr doot«, merkte eine Frau an. »Autobahn is ok to. *Rihen newa plü*, as de Franzoos seggt«, ergänzte der Mann neben ihr.

Nach Kürbissuppe und Pellkartoffeln mit Kräuterquark saßen sie auf der schwarzen Ledergarnitur rund um den Glastisch, im Kaminofen loderte ein Feuer aus Birkenholz.

»So jung kommen wir nie wieder zusammen«, sagte Ludger und schenkte Rotwein, für Bine und Karl selbst gepressten Apfelsaft ein. »Was wollen wir machen?«

»Doppelkopf«, schlug Bine vor.

»Monopoly«, meinte Karl und erntete dafür den erhofften bösen Blick von Bine.

Patricia beugte sich auf dem Sofa vor. »Ich habe einen anderen Vorschlag: Wir stellen uns gegenseitig Fragen. Nicht so quizmäßig, wo West Samoa liegt oder wann Deutschland das erste Mal eine WM gewonnen hat, sondern eher persönliche. Wer nicht antworten will, muss stattdessen irgendetwas vortragen, einen Witz erzählen, ein Lied singen oder so. Das macht Spaß und wir kommen uns näher.«

Die anderen erklärten sich einverstanden. Danach entstand erst einmal Schweigen.

»Ich fange einfach mal an«, sagte Ludger. »Björn, was möchtest du aus deinem Leben machen?«

»Puh, das Thema hatten wir erst vor einiger Zeit bei uns in der WG ... Ich will Jurist werden.«

»Ich meinte nicht so sehr, welchen Beruf du ergreifen willst, sondern eher, was dir wichtig ist, ob du was Bestimmtes erreichen willst.«

Björn kratzte sich hinter dem Ohr, schaute erst zur Decke, dann in den Ofen. Schließlich wandte er sich wieder den Anderen zu. »Klingt vielleicht blöd, aber ich möchte die Welt gerechter machen.«

»Überhaupt nicht blöd«, sagte Bine und legte ihm eine Hand auf den Oberschenkel.

»Außerdem möchte ich etwas schaffen, das Bestand hat. Etwas, was mich überlebt.«

»Wer will das nicht«, sagte Ludger. »Jetzt darfst du jemanden etwas fragen.«

Björn überlegte nicht lange. »Bine, wirst du jemals einen anderen mehr lieben als mich?«

Alle lachten, Bine knuffte ihm in die Seite. Sie überlegte lange. Patricia sprang ihr zur Seite: »Du weißt ja, du kannst auch ein Gedicht aufsagen.«

Bine grinste. »Ich habe kein Problem damit zu antworten. Ich weiß bloß nicht, ob Björn die Antwort verkraftet.«

»Nur zu, ich bin hart im Nehmen.«

Sie wandte sich ihm zu. »Ich liebe schon jetzt jemanden mehr als dich.«

Da musste Björn dann doch etwas schlucken, entspannte sich aber wieder, als Bine »mich« ergänzte.

»Das ist so gerade noch okay, obwohl, darüber sollten wir später nochmal reden«, sagte Björn.

Bine schaute spitzbübisch zu Karl. »So viele Mädel schwärmen unverständlicherweise von dir. Warum hast du eigentlich keine feste Freundin?«

Karl hielt ihrem Blick, ohne zu blinzeln, stand, brauchte aber etwas Bedenkzeit.

»Heute hier, morgen dort, bin kaum da, muss ich fort
und es ist mir längst klar, dass nichts bleibt,
dass nichts bleibt, wie es war.«

»Gut gesungen, du Feigling!«, sagte Bine spöttisch. »War doch klar, dass du dich vor einer Antwort drückst.«

»Wieso drücken, wieso Feigling? Das *war* meine Antwort!«

Später am Abend, alle hatten sich schon ins Bett verabschiedet, saß Karl noch im Korbstuhl des Arbeitszimmers und blätterte in einem Buch über Wolken in der Malerei, das er in einem Regal entdeckt hatte. Er betrachtete gerade ein Gemälde von Mondrian, als die Tür aufging. Patricia blieb auf der Schwelle stehen. »Ich habe Licht bei dir gesehen. Kannst du nicht schlafen?«

Karl schüttelte den Kopf. »Welche Himmel magst du am liebsten?« Er hielt die Vorderseite des Bildbandes in ihre Richtung.

Sie kam ins Zimmer und kniete sich in ihrem auberginefarbenen Schlafanzug neben ihn. »Als Norddeutsche sollte ich natürlich *die von Nolde* sagen, aber der ist immer so dramatisch und bedeutungsschwanger. Ich mag Turner mehr.

Schau hier«, sie blätterte weiter nach vorne und fand, wonach sie suchte, »*Strand von Calais*; ich sehe da Dynamik, Bewegung, Auflösung. Was gefällt dir denn am besten?« Sie legte einen Arm auf seine Schulter und begann, mit einem Finger in seinen Haaren zu spielen.

Karl blätterte noch etwas weiter zurück. »Ich weiß, es ist nicht gerade Avantgarde, aber mich fasziniert die transzendente Stimmung in den Himmeln von Caspar David Friedrichs Bildern.« Er zeigte auf *Zwei Männer am Meer bei Mondaufgang*. »Den Kitsch drumherum muss man sich natürlich wegdenken.«

»Zeichnest du eigentlich noch? Ich fand schon immer, dass du talentiert bist. Vielseitig.«

»Ja, aber es befriedigt mich nicht mehr, ist eher so etwas wie ein Zeitvertreib geworden. Eigentlich würde ich gern richtig malen lernen.«

Sie schaute ihm in die Augen. »Ich könnte dir so einiges beibringen.«

Karl lachte etwas nervös und stand abrupt auf. »Gerne, vielen Dank, das ist sehr lieb von dir. Aber besser nicht heute Nacht.«

Patricia erhob sich ebenfalls. »Natürlich nicht.«

Als sie am nächsten Morgen beim Frühstück saßen, klingelte ein Nachbar. »Der Molkereilaster ist gerade vorbeigekommen. Der Fahrer sagt, die Straße nach Schleswig ist wieder frei.«

»Hurra«, riefen Bine und Björn. »Schade«, meinte Karl.«

Sie packten ihre Sachen zusammen, verabschiedeten sich von Patricia und ließen sich von Ludger in seinem robusten Volvo zu ihrem Auto fahren, von dem nur die Spitze der Radioantenne mit dem roten Tuch aus der Schneewehe ragte. Der Schneepflug hatte einen Schlenker drum herum gemacht. Sie schaufelten den Polo frei, und zu ihrer Überraschung sprang der Motor gleich beim ersten Versuch an, so dass sie die mitgebrachten Überbrückungskabel nicht brauchten.

»An diese Tage werden wir uns noch lange erinnern!«, meinte Ludger während er sie zum Abschied nacheinander in die Arme nahm.

»Wir werden es unseren Enkeln erzählen«, sagte Björn und blickte Bine dabei lachend an.

Auf der Rückfahrt schaute Karl gebannt in die tief verschneite Landschaft. Keine Wolke war am Himmel und das vom Schnee reflektierte Sonnenlicht war so gleißend, dass er die Augen zusammenkneifen musste. Nur wenige andere Fahrzeuge begegneten ihnen und selbst als sie nach Schleswig hineinfuhren, schien das Leben verlangsamt, fast wie in Zeitlupe abzulaufen.

Sie brachten erst Bine zu ihren Eltern, dann setzte Björn Karl bei ihrer WG ab, um den Wagen anschließend seiner Mutter zurückzubringen.

Ein großer Zettel auf dem Küchenboden empfing Karl.

MOMO HATTE EINEN ANFALL!!!
LIEGT IM STADTFELD!
RUFT MICH BEI MEINEN ELTERN AN!!
RITA

»Es war so furchtbar«, Rita fing sofort an zu weinen, als er sie an der Strippe hatte. »Sie ist einfach so umgefallen, erst fing sie an zu zittern, dann hat ihr ganzer Körper gezuckt, die Arme, die Beine, ... und ihre Augen ... entsetzlich ..., ich kann das gar nicht beschreiben, und dann«, Karl hörte sie ein paar Sekunden nur heftig atmen, »dann ist ihr Schaum vor den Mund getreten, ich habe solche Angst gehabt, ich dachte, sie stirbt.«

Karl wusste nicht, was er sagen sollte.

»Nach höchstens zwei Minuten war der Spuk dann vorbei, aber Momo war noch wie weggetreten. Ich habe den

Krankenwagen angerufen. Die haben über eine Stunde gebraucht, bis sie da waren, bei dem ganzen Chaos. Ich durfte nicht mit, aber sie haben mir gesagt, dass sie Momo ins Stadtfeld bringen. Da ist ihre Mutter doch auch immer! Einer der beiden hat gesagt: ›Möglicherweise Epilepsie.‹ Mein Vater hat einen Kollegen vom Tennisverein angerufen, der ist Arzt, und der hat das auch gemeint.«

»Und was heißt das?«

»Keine Ahnung, es gibt wohl viele Arten.«

»Wann ist es denn eigentlich passiert und war vorher was?«

Rita zögerte. »Ich vermute, sie hat die ganze Nacht nicht geschlafen. Sie war den Abend vorher schon so unruhig, konnte nicht lange stillsitzen, was ja sonst gar nicht ihre Art ist. Ist ständig auf- und abgetigert, hat alle Nas lang aus dem Fenster geschaut. Als ich sie gefragt hab, was los sei, hat sie nur mit den Achseln gezuckt. Ich glaube, sie hat sich Sorgen um euch gemacht.« Wieder zögerte sie und ergänzte dann mit einem nervösen Lachen: »Hauptsächlich um dich, vermute ich mal. Als ihr dann nach Mitternacht immer noch nicht zurück wart, hat sie angefangen, Kerzen in die Fenster zu stellen. Weißt du, wie die Fischerfrauen es machen, damit ihre Männer den Weg nach Hause finden. Ich bin dann irgendwann ins Bett und hab ihr gesagt, dass sie sich doch auch hinlegen soll. Sie hat ›Ja‹ gesagt, aber ich glaube nicht, dass sie es gemacht hat. Jedenfalls war sie am Morgen schon vor mir auf.«

»War schon jemand sie besuchen?«

»Ich bin gestern Nachmittag hin, sie liegt auf Station 7, aber sie haben mich nicht zu ihr gelassen, haben gesagt, dass sie Ruhe brauche und sowieso schlafen würde. Ist übrigens irgendwie gruselig da.«

»Danke, dass du dich um sie gekümmert hast.«

Rita schluchzte wieder. »Ich konnte gar nichts machen.«

Nachdem er aufgelegt hatte, stützte Karl seine Ellenbogen auf den Küchentisch, nahm seinen Kopf in die Hände und schloss die Augen für ein paar Minuten. Dann ging er hoch in sein Zimmer und zog sich um. Er nahm sich aus seiner Krimskrams-Kiste ein orangenes DIN-A3-Papier, setzte sich auf das Podest in seiner Gaube und begann das Blatt zu falten.

Kurze Zeit später klingelte er an der Stationstür. Weil seine Mutter hier arbeitete, kannte er sich einigermaßen gut auf dem sehr weitläufigen Gelände des Landeskrankenhauses aus. So hatte er das richtige Gebäude schnell gefunden. Eine Krankenschwester schloss von innen auf.

»Besuchszeit ist von 15 bis 16 Uhr.«

»Können Sie nicht mal eine Ausnahme machen, ich möchte nur kurz nach meiner Freundin schauen, die ist gestern hierher gebracht worden.«

»Wie heißt die denn?«

»Monika. Monika Mommsen.«

»Ach die. Der geht's schon wieder besser. Wie gesagt: 15 bis 16 Uhr.« Die Schwester wollte die Tür wieder zuziehen.

»Bitte!«

Sie musterte ihn. »Bist du nicht der Sohn von Ingrid, der Perle von der Vier?«

Karl nickte.

»Ist ne Nette.« Sie schob die Tür wieder etwas weiter auf. »Aber nur kurz!«

Momo lag in einem Zimmer mit zehn Betten, eigentlich war es mehr ein Saal. Alles war weiß, die Bettgestelle, die Bettwäsche, die kleinen Nachttische, die Wände, die hohe Decke. Nur die schmalen, teilweise eingedellten Schränke aus Metall an der einen Stirnwand waren dunkelgrau gestrichen. Es war zu Karls Überraschung relativ leise in dem Saal. Nur eine Frau stöhnte in kurzen Abständen vor sich hin, die meisten lagen regungslos in ihren Betten, manche schlafend, andere starrten die Decke an.

Momo lag auf der Seite, ihre Augen waren geschlossen. Karl nahm sich einen Stuhl, setzte sich leise neben ihr Bett und betrachtete sie. Obwohl er Momo schon lange kannte und fast täglich sah, war es ungewohnt für ihn, ihr Gesicht so ausgiebig anzuschauen. Er sah einige Sommersprossen auf ihren etwas pausbäckigen Wangen. Im Sommer waren es immer viel mehr und Karl wusste, dass Momo sie nicht leiden konnte. Ihre Nase war ebenso wie die Ohren klein. Er mochte ihre vollen Lippen, die er noch nie geküsst hatte. Sie atmete ruhig und tief.

Nach einer Weile legte er vorsichtig eine Hand an ihre Wange. Momo regte sich erst nicht, aber dann kam ihr Arm unter der Bettdecke hervor und ihre Hand legte sich auf seine. Ihre Finger verschränkten sich. Es dauerte eine weitere Minute, bis sie die Augen öffnete. Sie betrachteten sich, ohne ein Wort zu sprechen. Karl sah eine Mischung aus Zuneigung und Furcht in ihren Augen.

Schließlich fragte er mit leiser Stimme: »Hast du Angst?« Sie nickte kaum merklich. »Dass du so wirst wie deine Mutter?« Momo wackelte leicht mit dem Kopf.

»Es klingt auch nach was ganz anderem«, sagte er.

»Ich will hier weg«, sagte sie.

»So, das muss jetzt reichen«, sagte die Krankenschwester von der Tür aus.

Karl spürte, wie sich Momos Finger in seinen verkrampften.

»Ich kümmere mich drum.« Er löste vorsichtig seine Hand, holte einen orangenen Schmetterling aus seiner Jackentasche und legte ihn ihr auf die Bettdecke.

Das Sorgenpüppchen I

Die Küche der Wohngemeinschaft war mit vielen weißen, grünen und orangenen Luftballons geschmückt und unter der Decke war ein Transparent mit der Aufschrift *El Pueblo unido jamás será vencido* quer durch den Raum gespannt.

Momo und Karls Mutter waren am Herd zugange, während Karls Vater sich angeregt mit Björn und Bine unterhielt, die schon seit Tagen ständig aneinander klebten, als ob Björn gleich am nächsten Morgen abreisen würde.

»Würde mich nicht wundern, wenn die US-Imperialisten versuchen, die Sandinisten zu stürzen. Entweder direkt durch eine Militärintervention oder, wie damals in Chile, verdeckt durch die CIA.«

»Aber die internationale Solidarität ist groß«, gab Bine zu bedenken.

»Karl und ich haben auch schon überlegt, einen Abstecher nach Nicaragua zu machen«, ergänzte Björn.

»Wenn zwei kampferprobte deutsche Abiturienten bei der Kaffeeernte kräftig mit anpacken, kann mit der Revolution ja nichts mehr schiefgehen!« Karls Vater zeigte auf das Transparent. »Wie seid ihr eigentlich auf Mexiko gekommen?«

»Ich wollte es mit Karl ausdiskutieren, wohin wir fahren, aber er hat darauf bestanden, dass wir den Zufall entscheiden lassen.«

»Klingt nach ihm.«

»Nach einigem Hin und Her habe ich mich darauf eingelassen, unter der Bedingung, dass jeder einmal ein Veto einlegen darf.«

»Und dann?«

»Karl hat mir die Augen verbunden, direkt vor mir eine Weltkarte auf den Fußboden gelegt und mir einen Dartpfeil in die Hand gedrückt. Ich habe ihn fallen lassen.«

»Auf Mexiko.«

»Nein, erst dreimal ins Meer. Beim vierten Mal war es Pakistan. Karl hat geschmunzelt, aber mir wäre das nicht ganz geheuer gewesen, zu fremd. Also habe ich Einspruch erhoben. Dann war Karl dran. Erst auch einmal ins Wasser, dann Mexiko. Er war sofort einverstanden und ich hatte mein Veto ja schon aufgebraucht.«

»Na dann, aber weise meinen ›Hans guck in die Luft‹-Sohn mal ab und zu auf die sozialen Realitäten dort hin. Der hat doch immer nur die schönen Dinge im Blick.«

»Ich habe ihm schon von Zapata und Pancho Villa erzählt, bin mir aber nicht sicher, ob es ihn wirklich interessiert hat.«

Karls Mutter bimmelte mit einem Glöckchen. »Chili con carne á la Momo ist fertig, bedient euch selbst.«

Während alle aßen, kamen weitere Gäste, Eva mit einer Freundin im Schlepptau, Björns kleiner Bruder mit einem Freund und schließlich Ludger und Patricia.

»Was machen denn eure Fortschritte beim Spanisch?«, fragte Ludger mit einem Augenzwinkern, nachdem sie sich noch mit auf die Küchenbank gequetscht hatten.

Björn stöhnte. »Es ist eigentlich wie immer: Ich habe mich durch einen Volkshochschulkurs gequält und Karl hat Lieder von Victor Jara auf der Gitarre gespielt. Er ist mir meilenweit voraus.«

»Du übertreibst«, meinte Karl zwischen zwei Löffeln Bohneneintopf und rief zu Momo hinüber: »Schmeckt genauso, wie ich mir Mexiko vorstelle!« Sie winkte zurück.

Patricia wandte sich an Karl. »Sieh zu, dass du auch dort ab und zu zum Malen kommst. Du hast so große Fortschritte in diesem Jahr gemacht und solltest nicht aus der Übung geraten.«

»Meine Fortschritte verdanke ich deiner sachkundigen Anleitung. Es wird unterwegs nicht leicht sein, aber wenn wir irgendwo länger bleiben, dann bestimmt.«

»So! Jetzt wird es stilecht!«, rief Rita durch den Raum und servierte, ein rundes Holztablett geschickt balancierend, jedem ein Schnapsglas Tequila mit einer Zitronenecke und reichte einen Salzstreuer herum. »Auf die tolle Zeit, die wir in dieser WG hatten und auf die Abenteuer, die vor uns liegen!«

»Nich lange snacken«, rief Björn.

»Kopp in Nacken«, antworteten alle anderen. Die Einkehr beim Bauern hatte ihre Runde gemacht.

»Ich leg jetzt mal was Flottes auf«, sagte Rita, »und dann können wir die Hufe schwingen.« Auf dem Weg zum Plattenspieler warf sie Karl einen kecken Blick zu.

»Nur zu, ich bin bereit.«

»Warum säufst und kiffst du eigentlich nicht, so wie jeder anständige Abiturient?«, fragte Ludger, der mitbekommen hatte, dass Karl als Einziger den Schnaps nicht getrunken hatte.

»Vielleicht, weil ich nicht anständig bin?«, schlug Karl vor.

»Karl braucht das nicht, der ist quasi naturbreit«, meinte Björn.

Aus den Lautsprechern dröhnte Nina Hagen. Rita räumte ein paar Stühle zur Seite und begann, lauthals mitsingend, wild zum TV-*Glotzer* zu tanzen. Eva und ihre Freundin gesellten sich kreischend zu ihr und auch Karl stand auf, um mitzumischen. »Ist alles so schön bunt hier«, rief er. Eva, die eine durchscheinende, hellgelbe Bluse trug, drängte sich dicht an Karl und machte ihm schöne Augen. »Hast du schon Pläne für den späteren Abend?«

Während Karl noch an einer Antwort überlegte, kam Momo mit einem Glas Rotwein in der Hand vorbei, geriet plötzlich ins Stolpern und verschüttete den Wein auf Evas Bluse. »Oh!«, sagte sie.

»Wie ungeschickt von dir!«, rief Eva wütend. »So eine Sauerei! War das etwa Absicht?« Vor sich hin schimpfend eilte sie ins Badezimmer.

Momo ging ungerührt zum Plattenspieler, schnappte sich eine LP und legte *My Generation* auf. Sie schüttelte ihren strähnigen, dunkelblonden Wuschelkopf und hüpfte wie ein Gummiball über die frei geräumte, kleine Tanzfläche, rempelte dabei andere Tänzer absichtlich an. Die anderen schauten ihr verwundert zu, denn so temperamentvoll hatte Momo noch keiner erlebt. Karl sprang johlend auf sie zu und brüllte lauthals: »I hope I die before I get old!«

»Karl, guck mal, wer da ist!«, rief seine Mutter aufgeregt gegen die Musik an. Als er den Kopf wendete und sein Blick ihrem ausgestreckten Arm folgte, sah er seine Schwester etwas verschämt lächelnd in der Tür stehen. Er ging betont langsam auf sie zu.

»Du unterbrichst deine Vorbereitungen auf das Physikum und machst dich auf den weiten Weg von Hamburg in die tiefe Provinz, nur um deinen nichtsnutzigen, kleinen Bruder zu verabschieden? Welche Ehre!«

»Ich wollte dich noch ein letztes Mal lebend sehen.«

»Du bist immer noch schöner als Luxemburg!« Karl fuhr ihr zart mit einer Hand durch die braunen Locken.

Rosa schob die Hand mit einer sachten, aber bestimmten Bewegung beiseite. »Und du immer noch genau so hässlich wie Liebknecht!«

»Streitet ihr schon wieder?« Ihre Mutter war zu ihnen gekommen.

»Kein bisschen«, antworteten beide wie aus einem Munde.

Kurz nach vier waren die letzten Gäste gegangen, bis auf Momo, die gerade Geschirr spülte. Lulu hatte sich schon frühzeitig verabschiedet und Björn war mit zu Bine. Karl jonglierte zerknüllte Servietten, Rita räumte leere Flaschen weg. »Den Rest können wir doch auch am Morgen machen, oder? Ich geh ins Bett. Gute Nacht!«

Karl ging zur Spüle, nahm sich ein Geschirrhandtuch, hob Momos Hände aus dem Spülbecken und trocknete sie behutsam ab. Dann nahm er sie an eine Hand und ging mit ihr die Treppe hoch. In seinem Zimmer zündeten sie eine Kerze an, holten Bettdecke und Kopfkissen, setzten sich einander gegenüber auf das Podest in der Gaube und deckten sich zu. Sie schauten in den nur leicht bewölkten Nachthimmel.

Nach einigen Minuten fragte Momo: »Worauf freust du dich am meisten?«

Karl dachte nach. »Auf das Unerwartete.« Er schaute ihr Gesicht im flackernden Kerzenschein an. »Und wie wird die nächste Zeit für dich sein?«

»Erwartbar.« Momo lachte. »Ist okay so, mach dir keine Sorgen. Apropos: Ich möchte dir etwas mit auf die Reise geben.« Sie holte aus ihrer Hosentasche eine kleine Figur hervor, die sie aus Wolle und Stoffresten gemacht hatte, und reichte sie ihm.

Die Figur passte bequem in seine Hand. Karl hielt sie ins Licht und betrachtete sie. »Die ist schön. Ein Talisman?«

»Ein Sorgenpüppchen. Die wurden ursprünglich in Mexiko hergestellt. Deinem kannst du all deine Sorgen und Ängste erzählen und legst es dann unter dein Kopfkissen. Am nächsten Morgen sind die Sorgen verschwunden.« Sie legte eine Hand auf die kleine Puppe und drückte sie sachte in seine Hand.

»Ein großes Geschenk.« Karl rutschte zu ihr herüber, legte sein Kopfkissen neben ihres, schob die Sorgenpuppe dazwischen und kuschelte sich an Momo.

Momo küsste ihn auf die Stirn. »Buenas noches.«

El Paraiso

Karl lag auf dem klapprigen Bett ihres Herbergszimmers und las in einem Gedichtband von Octavio Paz. Er hörte Schritte auf dem Flur, die vor ihrer Zimmertür verharrten. Erst nach einigen Sekunden öffnete sie sich und Björn trat ein.

»Das hat aber lange gedauert.«

»Ich habe im Hauptpostamt fast zwei Stunden warten müssen, bis eine internationale Leitung frei war.«

»Und was gibt es Neues aus der Heimat?«

Björn wich Karls fragendem Blick aus, ging zur Balkontür und schaute in die kleine, staubige Gasse hinunter. »Ich muss zurück«, sagte er mit belegter Stimme. Als von Karl keine Reaktion kam, drehte er sich zu ihm um. »Es ist Post von der Staatsanwaltschaft gekommen, eine Anklage wegen Fahnenflucht. Mein Vater hat mit meinem Anwalt telefoniert. Der hat gesagt, dass es einen Haftbefehl gegen mich geben wird, wenn ich nicht demnächst auftauche.«

»Aber die werden doch wohl kaum ihre Häscher nach Mexiko schicken, um dich einzusacken.«

»Wohl kaum«, Björn lachte grimmig. »Aber wenn ich wieder in die BRD einreise, werde ich wahrscheinlich gleich am Flughafen festgenommen. Das Blöde ist doch, dass es bisher kaum Präzedenzfälle für Totalverweigerer gibt. Mein Anwalt, der ja darauf spezialisiert ist, hat mir erzählt, dass es in jedem einzelnen Fall unterschiedlich abläuft.«

»Und willst du es wirklich bis zum Ende durchziehen?«

»Eigentlich schon. Es ist ein Akt des zivilen Ungehorsams gegen einen völlig inakzeptablen staatlichen Zwangsdienst, mal abgesehen davon, dass er Männer diskriminiert. Das Einzige, was ich auf keinen Fall will, ist eine im polizeilichen Führungszeugnis eingetragene Vorstrafe. Das wäre mir für mein Jurastudium und meine späteren Jobs zu riskant. Notfalls werde ich doch Zivildienst machen, ich habe da schon was mit Micha, dem Leiter vom Juzi vorbesprochen. Du kannst echt froh sein, dass sie dich ausgemustert haben, wie auch immer du das wieder hingekriegt hast.«

Karl fasste sich ins Kreuz. »Oh, mein Rücken!«, stöhnte er gequält auf und grinste dabei. Dann sah er seinen Freund an und wurde wieder ernst. »Da ist noch was, oder?«

Björn setzte sich auf den Holzschemel neben dem kleinen, runden Tisch und rieb sich mit einer Hand über sein Gesicht. »Ich«, er stockte, dann brach es aus ihm heraus: »Ich habe Heimweh. Wie ein kleiner Junge auf Klassenfahrt! Und ich schäme mich dafür. Ich vermisse Bine so sehr. Und ich fühle mich auch nach den fünf Wochen hier immer noch so fremd. Ich komme mit der Sprache nicht klar, ich habe ständig Blähungen und Durchfall, muss die ganze Zeit aufpassen, keinen Sonnenbrand zu kriegen, ich schlafe schlecht und habe blöde Träume. Kurzum«, Björn schniefte, »wenn ich ehrlich bin, will ich nicht länger hier sein! Bist du sauer?«

»Quatsch! Wir wollten uns doch treiben lassen, und manchmal treibt es einen zurück.«

Björn atmete tief aus. »Ich meine, es ist ja gar nicht blöd gewesen. Allein schon die Anreise: erst nach London trampen, dann in diesem Billigflieger nach L.A. Diese irre Landschaft von Baja California mit all den Kakteen, die Surferszene in Cabo San Lucas und die nächtlichen Lagerfeuer dort, die Übernachtung in der Hütte der Bäckerfamilie, denen wir morgens geholfen haben, die Tortillas für ihr kleines Dorf zu backen und«, er machte eine Armbewegung Richtung Balkontür und Stadt. »Oaxaca ist auch eine interessante Stadt, die Ruinen von Monte Alban, die wir uns gestern angeschaut haben, alles tolle Erlebnisse und in zehn Jahren werde ich bestimmt davon schwärmen, aber jetzt will ich nach Hause.«

Karl stand vom Bett auf, ging zu Björn, beugte sich zu ihm hinunter und legte die Arme um ihn. »Wann willst du los?«

Björn räusperte sich. »Ich war auf dem Rückweg von der Post in einem Reisebüro. Morgen Mittag geht ein Express-Bus nach Mexiko City. Da werde ich sehen, wann ich einen Flug bekomme.«

Karl stupste ihn gegen den Oberarm. »Wie wär's, wenn wir uns heute Abend die Kante geben? Natürlich nur, weil du es bist. Aber mit Mezcal! Die ganze Zeit frage ich mich, warum unten in den Flaschen ein Wurm schwimmt. Bis zu dem müssen wir uns trinken.«

Björn schaute ihn erst verwundert an und knuffte ihn dann zurück. »Jeder einen halben Wurm!«

Karl hatte immer noch einen leichten Brummschädel, als er eineinhalb Tage später an der Landstraße Richtung Pazifikküste stand und den Daumen herausstreckte. Sie hatten es bis zum Wurm geschafft, der, wie der kleine, zu Scherzen aufgelegte und mit einem beeindruckenden Schnurrbart ausgestattete Wirt der Bodega ihnen erzählt hatte, gar kein Wurm, sondern eine Schmetterlingsraupe war. Die hatten sie sich brüderlich geteilt, bevor sie in ihre Herberge geschwankt waren und unter spöttischen Bemerkungen vorbeigehender Passanten in den Rinnstein gekotzt hatten.

Karl ging ihr Gespräch an dem Abend durch den Kopf. Jedenfalls soweit er sich noch erinnern konnte. Björn hatte davon gesprochen, dass es ihn auf die Dauer langweilen würde, sich als Rucksacktourist immer nur alles anzuschauen, aber nicht am eigentlichen Leben vor Ort teilzunehmen. Keine Aufgabe zu haben, eigentlich nur zu konsumieren. Auch wenn Karl sich bisher nicht gelangweilt hatte, so war doch etwas an dem dran, was Björn gesagt hatte. Karl hatte es auch etwas satt, ständig unterwegs zu sein, er wollte jetzt mal irgendwo für etwas länger bleiben. Etwas regelmäßigere Tagesabläufe haben, sich vielleicht sogar einen Job suchen – bloß wo, wie und als was? Oder malen. Ein Autohupen riss ihn aus seinen Gedanken. Zehn Meter entfernt hielt ein roter Pick-Up, der Mann auf dem Fahrersitz winkte ihn heran.

»Where are you heading to?«, fragte ihn ein flachsblonder Mittdreißiger.

Karl lachte ihn freundlich an und zeigte die Straße runter. »The coast.«

»Jump on in then.«

Kaum dass sie losgefahren waren, erzählte Pete, dass er eigentlich Peter Hinterseer hieß, sein Vater sei Schweizer, seine Mutter Amerikanerin und er sei in Basel und San Diego aufgewachsen. Er hatte sich als vom Surfen begeisterter Jugendlicher beim letzten gemeinsamen Urlaub mit den Eltern in einen mexikanischen Urlaubsort verliebt. »Vom College bin ich nach einem Jahr der Quälerei und Langeweile abgehauen, wieder runter nach Puerto Escondido. Meine Eltern sind zwar fast ausgeflippt, aber das war mir egal. Nach einem halben Jahr habe ich gehört, dass der Besitzer einer kleinen, direkt am Strand gelegenen Bungalow-Anlage kurz vor der Pleite stand. Und ich hatte im Jahr davor Geld von meiner Schweizer Großmutter geerbt. Ich bin also zu ihm hin, habe ihm ein faires Angebot gemacht. Er hat sich erst geziert, wollte wahrscheinlich noch mehr rausschlagen, aber als ich ihm angeboten habe, dass er das

Geld innerhalb weniger Wochen cash down haben könne, hat er eingewilligt. Die Beschleunigung der Formalitäten hat dann noch mal eine Stange oben drauf gekostet, wenn du verstehst, was ich meine. Jetzt bin ich seit über zehn Jahren Besitzer des *El Paraiso*.«

»Coole Story. Und surfst du noch?«

»Ich komme viel zu selten dazu. Ich habe in all den Jahren viel Geld und viel Arbeit in die Anlage gesteckt. Aber das hat sich gelohnt, es ist ein kleines Idyll geworden. Es würde dir gefallen. Ist zwar nicht direkt was für Rucksackreisende mit schmalem Budget wie dich, aber auch nichts für Reiche, die gehen zum Glück sowieso lieber nach Acapulco. Die meisten Gäste sind eher typische amerikanische Mittelschicht.« Pete schaute schmunzelnd zu Karl herüber. »Weißt du was, ich lade dich für eine Übernachtung ein.«

»Heute scheint ein Glückstag zu sein!« Karl strahlte ihn an. »Kann ich, ehrlich gesagt, gerade gut gebrauchen.«

Auf Petes Nachfrage erzählte er ihm von Björns plötzlicher Abreise, ihrem Besäufnis und seinen Kopfschmerzen. Und er sprach auch von seinen Überlegungen, wie es mit ihm in nächster Zeit weitergehen könnte. Pete kratzte sich mit einer Hand am Hinterkopf, während er mit der anderen den Pick-Up lässig über die wenig befahrene Landstraße steuerte.

»Was hast du in Oaxaca gemacht?«, fragte Karl in die eingetretene Stille und zeigte durch das Rückfenster auf die Ladefläche, die mit Kisten, Kartons, mehreren großen Gasflaschen und diversen Einkaufstüten vollgestellt war.

»Einmal die Woche fahre ich zum Großeinkauf und für Dinge, die man am Meer schlecht kriegt, in die Provinzhauptstadt.«

»Oh, spielst du?«, rief Karl erfreut. Er hatte beim Blick nach hinten eine Gitarre hinter der Rückenlehne der Sitzbank entdeckt.

»Das ist Sandy, meine Jugendliebe!«, antwortete Pete. »Leider von mir seit Jahren vernachlässigt. Spielst du auch?« Als Karl nickte, zog Pete die Gitarre hervor und forderte ihn auf, ihm etwas vorzuspielen.

»Was hörst du gerne?«

»Kannst du was von meinem Namensvetter?«

Karl spielte erst *If I had a hammer*, wobei sein Fahrer und Gastgeber für die kommende Nacht gleich lautstark mit einstimmte, und dann *Where have all the flowers gone*, allerdings sang er zu der Melodie die deutsche Version; auch die konnte Pete mitsingen.

Als sie sich der Küste näherten, hielt Pete auf einem Hügel an. Sie stiegen aus und Pete zeigte schräg nach vorne. »Puerto Escondido, der versteckte Hafen, die wahre Perle am Pazifik. Ist in den letzten Jahren zwar etwas gewachsen, hat aber seinen Charme behalten.« Pete richtete seinen Arm noch etwas weiter nach links. »Das *El Paraiso* liegt etwas außerhalb, Richtung Osten an der Playa Zicatela. Da sind die Wellen am besten und es ist trotzdem noch angenehm ruhig.«

Als sie bei Petes Anlage ankamen, war er beeindruckt, nicht so sehr von den durchaus hübschen, ganz in Weiß gestrichenen Bungalows, die jeweils vier Appartements beherbergten, zwei ebenerdig, zwei im Obergeschoss, die über eine seitliche Holztreppe zu erreichen waren. Es waren die überall in üppiger Vielfalt wachsenden Blumen, Büsche und Palmen und die vielen, teilweise fast versteckten, kleinen Kunstwerke, die ihn begeisterten. Er sah Windspiele aus dünnen Muscheln, die an Veranden angebracht waren, bunt bemalte Tonfiguren, die unter einem Busch hervorschauten, Fähnchen, die in der Brise flatterten, eine mit Hunderten von Murmeln gefüllte, große Glasvase, die mitten auf einem Rasenstück stand.

»Du hast wirklich ein kleines Paradies geschaffen«, sagte Karl, während sie über einen mit feinem, hellgrauem Kies bestreuten Weg auf ein großes, kreisrundes, zweistöckiges Holzgebäude zugingen, in dessen Erdgeschoss sich die Rezeption befand, die sie durch einen bunten Fadenvorhang betraten. »Hola!«, rief Pete dem bärtigen Mann zu, der in Bermudashorts und Bob-Marley-T-Shirt hinter dem Tresen stand und gerade im Belegungsplan blätterte. »Hi Pete, hast du alles gekriegt?« Der nickte und sagte zu Karl: »Das ist Joe, seit drei Jahren dabei, meine rechte Hand, der Manager des Resorts sozusagen, und«, er legte eine Hand auf Karls Schulter, »das ist Karl, ein begnadeter Gitarrist aus Deutschland, der für eine Nacht hierbleibt.«

»Nett, dich kennenzulernen, Charly.«

»Die Freude ist auf meiner Seite«, antwortete Karl.

»Im Personalbungalow müsste doch noch Erics Zimmer frei sein«, meinte Pete. »Der kommt doch erst nächstes Wochenende, oder?«

»Gut, dass du es ansprichst, Boss. Wir haben ein Problem. Eric hat angerufen, sein Vater liegt im Sterben, er wird erst in einigen Wochen kommen können.«

»Shit«, grummelte Pete, warf einen Blick auf Karl und tippte sich mit einem Zeigefinger auf die Nasenspitze.

Joe griff zum Schlüsselbrett, nahm einen Schlüssel vom Haken und warf ihn Karl zu, der ihn lässig auffing. »Zimmer drei.«

»Ich habe Hunger«, sagte Pete, immer noch nachdenklich, »lass uns etwas essen.« Er nahm Karl am Arm. Sie traten aus der Rezeption und gingen die breite Treppe hoch zum Obergeschoss.

»La Cocina«, sagte Pete mit Besitzerstolz. Das Restaurant maß ungefähr zehn Meter im Durchmesser und war rundum mit Bodenfenstern und Schiebetüren verglast, so dass man sowohl von innen als auch von der breiten Veranda, die komplett um das obere Stockwerk führte, Ausblicke auf das Meer oder auf die bis an die Küste heranreichenden Berge hatte. Der offene Küchenbereich lag gleich rechts neben dem Eingang, eine korpulente Mexikanerin war darin zugange, während ein Junge gerade die Tische eindeckte, an denen mitten am Nachmittag noch niemand saß.

»Hola, Maria! Bringst du uns zwei kühle Bier bitte. Und machst du mir und meinem jungen Freund zwei deiner göttlichen Burger?«, rief Pete der Frau zu.

»Hola, Gringo!«, antwortete sie mit einem strahlenden Lächeln, und musterte Karl neugierig. »Der hat Futter nötig. Ist ja nichts an ihm dran!« Sie gab ein wieherndes Lachen von sich und wollte sich wieder an die Arbeit machen.

»Ich hätte bitte lieber einen Guavensaft, der hat weniger Kalorien«, sagte Karl in seinem schon passablen Spanisch und schmunzelte die Köchin an. Die kniff die Augenbrauen zusammen. »Geht klar, aber du bekommst eine doppelte Portion Papas Fritas.«

Auf dem Weg zu einem Tisch auf der Veranda strich Pete dem Jungen durch die Haare. »Das ist Jorge, Marias fleißiger Sohn. Er ist erst elf, aber schon eine große Hilfe. Jorge, lädst du bitte nachher den Wagen aus?« Der Junge streckte stolz den Rücken durch. »Si, Senor!« Pete kramte in einer seiner Hosentaschen, pfiff von der Tür her noch einmal dem Jungen zu, und als dieser aufblickte, warf er ihm eine Plastikfigur zu. Jorge blickte voller Freude auf die Figur. »Darth Vader! Muchas gracias, Senor!«

»Marias Mann hat sich vor zwei Jahren mit seinem Truck totgefahren«, erzählte Pete, als sie an einem Tisch mit Aussicht auf den Pazifik Platz genommen hatten. »Der Junge war mit im Wagen und hat großes Glück gehabt, sich nur das rechte Bein mehrmals gebrochen. Weil ich früher oft an Marias Imbissstand gegessen hatte, wusste ich, dass sie eine gute Köchin ist. Also habe ich ihr in dieser Situation den Job angeboten. Sie kann manchmal ganz schön aufbrausend sein, und wenn sie richtig wütend ist, gehst du besser in Deckung, aber sie hat das Herz am richtigen Fleck und die Gäste lieben ihr Essen.«

Karl blickte über die Anlage auf den Strand mit dem türkisblauen Meer. Es war ruhig, nur von der Seite hörte man in der Entfernung ein Auto hupen. Ein leichter Luftzug hielt die Hitze in Grenzen, ein Sonnenschirm spendete ihnen Schatten. Karl streckte seine Beine und nahm einen großen Schluck vom kühlen Saft, den Jorge gerade gebracht hatte.

»Gibt es hier eigentlich auch irgendwas, das nicht gut ist?«

Pepe überlegte einen Moment. »Willst du die Top Ten oder die Top One Hundred hören?« Ohne eine Antwort abzuwarten, fuhr er fort: »Die Unzuverlässigkeit der Handwerker und Lieferanten, fehlende Ersatzteile für alles Mögliche, die elende Korruption auf allen Ebenen, die vielen Diebstähle – vor einiger Zeit habe ich einen Nachtwächter engagieren müssen, aber der schläft die halbe Nacht –, die Luftfeuchtigkeit, die die elektrischen Geräte nicht lange aushalten, gelegentliche Stromausfälle, nervige Gäste, die schmierigen Strand-Gigolos, die unsere weiblichen Gäste anzubaggern versuchen, keine ordentlichen Radiosender, keine Toblerone«, Pete musste lachen, »waren das schon einhundert Sachen?«

»Mindestens«, Karl lachte mit, »aber für all das Elend hältst du es hier schon ganz schön lange aus.«

Nachdem sie gegessen hatten, zeigte Pete ihm noch das Gebäude mit den Personalunterkünften und verabschiedete sich für den Rest des Tages, er habe noch viel zu tun, sie würden sich aber morgen früh sehen.

Das Staff-House sah von außen genau so aus, wie die Bungalows für die Gäste, innen bildeten die beiden Etagen jedoch jeweils eine Einheit mit fünf Zimmern, einem Badezimmer und einem Aufenthaltsraum mit kleiner Kochnische. Alles war einfach, aber funktional eingerichtet und sauber. Erics im ersten Stock gelegenes Zimmer quoll allerdings über vor Müll. Auch wenn er nur eine Nacht hier verbringen würde, beschloss Karl, sauber zu machen. Da er niemanden antraf, den er hätte fragen können, suchte er nach Besen und Kehrschaufel und wurde schließlich in einem Putzschrank auf der Veranda fündig. Den Müll, Getränkedosen, Chipstüten, zerknüllte Zigarettenschachteln und diverse zerfledderte, alte Zeitschriften schmiss er in den großen Abfalleimer, der ebenfalls auf der Veranda stand. Dann fegte er den Boden, beseitigte Spinnweben und weil er gerade dabei war, putzte er sogar die Fenster, die es dringend nötig hatten. Als er schließlich noch die überall herumliegenden Kleidungsstücke in den Schrank gelegt hatte, sah der Raum schon viel einladender aus. Karl spürte, wie müde er war, aber er wollte unbedingt noch in der Dämmerung schwimmen gehen, zog also Badehose und Handtuch aus seinem Rucksack und ging zum Strand. Der Sand hatte die Wärme des Tages gespeichert, das Meer glitzerte und die Dünung schaukelte gleichmäßig. Zwei Surfer waren draußen auf dem Wasser, am ansonsten menschenleeren Strand packte ein Pärchen Badesachen ein und winkte ihm freundlich im Vorbeigehen zu. Karl stürzte sich in die Fluten und vergnügte sich in den Wellen. Danach legte er sich auf sein Handtuch und blickte auf die anbrandenden Wellen. Wie schade, dass Björn nicht dabei war.

Am nächsten Morgen war Karl schon früh wach. Er ging auf die Veranda, setzte sich in einen der Schaukelstühle und schaute sich um. Während die Anlage noch im Schatten lag, beschien die Sonne schon das Wasser weiter draußen, am Himmel hingen einige wenige Wölkchen. In einem Busch zwitscherte ein Vogel vor sich hin und zog damit eine graue Katze an, die sich geduckt über den Rasen anschlich. Ein Gast ging gerade die Treppe zum Restaurant hoch, in dem Maria offensichtlich schon mit ihrem Tagewerk begonnen hatte. Karls Magen knurrte.

Als er etwas später das Restaurant betrat, stiegen ihm Kaffee- und Eiergeruch in die Nase. An einem Tisch saß ein Paar beim Frühstück, an einem anderen der Mann, den er vorhin auf der Treppe gesehen hatte, an einem dritten Pete, der Zeitung las und abwesend in ein Sandwich biss.

»Hola, Maria!«, begrüßte er die Köchin, die gerade Spiegeleier in einer Pfanne briet.

»Wie viele?«

»Wie viele was?«

»Eier!«

»Ach so, verstehe. Eins oder zwei bitte.«

Maria betrachtete ihn stirnrunzelnd und wendete sich wieder dem Herd zu.

Pete winkte ihn zu seinem Tisch. »Hast du gut geschlafen?«

»Wie ein Stein. Alles prima, vielen Dank noch mal für die Einladung!«

»Wie sind deine weiteren Pläne?«

»Ich habe keine.«

Pete rieb sich mit den Handinnenflächen die Wangen. »Aber ich! Pass auf: Wir haben gerade das Ende der Vorsaison, noch ist es relativ leer. In zwei Wochen, ab Thanksgiving wird es richtig voll und zwar mehr oder weniger durchgehend bis Ostern. Kurz und gut, ich habe noch Bedarf an Personal.«

»Das klingt nach einem guten Plan.« Karl lachte.

»Erst eine Woche zur Probe. Die Konditionen sind: sechs Tage pro Woche, im Schnitt acht Stunden, freie Kost und Logis, hundert Dollar pro Woche.«

»Klingt okay. Was soll ich tun?«

»In der ersten Woche alles, was anfällt. Dann sehen wir mal, wie du dich anstellst. Joe erstellt die Wochenpläne und teilt die Arbeit ein. Hast du eigentlich einen Führerschein?«

»Ja, aber nur den deutschen.«

Pete nickte nachdenklich. »Hast du ein extra Passfoto dabei?«

»Ja.«

»Gut. Haben wir einen Deal?« Pete hielt eine Hand hoch. Karl klatschte ihn beherzt ab.

Maria kam mit einem Tablett vorbei. Sie stellte einen Teller mit drei Spiegeleiern, einer riesigen Portion Bratkartoffeln und gebutterten Toasts vor Karl ab. Sie musterte ihn kritisch von oben bis unten. »Der Junge muss mehr essen! Aber schöne Haare hat er.« Sie strich ihm mit einer fleischigen Hand über den Kopf und entfernte sich lauthals lachend.

In der ersten Woche half Karl in der Küche, kalkte Wände, wässerte Rasen und Pflanzen, nahm Gäste in Empfang und zeigte ihnen ihre Appartements, besserte Mäuerchen aus, hängte Waschmaschinenladungen voller Tischdecken zum Trocknen auf und reinigte Bungalowdächer. Obwohl er kein begnadeter Handwerker war, kam er mit den meisten der zu erledigenden Arbeiten gut klar. Abends war er meist so müde, dass er nach dem schnell zum Ritual gewordenen Schwimmen im Meer nur noch etwas las und früh schlafen ging.

Da er auch mit den Leuten gut auskam, sowohl seinen Kollegen als auch den Gästen, war es weder für Pete noch für ihn eine Frage, ob er blieb. Nach und nach trafen die weiteren Arbeitskräfte für die beginnende Hochsaison ein. So wurde es nicht nur auf dem Gelände lebhafter, sondern auch im Staff House. Joe erwies sich als ein Manager, der, solange alles rund lief, die Zügel locker ließ. Wenn es aber berechtigte Klagen von Gästen gab, konnte er auch unangenehm werden.

Karl freundete sich schnell mit Jorge an. Angefangen hatte es damit, dass Karl ihm im Restaurant nach kurzem Zuruf eine Orange zugeworfen hatte, die der Junge geschickt aufgefangen hatte. Karl hatte ihm bedeutet, die Orange zurückzuwerfen. Seitdem war es Sitte zwischen ihnen geworden, sich, wann immer sie sich irgendwo auf dem Gelände begegneten, etwas zuzuwerfen. Eine Tasse, eine Kerze, einen Stein, je nachdem, was gerade greifbar war, notfalls ein schnell vom Fuß gestreifter Flip Flop.

Einmal hatten sie am Strand Fußball gespielt. Seine Beinverletzung schien Jorge nicht mehr sonderlich zu beeinträchtigen. Er hatte gleich zu Beginn auf Karl gezeigt: »Du: Back in power!«

Der hatte ihn verständnislos angeschaut.

»Ich: Hugo Sánchez, du: Back in power.«

»Wer ist Hugo Sánchez?«

»Der beste mexikanische Fußballer. Back in power ist doch ein berühmter deutscher Fußballer, oder?«

Das Dach des Staff Houses war Karls Lieblingsplatz geworden. Über eine seitlich am Gebäude angebrachte Feuerleiter hatte er einen Campingstuhl, einen Sonnenschirm und einen kleinen, runden Tisch hochgetragen. Nach Dienstschluss, dem täglichen Bad im Meer, Dusche und Abendessen stieg er regelmäßig hinauf und spielte dann meist ein paar Lieder auf der Gitarre, die er von Pete als Dauerleihgabe erhalten hatte. An seinen freien Tagen kam er auch oft hierher, um auf seinem Zeichenblock die Umgebung zu skizzieren, was ihm spöttische Bemerkungen seiner Arbeitskollegen einbrachte, die ihre freie Zeit lieber damit verbrachten, im Aufenthaltsraum fernzusehen und Bier zu trinken.

»Was machst du da?«, fragte Jorge eines Nachmittags, während Karl gerade in sich versunken auf seinen Block schaute.

Karl schaute überrascht auf. Er hatte den Jungen gar nicht kommen gehört. »Ich zeichne das Meer und den Himmel darüber.«

Jorge trat näher und sah sich Karls Zeichnung an. Dann sah er auf das sehr unruhige Meer hinaus. Er schien etwas sagen zu wollen, druckste aber herum.

»Was ist?«

»Ich habe manchmal schlechte Träume. Da kommt dann aus dem Meer eine riesige Welle und verschlingt alles.«

Karl schaute Jorge nachdenklich an und nickte. »Ich habe auch manchmal schlechte Träume. Weißt du, was ich dann mache? Ich zeichne sie, das hilft mir gegen die Angst.« Er blätterte die oberste Seite seines Blocks um und hielt ihn dem Jungen hin. »Willst du das mal probieren?«

Jorge zögerte, nahm dann aber den Zeichenblock und den Bleistift, setzte sich auf den Boden und begann, mit heftigen Bewegungen auf dem Blatt zu kritzeln. Nach ein paar Minuten hielt er Karl seine Zeichnung vor das Gesicht. Es zeigte einen Strand, auf den eine riesige Welle zugerollt kam.

»Das sieht wirklich gefährlich aus!«

Jorge nickte.

»Hast du eigentlich eine Idee, wo diese Monsterwelle herkommt?«

Der Junge zuckte mit den Schultern.

»Aber ich. Darf ich etwas in dein tolles Bild malen?«

»Ja.«

Karl fügte in die Zeichnung oben über dem Meer einen zornigen Drachen ein, aus dessen Maul ein riesiger Windstoß kam. Jorge klatschte in die Hände. »Wie heißt der Drache?« Karl überlegte einen Moment. »Wie wäre es mit Ronny? Pass auf, jetzt kommt das Wichtigste!« Karl ergänzte einen Jungen, der mit Pfeil und Bogen auf dem Strand stand und auf den Drachen zielte. »Wer ist das?« »Na, wer wohl? Du natürlich! Schieß Ronny ab!« Jorge sprang auf und spannte einen Fantasiebogen. »Ziel gut!« Jorge kniff ein Auge zu, zielte konzentriert in den Himmel, dann öffnete er seine rechte Hand. Karl schaute über den Horizont. »Volltreffer! Du bist ein Meisterschütze! Jetzt weißt du, was zu tun ist, wenn mal wieder eine Riesenwelle in deinen Träumen auftaucht.« Jorge hüpfte ein paar Mal in die Luft und umarmte ihn. Karl trennte das Blatt vom Zeichenblock, rollte es zusammen und gab es Jorge. »Grüß deine Mutter von mir und sage ihr, dass sie einen sehr talentierten Sohn hat.« Als Jorge gerade wieder vom Dach klettern wollte, rief Karl ihn. Als der Junge sich umdrehte, flog schon eine Mandarine auf ihn zu. Mühelos fing er sie auf und warf sie zurück.

Eines Morgens, als Karl die Rezeption betrat, wedelte Pete mit einem Stück Pappe. »Herzlichen Glückwunsch zur bestandenen Prüfung!« Er überreichte ihm einen nagelneuen mexikanischen Führerschein. »Du kannst mich heute Nachmittag zum Flughafen nach Acapulco begleiten, wir müssen eine Gruppe von Stammgästen abholen. So lernst du gleich die Strecke für kommende Fahrten kennen.«

Auf der Fahrt erzählte Pete, dass die Gäste, die sie in Empfang nehmen würden, sechs Frauen seien, die alle bei einer Versicherungsgesellschaft in Kentucky arbeiteten. »Die kommen jedes Jahr um die gleiche Zeit. Und sie kommen, um sich zu amüsieren. Jede für sich ist nett, aber gemeinsam mischen sie den Laden manchmal ganz schön auf. Ich sehe es übrigens nicht gerne, wenn unsere Angestellten Affären mit Gästen haben; der Einzige, dem das erlaubt ist, bin ich.«

Am Flughafen wurden sie von den Frauen, die alle in den Dreißigern zu sein schienen, mit freudigen Jauchzern begrüßt, Pete erhielt jede Menge Küsschen, Karl wurde interessiert begutachtet. Als das Gepäck in den Kleinbus geladen war, bedeutete Pete Karl, dass er fahren solle, und setzte sich zu den Frauen in den Fond. Aus einer Kühltasche holte er eine Flasche Sekt und aus einem Rucksack Pappbecher. »Ladies, ich vermute mal, ihr seid auch im Flugzeug nicht auf dem Trockenen geblieben.« Zustimmendes Gejohle unterbrach ihn. »Aber ein Willkommensschluck schadet bestimmt nicht. Habt wieder eine schöne Zeit!« Während er einschenkte, konnte er sich weiterer Küsschen und Umarmungen kaum erwehren.

Nach einer Pinkelpause setzte sich eine der Frauen zu Karl nach vorne auf die Sitzbank. »Hi! Da hinten ist es mir zu laut, außerdem bin ich schon etwas betrunken«, sagte sie und schaute ihn von der Seite an. »Ich bin übrigens Rachel und zum ersten Mal dabei. Vertretung für Pamela, die musste kurzfristig absagen.«

»Ich heiße Karl und bin auch zum ersten Mal dabei.«

»Charly, wir haben schon viel von dir und deinen musikalischen Künsten gehört, jetzt wollen wir dich hören!«, rief Vicki, offensichtliche Wortführerin des Kentucky-Clans, wie die Versicherungsangestellten sich selber nannten. Freitagabends gab es für Gäste des Ressorts traditionell immer ein Barbecue mit Lagerfeuer am Strand. Pete hatte Karl schon vor einigen Wochen gebeten, zu diesem Anlass ein paar Lieder auf der Gitarre zu spielen, um die Gäste zu unterhalten, und das war so gut angekommen, dass es schnell zum festen Bestandteil der Abende geworden war. Sie saßen mit rund zwanzig Personen um das Feuer, neben den Touristen noch zwei einheimische, junge Männer, die so lange am Strand um die Gruppe herumgestrichen waren, bis jemand sie dazu gewunken hatte. Vom Personal war außer Karl nur noch Gilbert, der Grillmeister und begnadete Cocktail-Mixer aus Texas dabei. Die Rippchen waren schon abgenagt und der Alkohol floss reichlich.

Karl griff hinter sich und nahm die Gitarre aus dem Sand. Er begann mit »This land is your land« und augenblicklich stimmten alle Anwesenden, selbst das schon etwas ältere Pärchen aus Frankreich in den Text ein. Als er am Ende des Liedes viel Beifall erhielt, deutete er eine knappe Verbeugung an. Den Drink, den Rachel, die links von ihm saß, ihm reichen wollte, lehnte er dankend ab, und auch den Joint, der auf dem Weg durch die Runde bei ihm gelandet war, reichte er weiter. »Jetzt kommt ein kleines Beatles-Medley«, sagte er und spielte weiter. Bei »While my guitar gently weeps« lehnte Rachel ihren Kopf an seine Schulter, von mehreren anderen Frauen bekam er Blicke zugeworfen. Nachdem er um eine Pause gebeten hatte, setzte sich Vicki vor ihn in den Sand.

»Du trinkst nicht, du kiffst nicht. Bist du Puritaner? Jehovas Zeuge oder so was in der Art?«

Karl schüttelte lachend den Kopf. »Ganz und gar nicht. Ein Freund von mir hat mal gemeint, ich sei«, er suchte nach einem passenden Ausdruck im Englischen, »so etwas wie *stoned by nature*.« Alle lachten lauthals. »Den muss ich mir merken«, rief Vicki und prostete ihm zu.

Karl stand auf und ging zu einem Gebüsch am Rande des Strands. Während er pinkelte, hörte er Schritte hinter sich. Einer der beiden jungen Mexikaner stellte sich neben ihn und öffnete seinen Reißverschluss. »Holla, Gringo!«

»Ich bin nicht Amerikaner, sondern Deutscher.«

»Mir egal. Hör zu: Das hier ist unser Revier, kapiert?«

»Wovon redest du?«

Der Mann machte eine Geste Richtung Lagerfeuer. »Wovon wohl? Natürlich von den scharfen, reichen Amerikanerinnen! Finger weg, sonst könnte dir etwas Wichtiges verloren gehen.« Das Schnappen eines Klappmessers war zu hören und bei einem Blick zur Seite sah Karl im Mondschein eine Klinge schimmern.

Karl verstaute sein Glied schnell in der Hose, hob beschwichtigend die Arme und ging zurück zu den anderen.

Als die meisten Gäste anfingen, sich auf den Rückweg zu ihren Appartements zu machen, begannen Karl und Gilbert aufzuräumen und zusammenzupacken. Karl stopfte benutzte Plastikteller in einen großen, schwarzen Müllbeutel, als ein Arm sich auf seine Schulter legte. Er zuckte zusammen.

»Lust auf einen Mineralwasser-Absacker im kleineren Rahmen?«

Karl schaute sich um und Vicki in die Augen. »Das ist ein sehr verlockendes Angebot, vielen Dank«, antwortete er schließlich. »Aber ich bin etwas müde und muss morgen früh raus.«

»Wer nicht will, hat schon«, sagte sie, drehte sich um, ging zum Mexikaner, der Karl beim Pinkeln Gesellschaft geleistet hatte, nahm ihn an die Hand und zog ihn Richtung Bungalows. Im Vorbeigehen hob der Einheimische einen Daumen Richtung Karl, der wieder begonnen hatte, den Abfall einzusammeln.

Kurz darauf kam Rachel auf ihn zu. »Es ist so ein schöner Abend, möchtest du mich noch auf einen Strandspaziergang begleiten?«

»Ich bin in zehn Minuten wieder da.« Karl schwang den Müllbeutel über seine Schulter, klatschte Gilbert ab und ging zur Ferienanlage.

Zurück kam er mit einem Handtuch, dass er sich um den Hals gelegt hatte. »Gute Idee«, sagte Rachel und hakte sich bei ihm ein.

Ein paar Stunden später lagen sie in Rachels Appartementzimmer auf dem Bett. »Sind eigentlich alle Deutschen so gute Liebhaber?«, fragte sie ihn, während sie sich eine Zigarette anzündete.

»Wie soll ich das wissen?«

»Stimmt, das war eine blöde Frage. Hast du eigentlich eine Freundin?«

Karl zuckte mit den Schultern. »Schwer zu sagen.«

»Aha.«

»Ich glaube, ich liebe eine, aber ich bin nicht mit ihr zusammen.«

»Liebt sie dich nicht?«

»Ich denke doch.«

»Ist sie verheiratet?«

»Nein.«

»Was ist denn das Problem?«

Karl seufzte.

Rachel legte eine Hand auf seine Wange. »Entschuldige. Ich wollte dich nicht bedrängen.«

»Ich begehre sie nicht.«

»Oh, das tut mir leid.«

»Es ist komisch bei mir. Die, die ich liebe, zieht mich sexuell nicht an. Gleichzeitig bin ich oft scharf auf Frauen, die ich kein bisschen liebe. Meinst du, ich bin pervers?«

»Nicht unbedingt. Aber immerhin weiß ich jetzt, dass du mich kein bisschen liebst und nach den letzten paar Stunden bitte ich dich inständig, auch nicht damit anzufangen!« Sie zog ihn an sich, als sie merkte, dass ihm Tränen die Wange hinunterliefen. »War ein blöder Witz. Entschuldige bitte!«

»Schon gut. Sind eigentlich alle Frauen aus Kentucky so gute Liebhaberinnen?«

Beide lachten, bis Rachel eine Hand seinen Bauch hinunterwandern ließ. »Meinst du, du könntest es noch einmal schaffen, mich kein bisschen zu lieben?«

Pete hatte vor einigen Jahren die Tradition eingeführt, am Abend des zweiten Weihnachtstages ein Festessen für alle Beschäftigten im Restaurant der Hotelanlage zu veranstalten. Sie hatten mehrere Tische in der Mitte des Raums zusammengeschoben und feierlich gedeckt. Maria hatte zwei riesige Truthähne knusprig gebacken und diverse üppige Beilagen zubereitet. Nachdem die Küchenchefin das Essen freigegeben hatte, bedienten sich alle ausgiebig und Gilberts Cocktails trugen zusätzlich zur ausgelassenen Stimmung bei. Nach kurzer Rede überreichte Pete jedem einen Briefumschlag, in dem sich, wie Karl von Joe wusste, zweihundert Dollar für diejenigen, die die ganze Saison bis Ostern blieben, und einhundert Dollar für alle anderen befanden. Dann erhob er sein Glas. »Auf *El Paraiso* und auf uns alle!«

»Auf den nettesten Chef südlich des Rio Grande«, rief Joe und alle applaudierten.

Karl warf Jorge, der ihm schräg gegenüber saß, eine zerknüllte Serviette zu. »Chico, ich habe noch etwas für dich!« Er lotste den Jungen zu einer Ecke des Restaurants, holte unter einer Decke ein unförmiges, in braunes Packpapier eingewickeltes Etwas hervor und überreichte es ihm. »Frohe Weihnachten!«

Aufgeregt zerriss Jorge die Verpackung und holte einen Holzbogen und drei Pfeile mit bunten Federn an den Enden hervor. Er strahlte und warf sich an Karls Brust. Stolz lief er zu seiner Mutter, um ihr das Geschenk zu zeigen. Die schlug die Hände über dem Kopf zusammen. »Das kommt mir nicht ins Haus! Sonst bin ich meines Lebens nicht mehr sicher. Carlos!« Ihr Gesichtsausdruck ließ Karl befürchten, dass sie gleich zu schimpfen anfangen würde. Tatsächlich aber wandelte sich die grimmige Miene zu einem breiten Grinsen. »Setz dich hin und iss gefälligst deinen Nachtisch, du magerer Hahn!«

Pete schlug sich mit der flachen Hand gegen die Stirn. »Jetzt hätte ich es doch beinahe vergessen, Karl, ich habe auch noch etwas für dich. Einen Moment.« Er ging zur Tür und lief die Treppe hinunter. Eine Minute später war er wieder da, mit einem Paket, das er in beiden Händen trug. »Das ist für dich. Aus Kentucky! Von einer R. Snyder.« Er schaute Karl vorgeblich streng an. »Gibt es da eigentlich irgendetwas, das ich wissen sollte?«

Karl setzte seine unwiderstehliche Unschuldsmiene auf und antwortete nicht. »Aufmachen, aufmachen!«, riefen die anderen. Karl streckte ihnen den Mittelfinger hin und registrierte ein misstrauisches Stirnrunzeln von Maria, was ihn entgegnen ließ: »Da ist bestimmt etwas zu essen drin. Wahrscheinlich hat es sich schon bis Kentucky herumgesprochen, dass man hier vom Hungertod bedroht ist.«

Später am Abend öffnete Karl in seinem Zimmer seine Weihnachtspost. Er hatte einen Brief von seiner Mutter, einen von Björn und einen von Momo erhalten und alle drei schon einige Tage liegen gelassen, weil er ein schlechtes Gewissen hatte, sich seit Reisebeginn kaum zuhause gemeldet zu haben. Und in der Tat beschwerte sich seine Mutter auch gleich zu Beginn ihres Briefes über seine Schreibfaulheit. Sie erzählte von Rosas Studienerfolgen, schrieb, dass sein Vater wünsche, dass er Ronald Reagan, dem frisch gewählten amerikanischen Präsidenten bei Gelegenheit gegen das Knie trete, und von ihren gelegentlichen Verabredungen mit Momo, die ihn offensichtlich genauso sehr vermisse wie sie selber. Björn berichtete, dass es keinen neuen Stand in dem gegen ihn anhängigen Verfahren gebe und sein Anwalt mittlerweile optimistisch sei, das Ganze gegen eine Geldstrafe eingestellt zu bekommen. Er wolle Anfang des Jahres nach Hamburg ziehen und zum Sommersemester sein Jurastudium beginnen, Bine werde dann im Sommer nachkommen. In dem Umschlag von Momo befand sich nur ein Foto, das sie am Ufer der Schlei mit der Möweninsel im Hintergrund zeigte. Mit dem einen Arm zeigte sie in den Himmel, mit der anderen Hand winkte sie ihm zu.

Auf die Rückseite hatte sie zwei sich überlappende Wolken gezeichnet, die zusammen ein angedeutetes Herz bildeten.

In dem Paket von Rachel befand sich ein Karton mit einem Set von feinen, hochpigmentierten Künstler-Ölfarben, Terpentin, Malmitteln, Leinwänden, Pinseln und Malspachteln. In dem Begleitbrief stand: »Lieber Karl, du hast mir erzählt, wie schwer und teuer es ist, in Mexiko an geeignete Malutensilien zu kommen, und so hoffe ich, dir eine Freude zu machen. Eine Staffelei musst du dir allerdings kaufen oder selber bauen. Oft und gerne denke ich an dich und unsere gemeinsamen Nächte!«

Gleich am nächsten Tag begann Karl zu malen. In den kommenden Wochen experimentierte er viel mit Farbverläufen und spielte mit Formen. Anfangs bemühte er sich noch, die vielen Ratschläge zu berücksichtigen, die er von Patricia erhalten hatte, je sicherer er sich jedoch fühlte, desto mehr entwickelte er einen eigenen Stil. Er versuchte morgendliche Atmosphären und Sonnenuntergänge einzufangen, aber auch das gleißende, von den Spiegelungen des Meeres noch verstärkte Mittagslicht. Er malte wolkenlose und bedeckte Himmel, Himmel voller Schäfchenwolken oder verwehter Federwolken, er probierte sich an Schleier- und Schichtwolken, nur Regen- und Gewitterwolken gab es in der ganzen Zeit nicht zu sehen. Zunehmend ging es ihm darum, Stimmungen – seien es die des Tages, seien es seine eigenen – auszudrücken, und dementsprechend entfernte er sich mehr und mehr von naturgetreuen Darstellungen. Auch seine Farbtreue veränderte sich im Laufe der Zeit und so konnte es passieren, dass grüne Wolken einen braunen Himmel zierten oder eine fliederfarbene Sonne über einem gelben Meer schien.

Schnell hatte er im Ressort den Spitznamen *Der Maler auf dem Dach* weg, aber Besuch bekam er dort oben selten. Wenn, war es meist Jorge, der ihm schweigend zuschaute und ab und zu anerkennende oder verständnislose Laute von sich gab.

»Ich freue mich immer, wenn du mich hier oben besuchen kommst«, sagte Karl eines Tages. »Was hältst du davon, wenn ich dich mal besuchen komme?«

Jorge schaute betreten auf den Boden und antwortete nicht.

»Ist es dir nicht recht? Macht nichts.«

»Doch, ich würde mich sehr freuen. Ich habe Mama schon ein paar Mal gefragt, aber sie will das nicht.«

»Warum nicht?«

Jorge zuckte mit den Schultern. »Ich glaube, sie schämt sich.«

»Braucht sie nicht und du auch nicht.«

Karl war dann doch erschrocken über den recht heruntergekommenen Zustand des Hauses, zu dem Jorge ihn eine Woche später an Karls freiem Tag und während Maria im Restaurant arbeitete, geführt hatte. Es lag am Rand der Stadt, eigentlich war es mehr eine Hütte als ein Haus. Es hatte unverputzte Außenwände, in deren Öffnungen sich eine Blechtür und windschiefe Fenster mit vielen Sprüngen im Glas befanden. Das Dach aus Wellblech war alt und rissig. Auf dem relativ großen Grundstück befanden sich eine Wäschespinne, ein Schuppen, an den Jorges Fahrrad mit dem Bananensattel gelehnt war, und eine Hundehütte, die nicht bewohnt zu sein schien. Mehrere Gemüsebeete mit Mais, Bohnen, Tomaten und Paprika fielen auf, weil sie gepflegt aussahen.

Nachdem sie eine Weile herumgestanden und sich umgeschaut hatten, sagte Jorge: »Ich hole uns was zu trinken«, und flitzte ins Haus. Er kam mit zwei Cola-Dosen und einer Tüte Chips wieder und deutete auf die wackelige Holzbank, die im Schatten neben dem Schuppen stand. Schweigend tranken sie und knabberten Chips. Karls Blick fiel auf einen großen, mit Stroh gefüllten Jutesack, der am Maschendrahtzaun zum Nachbargrundstück stand und viele kleine Löcher hatte. »Übst du viel?«, fragte er.

Jorge nickte eifrig, sprang dann von der Bank auf, ging in den Schuppen und kam mit dem Bogen und den Pfeilen wieder heraus. »Machen wir einen Wettkampf?«

Karl hatte keine Chance. Während Jorge selbst aus größerer Entfernung alle seine Pfeile meist mittig im Strohsack versenkte, verfehlte Karl das Ziel regelmäßig.

»Was machen eigentlich deine Träume?«, fragte er den Jungen, als sie sich zu einer Pause wieder auf die Bank gesetzt hatten.

»Viel besser! Ich glaube, Ronny hat jetzt Angst vor mir.«

»Zu Recht! Du bist ein Meisterschütze geworden.« Karl schaute Jorge von der Seite an. »Sag mal, Maria verdient doch im *Paraiso* gar nicht so schlecht, könnt ihr euch kein besseres Haus leisten?«

Jorge kratzte sich mit der Spitze eines Pfeils den Dreck unter seinen Fingernägeln weg. »Mama sagt, Bildung ist ganz wichtig, deshalb gehe ich auf eine private Schule und die kostet viel Geld.«

Karl nickte. »Sie hat Recht, und du hast großes Glück, so eine Mutter zu haben. Weißt du schon, was du später mal arbeiten willst?«

»Ich will studieren und Rechtsanwalt werden«, sagte Jorge stolz. »In Mexiko ist vieles ungerecht.«

»Das ist eine sehr gute Idee. Und weißt du was?« Karl lachte. »Ein anderer Freund von mir will auch Rechtsanwalt werden, weil er findet, dass vieles ungerecht ist. Vielleicht solltet ihr euch mal kennenlernen. Wie viel kostet deine Schule?«

Jorge zuckte mit den Schultern. »Du fährst bald zurück nach Deutschland, stimmt's?«

»Ja, ungefähr in einem Monat.« Karl legte einen Arm auf Jorges Schulter. »Aber ich komme bestimmt mal wieder!«

Der Junge schaute ihn skeptisch an. »Versprochen?«

»Versprochen!«

Die Wochen bis Ostern waren sehr arbeitsreich, Karl kam kaum noch zum Malen.

Für den Vorabend seiner Abreise hatten seine Arbeitskollegen noch eine kleine Abschiedsparty organisiert. Maria hatte diverse Leckereien zubereitet und Gilbert ausgefallene alkoholfreie Cocktails kreiert. Zu vorgerückter Stunde klöppelte Pete mit einem Teelöffel gegen sein Glas.

»Ich fasse mich wie immer gerne kurz: Charly, es war eine große Freude, dich ein halbes Jahr hier zu haben und wir lassen dich ungern gehen. Ich möchte, dass du weißt, du bist hier jederzeit – und ich meine das genauso: zu jeder Zeit – wieder willkommen!« Er stand auf, ging zu Karl und umarmte ihn.

Der griff sich die am Tisch lehnende Gitarre. »Es fällt mir nicht leicht, mich von euch zu verabschieden. Ich danke euch allen«, Karl schaute in die Runde, »für die wundervolle Zeit, die ich hier verbringen durfte: Hier kommt mein Abschiedslied für euch.

If paradise is half as nice as heaven that you take me to
Who needs paradise, I'd rather have you
They say, paradise is up in the stars
But I needn't sigh because it's so far
Cause I know it's worth a heaven on earth
To me where you are«

Dann überreichte er Pete ein Bild, das er vom *Paraiso* gemalt hatte und Jorge eines, das ein ruhiges Meer zeigte. Am Himmel war ein Drache zu sehen, der sich vom Betrachter abwandte und in dessen Hals ein Pfeil steckte. Karl ging zu Maria. »Danke für all das fantastische Essen. Und sorge bitte weiter so gut für meinen Freund!« Er gab ihr einen Briefumschlag, in dem sich die Hälfte seiner Ersparnisse befand. Als er ihren Blick sah, sagte er hastig: »Keine Diskussionen!«

Maria schob den Umschlag in den Ausschnitt ihrer Bluse, ging schnaufend in die Küche und kam mit zwei Plastiktüten zurück, die beide bis zum Bersten mit in Alufolie eingewickelten Speisen gefüllt waren. »Carlos, ich habe noch etwas Reiseproviant eingepackt, damit du unterwegs nicht verhungerst.«

Obwohl er Abschiedsschmerz spürte, freute Karl sich auch auf das Ende seiner Zeit in der Ferienanlage. Er wollte noch für ein paar Wochen nach Yucatan reisen und dann nach Deutschland zurückfliegen. Und er hatte eine Idee, wie es danach weitergehen könnte.

Teil II

Der Fisch stinkt vom Kopf her

Karl hastete die Treppenstufen hoch und klingelte. Marianne öffnete mit einem missbilligenden Gesichtsausdruck. »Du bist spät dran, jetzt aber husch husch.« Sie wedelte ihn herein und drückte ihm einen Kuss auf die Wange, während er an ihr vorbeiglitt. Karl durchschritt den Flur und öffnete die Tür zum Atelier. Die Kursteilnehmerinnen standen in kleinen Grüppchen zusammen und unterhielten sich. Karl warf ein »Hallo« in die Runde und ging hinter den Paravent. Er zog sich zügig aus und schlüpfte in den bereitliegenden Bademantel. Als er wieder hervortrat, saßen alle im Halbkreis vor dem niedrigen, runden Holzpodest und hielten Stift und Zeichenblock bereit.

Marianne schaltete den Scheinwerfer und den Heizstrahler an und bedeutete Karl mit einer Geste, sich auf das mit schwarzen Samtstoff bedeckte Podest zu stellen. Er zog den Bademantel aus. »Mit dem Rücken zu uns, Arme hoch, Hände im Nacken verschränken, Brust raus, Gewicht auf das linke Bein verlegen.« Sie warf ihm einen prüfenden Blick zu. »Ja, so ist es gut. Heute widmen wir uns dem Po. Der Hintern hat uns Menschen schon immer fasziniert. Lasst euch mal wirklich auf die Pobacken ein, achtet auf die Formen und die Proportionen. Und los!«

Karl schloss die Augen. Er hörte die Zeichengeräusche, einige zurückhaltend, fast widerstrebend, andere kräftig und energisch. Zwischendrin nahm er das Klicken eines Feuerzeugs wahr und vor seinem inneren Auge sah er Marianne sich eine französische Zigarette in ihrer extravaganten, knallroten Zigarettenspitze anzünden. Sie war Kunstlehrerin an einem Gymnasium und Gastdozentin an der Kasseler Kunsthochschule, Ende vierzig, hatte selber eine Rubens-Figur und bevorzugte weite, wallende Gewänder in knalligen Farben. Sie hatte ihn angesprochen, ob er sich vorstellen könne, als Modell in ihrem Akt-Zeichenkurs zu fungieren.

»Versucht zunächst die ganze Form zu erfassen, achtet dabei auf die Linienführung.« Sie schritt von einer Kursteilnehmerin zur nächsten. »Mehr Plastizität, Sigrun, Statik ist gut, statisch ist Mist!« Sie ging zur nächsten Zeichnenden. »Schaut euch sein wunderschönes Volumen an, kein Pferdearsch, aber je zwei gute Handvoll. Seht euch satt und bringt das, was ihr seht, zu Papier!« Karl hörte Marianne geräuschvoll Rauch auspusten und einige andere kichern. »Erfasst die lebendige Muskelmasse und gestaltet sie durch Licht und Schatten aus.«

Als er sich am Ende der eineinhalb Stunden wieder anzog und die anderen sich schon verabschiedet hatten, kam Marianne hinter den Paravent. »Du warst heute wieder richtig gut.« Sie zückte ein Portemonnaie und kramte einen Zwanziger hervor. »Hast du noch etwas Zeit?«

Karl blickte zur Wanduhr. »Noch eine gute Stunde, dann bin ich verabredet.«

»Besser als gar nichts.« Sie steckte den Schein wieder zurück in ihre Geldbörse und nahm einen Fünfziger heraus.

»Hast du mal wieder Überstunden bei deiner notgeilen, verhinderten Professorin machen müssen?« Tanja schaute Karl, der gerade das Wohnzimmer ihrer WG betrat, gut gelaunt an, während sie ihre Spielfigur auf die Turmstraße setzte. »Über Los gegangen, zweihundert Mark eingesackt und«, sie überlegte einen Moment, »noch ein Haus auf den Opernplatz gebaut. Läuft!«

Die anderen Mitbewohner, die mit ihr am Esstisch saßen, stöhnten. Sie hatten mal wieder keine Chance.

»Ich verdiene immerhin echtes Geld, während ihr nur mit Spielgeld zockt.«

»Tom hat übrigens vorhin schon mal angerufen. Es gibt heute Tagliatelle mit Entenbrust in Whiskey-Sahne-Soße auf gedünstetem Fenchel, und wenn wir Glück haben, auch noch Panna Cotta. Er meldet sich dann noch mal«, sagte Tanja und zeigte überflüssigerweise Richtung Telefon.

Tom war ebenfalls Mitbewohner ihrer Wohngemeinschaft, Kunststudent wie sie alle. Seit einiger Zeit jobbte er zweimal pro Woche in einem Edelrestaurant, das im Dachgeschoss eines Geschäftshauses gelegen war.

»Muss *ich* wieder?«, fragte Karl.

»Du bist der beste Fänger und so kannst du dich auch mal nützlich machen.« Tanja lachte laut. »Manu, sehe ich das richtig, dass du mit deiner Fünf auf meinem Opernplatz gelandet bist. Mach's dir gemütlich, aber ich fürchte, ich muss dir etwas Miete berechnen, lass mich mal schauen.«

Das Telefon klingelte. Karl sprintete zum Apparat und hob den Hörer ab. »Hungernde Künstlerkolonie Goethestraße.« Dann lauschte er Toms Anweisungen. Nach dem kurzen Telefonat drehte er sich zu den anderen um. »Ich fahr dann mal. Setzt ihr die Tagliatelle auf?«

»Gibt's nicht. Spaghetti tun es auch. Viel Glück!« Tanja würfelte eine Zwölf und rieb sich vergnügt die Hände.

Karl ging in den Flur, zog seine Jacke an, setzte sich einen mittelgroßen Rucksack auf. Gerade, als er die Wohnung verlassen wollte, rief Manu ihn zurück. Als er den Kopf durch die Zimmertür steckte, deutete sie auf die Wand neben der Balkontür, an der an einem Haken ein großer Kescher hing, dessen Netz nicht aus feinem Gewebe, sondern aus fingerdickem Seil bestand.

Am Ziel angekommen, lehnte Karl sein Fahrrad gegen

einen Laternenpfahl und ging durch eine Tordurchfahrt in einen schummrigen Hinterhof. Er blieb stehen und horchte. Nichts rührte sich. Nach ein paar Minuten öffnete sich ein Fenster des Restaurants. Karl griff in seine Hosentasche und zündete ein Feuerzeug an. Tom bedeutete ihm, ein paar Meter nach links zu gehen und den Abstand von dem dichten Gebüsch, das direkt an der Hausfassade wuchs, etwas zu vergrößern. Schließlich hob Tom den Daumen, ging kurz vom Fenster weg und erschien wieder mit einer großen Tupperdose in beiden Händen. Er lehnte sich erst zurück, beugte dann den Oberkörper ruckartig vor und warf die Dose Richtung Karl. Der machte einen Schritt zur Seite, fing die Dose geschickt mit dem Kescher ein und steckte sie in den Rucksack. Die zweite Dose war deutlich kleiner und leichter, ein Kinderspiel. Bei der dritten und letzten Dose allerdings warf Tom so ungeschickt, dass Karl einen Hechtsprung machen musste, um sie einzufangen.

Als Karl mit matschiger Hose wieder in der WG ankam, brandete Beifall auf. Der Tisch war schon gedeckt, die Nudeln dampften in einer Schüssel.

Während sie die Panna Cotta löffelten, sagte Tanja zu Karl: »Ich habe übrigens meinem Lieblingsprof, dem allweiblicherseits begehrten Heinrich Middelhoff, von deiner Vorliebe für mystische Wolkenmalerei erzählt und der meinte, er hätte da vielleicht was für dich. Du sollst dich mal bei ihm melden.«

Karl stellte sein Fahrrad beim Eingang zum Südbau, dem dreistöckigen Verwaltungstrakt der Kunsthochschule ab. Zu seiner Rechten befand sich auf einer nicht allzu großen Freifläche das etwas großspurig benannte *Versuchsgelände des Forschungslabors für experimentelles Bauen*, auf das ein Professor mit seinen Studenten kleine Lehmhütten gesetzt hatte. Nach links streckte sich das ebenerdige, sogenannte Atrium, in dem diverse Werkstätten und kleinere Veranstaltungsräume untergebracht waren. Am anderen Ende des langgezogenen Gebäudekomplexes befand sich der zweietagige Nordbau mit seinen markanten, vertikalen Stahlträgern, die oberhalb der Flachdachkante abknickten und das Gebäude wie überdimensionierte Tragegriffe überspannten. Hier waren unter anderem ein großer Hörsaal und im Souterrain eine Cafeteria untergebracht. Karl hatte die Architektur der Gebäude schon bei seiner ersten Besichtigung als ausgesprochen hässlich empfunden, aber die Lage der Hochschule am Rande eines Parks entschädigte für vieles.

Die Zeit bis zum Beginn von Middelhoffs Sprechstunde nutzte er, um sich an seinem Lieblingsplatz, den Treppenstufen an der Rückseite der Kunsthochschule, zu entspannen. Den Blick über die Rasenfläche in die Karlsaue liebte er. Er unternahm häufig Spaziergänge durch diesen großzügigen Park mit seinen vielen alten Bäumen, den Teichen und Wassergräben. Besonders mochte er die Blumeninsel Siebenbergen, die über eine gewölbte Holzbrücke zu erreichen war und auf der eine Unmenge von Stauden, Ziergehölzen und Rhododendren in allen Farben blühten. Den zweiten Platz nahm bei ihm die herrschaftliche Orangerie mit der davor liegenden, großen Wiese ein, auf der am Wochenende gepicknickt oder Fußball gespielt wurde und Väter mit ihren Kindern Drachen steigen ließen. Seit ein paar Wochen fand hier und in den auf der anderen Seite des Flusses gelegenen Fuldaauen eine Bundesgartenschau statt, was etwas Trubel bedeutete, aber nicht wirklich störte.

Das Studium gefiel ihm, obwohl er früh merkte, dass ihm das Akademische nicht lag. Lange, hochgestochene, intellektuelle Vorträge und Diskussionen waren nicht sein Ding. Aber er genoss die Freiheit, sich seine Veranstaltungen auszusuchen. Da es so gut wie kein Pflichtprogramm gab, konnte er in praktisch-künstlerischer Hinsicht so ziemlich machen, was er wollte.

Auch ansonsten hatte er sich gut eingelebt und fühlte sich wohl in seiner WG. Tanja und er hatten beide schnell gemerkt, dass sie kein Liebespaar werden wollten, und sie mochten sich auch deswegen gerne. Mit den anderen kam er ebenfalls gut klar, gelegentliche Reibereien um Haushalt und Hygiene in Bad und Küche waren bei sechs Personen natürlich unvermeidbar.

Mit der Stadt ging es ihm so wie mit der Hochschule: insgesamt eher hässlich, aber mit einigen schönen Ecken, die meistens am Rand lagen, so wie der Bergpark Wilhelmshöhe, in dem er sich viel aufhielt.

Was er vermisste, waren das Meer, Momo und erstaunlicherweise auch seine Eltern, mit denen er regelmäßig telefonierte. Mit Momo hatte er das auch zwei-, dreimal probiert, aber es hatte nicht so gut geklappt, sie waren beide befangen gewesen. So folgte eine unangenehme Gesprächspause der anderen. Sie hatten sich darauf verständigt, sich zu schreiben, und tauschten nun regelmäßig Briefe aus. Über Weihnachten war er ein paar Tage zuhause gewesen, er hatte während der Zeit auch Björn und Bine wiedergesehen, die jetzt beide in Hamburg studierten, er Jura, sie Politologie. Insgesamt schien es in Schleswig nicht viel Neues zu geben. Seine Eltern gingen weiter ihrer Arbeit nach, sein Vater fluchte über Politik und seine Mutter pflanzte Gemüse und Blumen in ihrem Schrebergarten. Momo kümmerte sich um ihre Mutter, strickte und bemühte sich, ihre Epilepsie im Griff zu behalten. Wie es in seinem eigenen Leben weitergehen würde, wusste er nicht, machte sich aber kaum Gedanken. Wann hätte er das je getan? Es würde sich schon ergeben.

Die Bürotür stand offen, es roch nach Kaffee und Zigarettenqualm. Middelhoff, der barfuß mit hellbeiger Leinenhose und St.-Pauli-T-Shirt auf einem abgewetzten Sofa lag und in einem Katalog blätterte, sah auf und winkte Karl herein. »Du bist also der Mitbewohner der bezaubernden Tanja und hast ein Faible für mystische Malerei?« Der Professor kratzte sich seinen Dreitagebart, während er ihn musterte. »Liegt nicht gerade im Trend, obwohl ..., es hat ja was von den Neuen Wilden. Hältst du nichts von den angesagteren Richtungen? Videoinstallationen, Performances, Konzeptkunst?«

Karl wusste nicht so recht, was er antworten sollte, und zuckte mit den Schultern.

»Schüchtern verkauft sich nicht! Na egal, ich habe neulich ein Bild von dir gesehen, das mich an jemanden erinnert hat.« Middelhoff schwang sich auf die Beine, ging zu seinem überladenen Schreibtisch und wühlte in einem Haufen aus Büchern und Papieren. »Die documenta 5 hatte ja das Thema *Befragung der Realität – Bildwelten heute*. Im Dachgeschoss des Fridericianums gab es eine Abteilung *Individuelle Mythologien*, wo Künstler Traumbilder ausgestellt haben. Da war abgefahrenes Zeug dabei, logischerweise surrealistisch, aber nicht so sehr Dali-mäßig, kritischer, provozierend. Sagt dir Alejandro Mateo Garcia Hernandez etwas? Herrlicher Name, oder?«

Karl schüttelte vorsichtig den Kopf. »Mexikaner?«

»Genau! Scheu, zurückgezogen, so mysteriös wie seine Bilder. Und seit ein paar Jahren offenbar verschwunden. Kein Lebenszeichen, keine neuen und auch keine alten Werke auf dem Markt.« Endlich hatte er gefunden, wonach er suchte. »Hier haben wir es doch. Muss irgendwo in der Mitte sein.« Er reichte Karl den Ausstellungskatalog der documenta 5.

Als Karl den richtigen Abschnitt gefunden hatte, fiel sein Blick gleich auf den Abdruck eines Ölgemäldes, auf dem ein in allen Regenbogenfarben glänzender, großer

Fisch an einem bedrohlich aussehenden Himmel hing und mit einem lüsternen Ausdruck in den kalten Augen einen giftig dampfenden, gelb-grünen Brei in eine idyllisch aussehende, hügelige Landschaft kotzte. Die Farben waren wuchtig und offensichtlich mit schwungvollem Pinselstrich gemalt. Karl war augenblicklich fasziniert von dem Bild. Als er auf den Titel schaute, musste er lachen. »El pez se pudre por la cabeza.«

»Was heißt das noch mal?«, fragte Middelhoff.

»Der Fisch stinkt vom Kopf her.«

»Genau! Eindeutig vieldeutig, oder? So ist sein ganzes Werk. Woher kannst du eigentlich Spanisch?«

»Ich war mal eine Zeitlang in Mexiko. Kann ich mir den Katalog ausleihen?«

Seine Beine fühlten sich wie Pudding an und er hechelte nach Luft. Ein Blick nach vorne zeigte Karl, dass es immer noch ein paar hundert Meter bis zum *Schwalbenthal* waren, der Ausflugsgaststätte, hinter der dieser mörderische Anstieg auf das Meißner Plateau endlich ein Ende haben würde. Er langte runter zur Trinkflasche, dann fiel ihm wieder ein, dass sie schon leer war. Kurz war er versucht, vom Fahrrad zu steigen und den Rest zu schieben, aber dann hörte er ein Geräusch hinter sich.

»Ja, ja, da muss man gut in Form sein«, sagte die schlanke Frau mit dem Bubikopf und dem perfekten Radfahreroutfit, die ihn gerade überholte. Sie hatte ein Grinsen auf den Lippen und offensichtlich keinerlei Mühe beim Atmen.

»Hast du vielleicht einen Schluck …«

»Oben. Ich hasse es, aus dem Rhythmus zu kommen.« Sie klingelte einmal, hob den rechten Arm und wedelte nach hinten.

Als Karl einige Minuten später oben ankam, war von der Frau keine Spur. Er ließ den Blick schweifen. Plötzlich ertönte ein scharfer Pfiff und er sah sie am Waldrand winken. Mit letzter Kraft schob er sein Fahrrad den Trampelpfad entlang. Sie hüpfte auf der Stelle und schüttelte ihre Beine aus.

»Überschüssige Kräfte?«, fragte er gequält.

»Lockerungsübungen. Verhindern Muskelkater.« Sie hielt ihm eine noch gut gefüllte Wasserflasche hin und Karl wunderte sich über ihre türkis lackierten Fingernägel. »Eines der Probleme mit euch Männern ist eure Neigung zur Selbstüberschätzung.«

Während Karl einige gierige Schlucke trank, ergänzte die Frau: »Ich heiße übrigens Sandra«, und streckte ihren rechten Arm aus. Karl schaute erst verwundert, ergriff dann ihre Hand und machte einen tiefen Diener. »Es freut mich sehr, die Bekanntschaft eines Profis zu machen. Ich heiße übrigens Karl und überschätze mich ständig.«

»Einsicht ist der erste Schritt zur Besserung. Da hinten«, sie zeigte in den Wald hinein, »ist eine Bank mit einer wundervollen Aussicht. Hast du Lust?«

»Meistens.«

Jetzt schaute Sandra ihn verwundert an. »Dich sittsam neben mir auf die Bank zu setzen und die Aussicht zu genießen?«

»Klar!«

Kaum saßen sie auf der Holzbank, reichte Sandra Karl eine Banane. »Profinahrung.«

»Bestimmt schweineteuer. Welche Probleme haben wir Männer eigentlich sonst noch so?«

»Wenn ich die jetzt alle aufzähle, sitzen wir noch in der Dunkelheit hier.«

»Gäbe Schlimmeres.« Karl legte den Kopf in den Nacken, biss von der Banane ab und blickte in die Wolken.

»Und was machst du, Karl, so, wenn du nicht in völlig falschen Klamotten mit viel zu wenig Wasser auf einem

Fahrrad in erbärmlichem Zustand den höchsten Berg Nordhessens zu erklimmen versuchst?«

»Ich schaue in den Himmel.«

»Ach. Astronom oder Meteorologe?«

»Wolkenguckprofi, seit frühester Kindheit.«

»Respekt!« Sandra lachte kehlig und für ihren schmalen Körperbau erstaunlich tief und Karls Beine fühlten sich erneut wie Pudding an.

Bei ihrem zweiten Treffen in einer Studentenkneipe am Bahnhof fanden sie heraus, dass ihre Vorlieben für Musik und Kinofilme weit auseinanderlagen. Sandra mochte Marius Müller-Westernhagen und Star Wars, Karl stand aktuell auf Blondie und Diva. Auch sonst schienen sie nicht viel gemeinsam zu haben. Sandra wohnte alleine in einem Dorf östlich von Kassel und arbeitete bei der Kreissparkasse. Als er von seinem Studium und seiner WG erzählte, kommentierte sie das nur mit: »Typisch!« Karl hielt es für besser, nicht nachzufragen, was sie damit meinte. Sie aß einen Salat mit Oliven und Schafskäse, er Bratkartoffeln mit drei Spiegeleiern, sie trank Tomatensaft, er eine Sprite.

Die Stundenblume

»Mama, der Grünkohl war mal wieder total lecker!« Karl wischte sich mit seiner Serviette den Mund ab.

»Dass du dir noch immer wie als Kind Zucker auf die Bratkartoffeln streust! Einfach eklig!« Rosa warf Karl einen angewiderten Blick zu.

Karl streckte ihr die Zunge raus. Sie zerknüllte ihre Serviette und warf sie in seine Richtung. Er fing das Knäuel mit einer blitzschnellen Bewegung seiner rechten Hand ein, warf es umgehend zurück und traf seine Schwester mitten auf die Stirn. Die gab einen Knurrlaut von sich, ergriff ihr Messer und hielt es drohend in Karls Richtung. Nach einem Moment des Innehaltens fingen beide gleichzeitig an zu lachen.

»Bitte etwas mehr Besinnlichkeit«, sagte ihre Mutter mahnend. »Ich zünde jetzt mal die Kerzen an.« Sie stand auf und ging zum Baum.

»Sollen wir jetzt etwa auch noch *Stille Nacht* singen und für den Weltfrieden beten?«, warf Vater Heinz höhnisch in die Runde. »Ich wollte keinen Weihnachtsbaum, aber das interessiert hier ja keinen.«

»Etwas mehr Lametta hätte es ruhig schon sein können«, meinte Karl.

»Ich will heute Abend keinen Streit und auch kein Gefluche«, sagte Ingrid energisch und wandte sich ihrer Tochter zu. »Erzähl du lieber mal, wie es dir in Heide ergeht?«

Rosa stöhnte. »Ich muss ständig Überstunden machen und bekomme lächerlich wenig Geld für all die Arbeit. Der Chefarzt hat eine Affäre mit seiner Chefsekretärin und tatscht darüber hinaus bei den Visiten jedes weibliche Wesen in seiner Reichweite an, die Schwestern hingegen vergöttern alle den neuen Oberarzt. Das Wohnheim, in dem ich vorübergehend einquartiert bin, ist heruntergekommen und total hellhörig, das Kantinenessen ist unter aller Sau und in Heide ist der Hund begraben, Aber ansonsten ist alles prima. Tatsächlich lerne ich eine Menge.«

»Du wirst deinen Weg schon gehen, Schätzchen«, sagte ihr Vater und blickte Richtung Wanduhr.

»Vergiss es, ich habe die Fernbedienung sowieso versteckt«, meinte seine Frau.

»Ich wollte doch gar nicht ..., ich wollte vielmehr meinen Herrn Sohn fragen, was er eigentlich so aus seinem Leben machen will. Wohin soll dieses Rumgepinsele eigentlich führen, Karl?«

»Kunst führt nirgendwo hin. Sie ist Ausdruck und macht manchmal Eindruck.«

»Aha, und wovon willst du mal leben?«

»Von Luft und Liebe natürlich, so wie bisher.« Als Karl die erwartete, wegwerfende Handbewegung seines Vaters sah, fügte er hinzu: »Papa, was hältst du eigentlich von Kohls *geistig-moralischer Wende*?«

»Von dir lass ich mich nicht provozieren, von dir nicht!« Heinz hieb mit seiner Faust auf den Esstisch, dass das Geschirr klapperte.

»Was soll das?«, fauchte Rosa ihren Bruder an. »Du weißt genau, dass Papa mit seiner Herzinsuffizienz sich nicht aufregen soll!«

»Kinder, habe ich euch schon erzählt«, ging Ingrid dazwischen, »dass ich auf der Busfahrt zur großen Friedensdemo in Bonn zwei junge Frauen aus Neumünster kennengelernt habe, die gerade dabei sind, einen Bioladen zu eröffnen, so mit lauter gesunden Produkten. Ich glaube, so etwas wäre auch etwas für mich.«

»Tolle Idee«, meinte Rosa, »der Putzjob tut dir doch schon länger nicht mehr gut.«

»Willst du mit den schrumpeligen Möhren aus deinem Schrebergarten jetzt die Welt retten?«, winkte Heinz ab. »Außerdem braucht man für so was Startkapital. Woher nehmen, wenn nicht stehlen?«

»Warum nicht? Wo ein Wille ist, ist auch ein Weg! Damit kenne ich mich aus«, sagte Karl und grinste in die Runde.

Als es an der Tür klingelte, sprang Ingrid auf und rief: »Das wird Momo sein, wie schön!«

Zwei Stunden später war Heinz schon ins Bett gegangen, Rosa noch zu einer alten Schulfreundin aufgebrochen und Ingrid räumte in der Küche auf.

»Ich muss jetzt auch mal los, ich kann meine Mutter nicht so lange alleine lassen«, sagte Momo.

»Darf ich dich begleiten?«, fragte Karl.

»Gerne.«

Sie gingen durch die sternenklare, erstaunlich milde Nacht. Es waren nur wenige Autos auf der gewöhnlich viel befahrenen Moltkestraße unterwegs. Direkt an Karls altem Gymnasium vorbei erreichten sie das Schleiufer und gingen die Promenade entlang Richtung Schloss Gottorf.

»Lass uns noch etwas hier sitzen«, meinte Momo und deutete auf eine Holzbank.

Sie saßen schweigend einige Zeit nebeneinander, bis Momo fragte: »Du hast zwar nicht davon geschrieben, aber du hast eine Freundin, stimmt's?«

Karl schaute zu Boden und nickte.

»Ist sie gut zu dir?«

Er dachte nach. »Sie fordert mich heraus.«

»Ist das gut?«

»Mal ja, mal nein. Und du? Interessiert dich denn gar kein Kerl?«

Momo schüttelte bedächtig den Kopf. Dann lachte sie. »Tausche den Vokal und ich nicke.« Karl sah sie verständnislos von der Seite an.

»Vergiss es!« Sie nahm seine Hand. »Mach dir keine Sorgen um mich, okay? Ich habe übrigens noch etwas für dich.« Sie stellte sich vor ihn hin, streifte ihren Rucksack ab, entnahm ihm einen Pullover und hielt ihn ausgebreitet vor ihren Oberkörper. Er war himmelblau und mit kleineren weißen und grauen Wölkchen übersät. Karl stand auf, nahm ihn ihr sanft aus den Händen, roch an ihm, rieb ihn sich über das Gesicht und umarmte Momo anschließend. Dann löste er sich von ihr, zog seine Jacke aus und den Pullover an, ging ein paar Schritte unter die nächste Laterne und blickte an sich hinunter. »Er ist wunderschön! Jetzt weiß ich gar nicht mehr, ob ich nach oben oder unten schauen soll.« Er hüpfte vor Freude hin und her, Momo nahm seine Hände und sie hüpften eine Weile gemeinsam.

»Ich habe auch noch etwas für dich.« Karl zog aus der Innentasche seiner Jacke ein gerolltes, mit einer Samtschleife zugebundenes Zeichenblatt und überreichte es Momo mit einer feierlichen Geste. Momo nahm es huldvoll entgegen, löste die Schleife vorsichtig und entrollte das Blatt. Es war ein Aquarellbild mit einer einzigen Blume, die das ganze Blatt einnahm und in allen erdenklichen Farben leuchtete. Momo roch an dem Blatt, tastete mit ihren Fingerkuppen vorsichtig über das Bild und schloss die Augen. »Eine Stundenblume«, sagte Karl. »Ich weiß«, antwortete Momo. »Lebenszeit.«

Manu und Tanja hängten gerade ihre frisch aus der Dunkelkammer geholten, großformatigen Abzüge mit Portraits von Krebspatienten im Endstadium zum Trocknen auf eine

Leine. Eddy fluchte vor sich hin, weil seine elf verschiedenen Uhrwerke von Standuhren immer noch keinen zufriedenstellend dissonanten Klang ergaben, während Veronika Stecknadeln mit überdimensionierten, bunten Köpfen in ihren Gipsabdrücken von Schwangerschaftsbäuchen gruppierte. Tom war los, Kaffee für alle zu holen. Den Werkraum hatten sie kurz vor Beginn des neuen Semesters für sich in Beschlag genommen, ohne groß irgendwen zu fragen und bisher hatte sich auch niemand beschwert.

Karl stand vor seiner Staffelei und überlegte, wie er der Wolkenformation seines aktuellen Bildes noch etwas mehr Bedrohlichkeit verpassen könnte und ob die Ameisen, die am linken Bildrand den Stamm einer vom Sturm gepeitschten Birke hinaufkletterten, nicht zu groß und damit zu plakativ geraten waren.

Gerade als Tom mit einem kleinen Tablett voller Kaffeebecher zurückkehrte, schaute Middelhoff bei ihnen rein. »Danke, das wäre doch nicht nötig gewesen.« Er schnappte sich einen Kaffee und schaute sich um. »Und, was tut sich so im Künstlerkollektiv Goethestern?« Er ging als Erstes zu den Fotos und betrachtete sie, während er eine Hand auf Tanjas unteren Rücken legte. »Sehr substanziell, aber das Licht stimmt auf einigen noch nicht. Zu düster, außerdem dürfen auch Todkranke mal lachen. Immer einen Kontrapunkt setzen, sonst wird es langweilig. Versteht ihr? Guter Weg, weiter so.«

Als er vor Karls Staffelei stand, sagte er zunächst eine Minute lang gar nichts. »Also, ich habe ja bei Birken sofort die Assoziation KZ. Auschwitz-Birkenau, verstehst du? Und die fleißigen Ameisen der Vernichtung passen. Gefällt mir! Aber der Himmel ist mir zu aufdringlich, das Grauen sollte subtiler sein. Sag mal, könnte es sein, dass du gerade stark von diesem Mexikaner beeinflusst bist? Das Bild erinnert mich doch sehr an ihn.«

Karl legte seinen Pinsel beiseite und grinste etwas verlegen. »Garcia Hernandez Bilder sind so ziemlich das Faszinierendste, was mir bisher begegnet ist, und alles, was ich über ihn in Erfahrung bringe, interessiert mich. Tanja und Manu meinen schon, ich sei besessen von ihm. Leider sind die Informationen über ihn so begrenzt. Über Mikrofiche in der Unibibliothek habe ich mehr oder weniger nur die schon bekannten Sachen gefunden. Das documenta-Archiv ist auch eher dürftig bestückt und in den einschlägigen Publikationen ist in den letzten Jahren absolut nichts über ihn zu finden. Ich würde ihn wahnsinnig gerne kennenlernen, wenn er denn noch lebt, woran offensichtlich Zweifel bestehen. Ich habe schon meinen mexikanischen Kontakt angezapft und ein paar Kontaktadressen erhalten, aber letztlich komme ich von hier aus kaum weiter. Ich müsste vor Ort recherchieren. Er schaute Middelhoff an und ergänzte: »Ich würde sowieso gerne mal wieder nach Mexiko.«

Der kraulte sich das Kinn. »Verstehe. Falls aber dein fragender Blick in Richtung Reisekostenzuschuss schielen sollte, werde ich dich enttäuschen müssen.«

»Am Geld sollte nichts scheitern. Ich lasse mich von meiner Leidenschaft treiben.«

Middelhoff lachte. »Da spricht der wahre Künstler! Guter Weg, weiter so.«

Einige Wochen später hielt Professor Middelhoff ein Blatt Papier hoch und las vor: »Bla bla bla, und so bitten wir darum, Herrn Doktor – Titel sind immer hilfreich, gerade in den südlichen Ländern! – Karl Brodersen bei seiner für unsere Universität und die weltweit bekannte documenta immens wichtigen wissenschaftlichen Forschungsarbeit über den bedeutenden mexikanischen Künstler Alejandro Mateo Garcia Hernandez auf jede nur erdenkliche Art zu unterstützen.«

Er klappte sein Stempelkissen auf, schnappte sich den Instituts- und seinen persönlichen Stempel und setzte ebenso schwungvoll jeweils zwei Stempelabdrücke auf die beiden Hochschulpapierbögen wie anschließend seine Unterschriften. Er steckte die Schreiben in einen Umschlag und reichte ihn Karl. »Einmal auf Spanisch, einmal auf Englisch. Etwas aufgeblasen und schleimig, also genau richtig für seinen Zweck.« Er schaute Karl über seinen Schreibtisch schmunzelnd an, »Wenn ich dir schon nicht finanziell unter die Arme greifen kann, so wird dieses Empfehlungsschreiben vielleicht hilfreich sein.«

Karl steckte den Umschlag in seinen Rucksack und bedankte sich.

»In Mexiko City solltest du übrigens deine Suche im Museo de Arte Moderno beginnen. Da gibt es die umwerfende Signora Guadelupe Flores, die ich vor einigen Jahren mal in Madrid bei einer Konferenz zu Diego Rivera kennengelernt habe. Die hat was auf dem Kasten, ist eloquent, gut vernetzt und übrigens bildschön.« Middelhoff seufzte. »Ich hab sie leider nicht abschleppen können. Eins noch, Karl«, der Professor zögerte, während er Karl anschaute, »falls du irgendetwas richtig Interessantes erfährst oder gar ein bisher unbekanntes Bild von Garcia Hernandez auftaucht, holst du mich bitte mit ins Boot.«

Sandra blieb mit schon gezücktem Schlüssel vor ihrer Wohnungstür stehen. Sie hatte einen irritierenden Geruch in der Nase, schnupperte mehrmals. Dann hörte sie ein leises Scheppern, ganz offensichtlich aus ihrer Wohnung kommend. Sie wandte sich instinktiv ab, spürte ihr Herz und ihre Gedanken rasen. Wer trieb sich da bei ihr herum, ein Einbrecher? Sollte sie wohl besser zu Ahrends, ihren Vermietern gleich nebenan, gehen und die Polizei rufen? Aber ein Einbrecher ausgerechnet bei ihr? Einer, der exotisch kochte?

Ein Verdacht begann in ihr zu reifen, sie drehte wieder um, schloss energisch auf und rief laut: »Hallo, ist da wer?«

Einen Moment später steckte Karl seinen Kopf aus der Küche in den Flur und begann lauthals zu singen. »Hossa, Hossa, Fiesta, Fiesta Mexicana!« Sandra warf mit dem Schlüsselbund nach ihm. »Ich habe mich total erschrocken! Wie, verdammt noch mal, bist du hier reingekommen?«

Karl machte mit den Fingern beider Hände unbestimmte Bewegungen vor seinem Oberkörper und raunte geheimnisvoll: »Magie.« Als er sah, dass sie das nicht lustig fand, streckte er seine Arme aus und ging langsam auf sie zu. Sandra haute ihn erst mit ihrer Handtasche – sie war die einzige Frau mit Handtasche, die Karl kannte – und umarmte ihn dann.

»Blödmann! Hast du etwa in meinen Sachen geschnüffelt?«

»Nur in der Schublade mit deiner Reizwäsche.«

»Ich besitze keine Reizwäsche!«

»Schade!«

Sie rammte ihm die Handtasche erneut in die Seite. »Und was gibt es nun Tolles? Reis mit Bohnenpampe, kalorienarm und leicht verdaulich?«

Karl zog ihr die kobaltblaue Daunenjacke aus, ging auf die Knie, schnürte ihr die Stiefel auf und hob behutsam ihre Füße heraus. »Geh doch erst einmal ins Wohnzimmer und ruh dich etwas aus, ich bringe dir schon mal einen Drink.« Er schob sie an der Küchentür vorbei und führte sie zu ihrer curryfarbenen Chaiselongue, die ebenso schick wie der Rest ihrer Zweieinhalb-Zimmer-Wohnung war. Er entschwand Richtung Küche und kehrte mit einem Glas Ananassaft zurück. In ein Ananasstück hatte er ein buntes Pappschirmchen gesteckt.

Sandra nahm den kleinen Schirm und drehte ihn zwischen ihren Fingern. »Die Chancen steigen, dass ich dich nicht wegen Einbruchs anzeigen werde.«

»Bist du bereit für die Entrada?«

»Si, Senor!«

Karl holte zwei Schüsseln aus der Küche. In der einen befanden sich Chips, in der anderen eine grünlich-braune Creme.

»Kenn ich, Jackadings.«

»Genau, Guacamole«, sagte er in perfekt akzentuiertem Spanisch. »Viele Vitamine, jede Menge ungesättigter Fettsäuren, macht Falten weg.« Sandra knuffte ihn.

Karl stürzte theatralisch zu Boden, achtete aber darauf, dass nichts aus den Schüsseln in seinen Händen fiel. »Nicht immer auf die gleiche Stelle«, beschwerte er sich.

Sandra stellte die Schüsseln auf dem Beistelltisch ab, zog ihn zu sich hoch und sagte: »Mimose!« Dann tauchte sie den ersten Chip in die Avocadocreme und leckte etwas Creme ab, bevor sie ihn kaute. »Lecker und schmeckt richtig gesund. Wo hast du diese Chips her, die sind doch nicht aus Kartoffeln?«

Karl machte wieder die mysteriöse Geste von vorhin und hob die Schultern. »Wir brauchen alle unsere Geheimnisse.«

Nach der Hauptspeise, einer Spinat-Quesadilla, lagen sie schweigend und eng umschlungen auf der eigentlich viel zu schmalen Chaiselongue und lauschten den in der Abenddämmerung zwitschernden Amseln.

»Wie soll es eigentlich mit uns weitergehen?«, fragte Sandra nach einer Weile.

»Gut«, schlug Karl vor und schützte vorsorglich seine ramponierte Seite.

Sandra zog ihren Kopf ein wenig von seinem weg, hob ihre Stupsnase und schaute ihm in die Augen. »Hast du einen Plan für uns oder wenigstens einen für dich?«

»Diese Frage wird mir für meinen Geschmack deutlich zu oft gestellt.«

»Ich stelle sie dir zum ersten Mal, nach deutlich mehr als

einem halben Jahr, da ist eine Antwort doch wohl nicht zu viel verlangt, oder?« Sie setzte sich auf.

»Erzähl du mir von deinen Plänen.«

»Ich habe immer viele Pläne. Nicht alle erfüllen sich, das macht ja nichts. Aber ich finde es wichtig, etwas anzustreben, Ehrgeiz zu haben, sich Herausforderungen zu suchen. Du nicht?«

»Du bist für mich Herausforderung genug.«

»Das glaube ich sofort, und du kannst dir sicher sein, das Gleiche gilt auch umgekehrt.«

»Du wolltest von deinen Plänen erzählen.«

»Beruflich muss ich noch zwei Schulungen machen und eine Prüfung bestehen, dann kann ich mich intern auf Filialleiterstellen bewerben oder mich umschauen, ob ich nicht bei einem anderen Geldinstitut bessere Karrierechancen habe. Ich will vorankommen. Aber ich will perspektivisch auch Kinder und Familie, und vergiss nicht, ich bin älter als du, gehe stramm auf die dreißig zu.«

»Du bist 26.«

»Sage ich ja!« Sandra seufzte. »Und jetzt zurück zu dir. Was willst du mit mir?«

»Postre essen, es gibt Flan Caramel. Und bevor du mich jetzt wieder misshandelst: Wir wissen doch beide um unsere Unterschiede. Ich will dich nicht bearbeiten, damit du besser zu mir passt, und du solltest es besser auch nicht versuchen, mich nach deinen Wünschen umzuformen. Ich möchte das genießen, was wir an- und miteinander haben, und nicht über das jammern, was nicht gut geht.«

Karl sah eine Träne in einem ihrer Augenwinkel und wollte sie wegwischen, aber Sandra schlug seine Hand weg. »Ich will den blöden Pudding nicht, du bist selbst wie ein Pudding. Süß, aber nicht festzuhalten.«

Zufall oder Zeichen

Es war ein kleiner, windiger Ort, in dem der Staub durch Gassen getrieben wurde, in denen sich niemand aufhielt. Selbst die sonst allgegenwärtigen Hunde schienen sich irgendwo verkrochen zu haben. Karl schaute sich um. Der Bus hatte ihn in der Dorfmitte abgesetzt, aber er hatte keine Idee, wohin er sich wenden sollte.

Als er vor einer Woche in Mexiko angekommen war, hatte sich Signora Flores als in der Tat bildschön herausgestellt. Sie hatte ihm wortreich erläutert, dass sie zu ihrem großen Bedauern leider überhaupt keine Zeit für ihn aufbringen könne, weil sie gerade als Kuratorin für eine Ausstellung von nationaler Bedeutung fungiere, die in bereits weniger als zwei Monaten eröffnet werde. Immerhin hatte sie ihn an den Kollegen Ramirez in Oaxaca verwiesen. Sie hatte ihn dann noch kurz in den Saal geführt, in dem zwei Bilder von Garcia Hernandez hingen. Karl kannte sie zwar schon von Abbildungen aus dem Katalog der documenta 5, denn beide waren 1972 in Kassel gezeigt worden. Trotzdem raubte es ihm fast den Atem, die Gemälde im Original zu sehen, und so verbrachte er die restliche Zeit bis zur abendlichen Schließung vor ihnen, schaute sie aus kleinerer und größerer Entfernung an, ging immer wieder ganz nah heran, um Details zu betrachten und sich ein noch besseres Bild von den verwendeten Maltechniken zu machen. Außerdem fotografierte er jeweils einen ganzen Film pro Bild mit der teuren Minolta, die er sich von Tanja für die Reise ausgeliehen hatte.

Miguel Ramirez, der stellvertretende Leiter des Museo de los Pinteros Oaxaquenos, stellte sich als ein stark übergewichtiger, kleiner Mann mit Glatze und mächtigem Schnurrbart heraus, der sich von Karls Empfehlungsschreiben sehr beeindruckt zeigte. Er wolle die Bemühungen des Doctor Aleman gerne, er hatte noch einmal auf das Schreiben in seinen Händen geschaut, auf jede nur erdenkliche Art unterstützen. Nur beginne jetzt gleich die Siesta und er müsse leider zunächst eine kleine Mahlzeit zu sich nehmen. Ob der Dottore vielleicht am späten Nachmittag noch einmal vorbeikommen könne. Dann hatte er Karl abwartend angeblickt. Karl hatte die Botschaft sofort verstanden und gefragt, ob er denn vielleicht den Herrn Museumsdirektor trotz dessen wahrscheinlich dringenden anderweitigen Verpflichtungen zum Essen einladen dürfe. Dieser sagte nach kurzem Sträuben und mehreren Blicken in seinen Terminkalender schließlich zu.

Während des Essens in einem erstaunlich teuren Restaurant erzählte Ramirez, dass er die große Ehre gehabt habe, Garcia Hernandez persönlich kennenzulernen. »Ein herausragender Künstler, wir alle waren so stolz, als er zur weltberühmten documenta eingeladen wurde. Aber auch etwas wirr und vor allem ein Hitzkopf, tragisches Schicksal.« Als Karl nachfragte, ob er Genaueres wisse, gab sich der Mexikaner geheimnisvoll. »Verschwunden, seit Jahren keine Spur von ihm. Vielleicht etwas Politisches, so etwas kommt in Mexiko leider öfter vor. Vielleicht aber auch ein Selbstmord, verrückt genug war er.« Als Karl wissen wollte, ob es denn noch irgendetwas von oder über Garcia Hernandez im hiesigen Museo gebe, machte sein Gegenüber eine bedauernde Geste und beklagte wortreich die geringe finanzielle Ausstattung seines Museums. Das Archiv platze aus allen Nähten, sei auch völlig unsortiert, kaum Personal, der Gast verstehe sicherlich. Auf die Frage nach Freunden,

Künstlerkollegen und Familienangehörigen erwiderte Ramirez, dass Garcia Hernandez ein Einzelgänger gewesen sei, es gebe noch eine Schwester, bei der er zuletzt wohl auch gewohnt habe. Die sei allerdings ein Drachen, lasse jeden, der sich für ihren Bruder interessiere, abblitzen, und Journalisten könne sie anscheinend im Besonderen nicht leiden. Sie lebe in einem Dorf in den Bergen in der Nähe von Santa Maria Tlahuitoltepec. Der Herr Wissenschaftler möge aber auf der Hut sein, falls er beabsichtige, sie dort zu besuchen.

Das besagte Dorf hieß San Andrés. Dort angelangt, sah er lange niemanden. Endlich überquerte ein gebeugter, alter Mann die Gasse zu seiner Linken. Karl lief zu ihm hin und fragte, wo er denn wohl Signora Garcia Hernandez finden könne. Der Alte legte die Hand ans Ohr und verstand die Frage erst im dritten Anlauf. Er wies die Gasse runter und machte eine uneindeutige Handbewegung nach rechts. Nach einigen Minuten und erneutem Fragen bei einem kleinen Mädchen, das ihn erst nur mit offenem Mund angeschaut hatte, war er offensichtlich beim richtigen Haus angekommen. Als er näher herantrat, fing ein Hund, der sich in einem Zwinger auf dem Nachbargrundstück befand, laut an zu kläffen. Kurze Zeit später öffnete sich die Tür und eine zierliche Frau mit ergrauten Haaren, die Karl auf etwa fünfzig schätzte, stellte sich in den Türrahmen. Sie hatte einen Holzknüppel in der Hand und starrte ihn ein paar Sekunden misstrauisch an. »Periodista?«, rief sie herüber.

Karl verneinte entschieden, Journalist zu sein, und trat einige Schritte heran. Eine innere Stimme sagte ihm, dass es nicht hilfreich sei, das Empfehlungsschreiben zu benutzen. Er stellte sich als Kunststudent und großen Verehrer von Alejandro Mateo Garcia Hernandez vor, erzählte höflich von seinem Anliegen und flocht ein Kompliment über das Kleid der Signora in seine Rede ein. Die wedelte mit ihrer Hand kurz auf und ab, schaute ihn dabei weiter ungerührt an. Gerade, als die Situation Karl unbehaglich zu werden begann, winkte sie ihn herbei und führte ihn ins Haus.

Sie lebte offensichtlich allein, es war etwas unordentlich und das wenige Mobiliar in dem Wohnzimmer mit seiner niedrigen Decke wirkte abgewetzt. Sie bedeutete ihm, auf einem Sessel Platz zu nehmen, und ohne ihn zu fragen, ob und was er trinken möchte, füllte sie Wasser in einen Kessel und setzte ihn auf den klapprigen Herd. Karl fiel auf, dass sie nicht nur diverse kunstvolle Ringe an den Fingern, sondern auch mehrere geschnitzte Armreifen trug, zudem hing ihr ein indianisch anmutendes Amulett mit dunklen Federn um den Hals.

»Darf ich Ihnen ein paar Fragen zu Ihrem Bruder stellen, Signora?«

»Sagen Sie Rosa zu mir.«

»Rosa, so heißt auch meine Schwester.«

»Ist sie hübsch?«

»Fast so hübsch wie Sie.«

Sie machte wieder diese wedelnde Handbewegung. »Fragen Sie.«

»Wann haben Sie Ihren Bruder zuletzt gesehen?«

»Er ist 1977 verschwunden, einfach so, ohne Ankündigung, ohne Abschiedsgruß.«

»Was glauben Sie, was mit ihm ist. Lebt er noch?«

»Ich bin sicher, er ist tot. Er war zwar öfter mal für Tage oder auch Wochen weg, ohne irgendjemandem Bescheid zu sagen, auch mir nicht, obwohl wir beide in diesem Haus gewohnt haben. Meistens ist er einfach raus in die Wildnis, nur mit Decke und etwas Proviant. Er sagte oft, er brauche das als Inspiration für seine Arbeit. Aber nach einer Weile ist er sonst immer wieder zurückgekommen.«

Es trat eine Gesprächspause ein, bis der Kessel auf dem Herd zu pfeifen begann. Rosa ging zur Küchennische, füllte Nescafé in zwei Becher und goss das heiße Wasser auf.

»Vermuten Sie, dass er einen Unfall hatte oder halten Sie es für möglich ...«

»Dass er sich umgebracht hat? Ja, das tue ich. Aber ein Unfall ist wahrscheinlicher. Ich habe mir am Anfang ständig den Kopf darüber zerbrochen, aber schon vor Jahren damit aufgehört.« Sie schüttete in beide Becher zwei gehäufte Teelöffel Zucker, rührte um und kam wieder zu den Sesseln zurück.

Karl hatte in der Zwischenzeit eine Schachtel Pralinen aus seinem Tagesrucksack gekramt, die er als kleine Aufmerksamkeit in Oaxaca besorgt hatte. »Die passen gut zum Kaffee«, sagte er mit einem Lächeln und überreichte sie seiner Gastgeberin. Die wedelte erneut mit einer Hand, schaute ihn dabei skeptisch und ein wenig spöttisch an.

Karl sagte mit etwas belegter Stimme: »Rosa, ich interessiere mich für Ihren Bruder nicht aus wissenschaftlichem Interesse, sondern vielmehr, weil ich ihn für einen wunderbaren Maler halte und er ein großes Vorbild für mich ist. Vor allem seine Motive sprechen mich sehr an.« Er zögerte. »Es klingt bestimmt komisch, aber ich fühle eine Seelenverwandtschaft.«

Rosa lachte lauthals. »Sind Sie auch so ein bisschen verrückt wie Alejandro?«

Karl lachte mit. »Das ist nicht ausgeschlossen. Darf ich Ihnen etwas zeigen?« Er holte aus seinem Rucksack eine Plastikröhre hervor und entnahm ihr eine zusammengerollte Leinwand mit einem Ölgemälde, das er kürzlich im Stil des Mexikaners gemalt hatte. Er reichte sie ihr zögerlich. »Ich weiß, es ist nichts Besonderes.«

Rosa holte aus einer kleinen Kammer, die vom Wohnzimmer abzweigte, eine klapprige, mit vielen Farbresten bekleckerte Atelierstaffelei, stellte sie an einen freien Platz und befestigte die Leinwand darauf. Das Bild zeigte drei fröhliche, pausbäckige Kinder, die auf Hockern um einen runden Plastiktisch saßen, der sich auf einer weiß gefliesten Terrasse befand. Sie trugen dunkelblaue Schuluniformen und tranken aus Gläsern eine dunkle Flüssigkeit. Mitten auf dem Tisch stand eine große Nesquik-Dose. Im Hintergrund befand sich eine Wiesenlandschaft, auf der einige Kühe grasten. Am hellgelben Himmel waren bräunlich-violette Wolken zu sehen, die wie Kakao-Bohnen aussahen. Die idyllische Atmosphäre des Gemäldes wurde durch eine gefiederte, dunkelgrüne Schlange irritiert, die sich unter dem Tisch zwischen den unbeschuhten Füssen der Kinder befand und ihr Maul weit aufriss, während die Klapper an ihrem Körperende aufragte. Rosa schaute lange auf das Gemälde, ohne ein Wort zu sagen. Dann fragte sie: »Woher kennen Sie die Legende, nach der Quetzalcoatl den Menschen das Geheimnis der Zubereitung von Xocoatl verraten hat?«

»Eine mexikanische Köchin hat mir davon erzählt.«

Rosa wandte ihren Blick wieder dem Bild zu und schwieg. Als Karl schon unruhig in seinem Sessel wurde, nickte sie und meinte: »Das hätte Alejandro gefallen.«

Karl bedankte sich für das Kompliment. »Gibt es noch irgendwelche Zeugnisse seines Schaffens, Skizzen, Entwürfe, gar Bilder? Oder vielleicht Tagebücher?«

»Er hat immer direkt auf die Leinwand gemalt, keine Entwürfe, keine Skizzen, und Tagebuch hat er nie geschrieben.«

»Wie schade«, meinte Karl.

Rosa schaute Karl an. Karl schaute Rosa an, der Tränen die Wange herunterliefen. Karl beugte sich vor und legte seine Hand auf ihre. Beide schwiegen eine Weile, dann sagte Rosa: »Meine Leber ist krank und ich habe keine Krankenversicherung. Ich brauche Geld, sonst könnte es sein, dass ich sterbe.« Sie stockte. »Ja, es gibt noch genau ein Bild von ihm. Seit Wochen überlege ich, ob ich es wirklich über mein Herz bringe, es zu verkaufen. Und jetzt kommen Sie aus dem reichen Deutschland und interessieren sich für meinen Bruder. Ist das Zufall oder ein Zeichen?«

Karl zuckte etwas ratlos mit den Schultern, dann sagte er: »Auf jeden Fall ein Zeichen dafür, dass Ihr Bruder nicht vergessen ist.«

»Möchten Sie es sehen?«

»Wahnsinnig gerne!«

Rosa ging die Treppe in das obere Stockwerk hoch und kam nach kurzer Zeit mit einem grob gewebten Wolltuch in den Händen zurück. Sie klappte das Tuch auf, hob vorsichtig eine Leinwand hoch, die sie auf der Staffelei fixierte. Karl war währenddessen aus seinem Sessel aufgestanden. Er stellte sich mit etwas Abstand vor das große, ungefähr quadratische Gemälde. Ein Vulkanausbruch bei Nacht. Der pechschwarze Himmel erleuchtet vom Widerschein aus dem Krater. Allerdings nicht vom dunklen Rot kochender Lava, sondern von einem hellgelben Glanz, denn der Vulkan spie Goldklumpen! Zahlreiche Menschen zogen mit verzückten Gesichtsausdrücken den Bergrücken hinauf Richtung Kraterrand und versuchten dabei, mit ihren ausgestreckten Händen Goldbrocken einzufangen. Die obersten sprangen wie Lemminge kopfüber in den Krater. Karl war fasziniert von den Kontrasten des Bildes. Das tiefe Dunkel der Nacht ließ das durch die Luft fliegende Gold umso heller strahlen. Die Ekstase der wie berauschten Menschen passte so gar nicht zur Trostlosigkeit der ansonsten in graubraun-schwarzen Tönen gehaltenen Szenerie. Der mit breiten Pinselstrichen aufgetragene Himmel stand in großem Gegensatz zu den filigran gemalten Gesichtern. Dann entdeckte er in der rechten unteren Ecke einen Hund, vielleicht sollte es auch ein Kojote sein, der halb von einem Dornenbusch verdeckt war und einen staunenden Blick auf das Geschehen warf. Karl starrte das Gemälde minutenlang an und sagte schließlich: »Es ist überwältigend!« Dann fragte er: »Wissen Sie, welchen Titel Alejandro dem Bild gegeben hat?«

»Es hat keinen, es ist sein letztes Bild. Ich weiß nicht einmal, ob es fertig ist.«

Karl rang nach Worten. »Bei allem Respekt, Rosa, finden Sie nicht, dass viele Menschen die Möglichkeit erhalten sollten, dieses Bild zu sehen?«

Wieder fing Rosa an zu weinen. »Wie viel könnten Sie mir für das Bild geben?«

»Wie viel brauchen Sie?«

»Mindestens tausend-fünfhundert Dollar und dann noch Geld für Medikamente. Außerdem kann ich mehrere Monate nicht arbeiten.«

Im Vorfeld der Reise hatte er Middelhoff scherzhaft gefragt, was ein Garcia Hernandez heutzutage denn wohl ungefähr wert sei. Der hatte geantwortet, dass er für ein bisher unbekanntes Bild des Künstlers, auch unbesehen, mindestens zehntausend Mark ausgeben würde, dass es aber wahrscheinlich Sammler gäbe, die bereit wären, das Fünf- bis Zehnfache dessen zu zahlen.

»Rosa, ich bin nicht in der Absicht hier hergekommen, Bilder ihres Bruders zu kaufen, ich habe auch gar nicht genügend Geld dafür, aber ich kann mit meinem Professor telefonieren und fragen, ob vielleicht die Universität es kauft. Soll ich ihm dreitausend Dollar als Kaufpreis nennen?«

Rosa nickte nach kurzem Zögern. »Aber ich brauche das Geld bald und am besten in bar.«

»Ich fahre noch heute nach Oaxaca zurück und rufe in Deutschland an. Haben Sie ein Telefon?«

Sie schüttelte den Kopf. »Aber Sie können das Postamt anrufen, dann sagt mir jemand Bescheid.« Sie riss die Ecke einer herumliegenden Zeitung ab und notierte eine Telefonnummer.

Zum Abschied wollte Karl ihr sein Bild schenken. Rosa wehrte ab. »Sie wollen mir viel Geld für ein Bild von Alejandro geben, aber mir selber eines von sich selbst schenken? Das passt nicht.«

»Dann kaufen Sie es mir ab«, schlug Karl vor.

Rosa schmunzelte. »Für wie viel?«

»Ein Peso, aber ich lasse mich nicht runterhandeln! Wir können es mit dem Geld für das andere Bild verrechnen. Abgemacht?« Er hielt ihr seine rechte Hand hin und Rosa ergriff sie. Karl verbeugte sich vor ihr. »Ich danke Ihnen von Herzen, Sie sind die Erste, die mir ein Bild abkauft!«

Zurück im Hotel legte sich Karl auf sein Bett und dachte nach, was er jetzt tun sollte. Er war hin- und hergerissen zwischen unterschiedlichen Impulsen, entschied sich dann, zur Rezeption zu gehen, und fragte dort, ob er ein Auslandsgespräch führen könne. Der Nachtportier wies zu einer kleinen Telefonkabine. Karl rief Middelhoff an, der sich nach langem Läuten am anderen Ende verschlafen meldete.

»Ich habe seine Schwester getroffen.«

»Du hast wessen Schwester getroffen?«

»Garcia Hernandez.«

»Aha, und das musst du mir brühwarm mitten in der Nacht erzählen?«

»Sie geht fest davon aus, dass er nicht mehr lebt.«

Middelhoff gähnte. »Wie die meisten in der Fachwelt.«

Karl gähnte ebenfalls, dann sagte er mit leiser Stimme: »Es gibt ein Bild.«

Schweigen in der Leitung. Karl konnte förmlich spüren, wie sein Gesprächspartner plötzlich hellwach war.

»Ist nicht wahr! Hast du es mit eigenen Augen gesehen?«

»Ja.«

»Bist du sicher, dass es keine Fälschung ist?

»Ja.«

»Wie ist es?«

»Ein echter Garcia Hernandez!«

Karl hörte, wie Middelhoff einen Schluck trank.

»Kann es sein, dass du mich auf die Folter spannst?«

»Ja.«

»Spuck's aus!«

»Sie braucht Geld und ist bereit, es zu verkaufen.«

»Wie viel?«

»Viertausend Dollar.

»Yes! Yes! Yes!« Nach einer kurzen Pause ergänzte Middelhoff: »Karl, du bist ein Trüffelschwein! Ich muss nachdenken, wir dürfen jetzt keinen Fehler machen! Ich rufe dich in einer Stunde zurück.«

Karl ging in sein Zimmer, legte sich wieder auf sein Bett und dachte weiter nach. Eine Viertelstunde später ging er wieder zur Telefonkabine und rief eine inländische Nummer an.

»El Paraiso, Pete«, meldete sich die vertraute Stimme.

»Du solltest so spät nicht noch arbeiten«, sagte Karl auf Deutsch.

»Charly! Das ist ja fast Gedankenübertragung, vor wenigen Minuten habe ich an dich gedacht!

Komm her, ich brauche dich!«

»Ich bin schon da. Und ich brauche dich auch.«

»Wie, du bist schon da?«

Karl erzählte ihm eine Kurzfassung der Geschichte. »Jetzt brauche ich kurzfristig viertausend Dollar in bar. Du kriegst sie in ein paar Wochen zurück.«

»Klar, Mann, kein Problem! In kleinen Scheinen? Schön dich zu sprechen, Kumpel. Kann ich dir jetzt von meinem Miniproblem erzählen?«

»Lass mich raten: viele Buchungen, zu wenig Personal. Da fehlt eine tatkräftige, disziplinierte, deutsche Hand.«

»Zwei wären noch besser. Die Hochsaison geht in einem Monat los. Dazu kommt, dass ich mein Knie operieren lassen muss, Langzeitschaden vom Surfen. Ich bin Anfang des Jahres für vier bis sechs Wochen in der Schweiz, den hiesigen Kurpfuschern traue ich nicht über den Weg. Kannst du kommen?«

»Klar Mann, kein Problem! Außer ein paar Details, die wir besprechen sollten. Zum Beispiel morgen, wenn du mir das Geld vorbeibringst.«

»Ach, wir sprachen von morgen? Aber okay, ich benötige sowieso noch Baumaterialien aus Oaxaca. Wieso gehst du eigentlich selbstverständlich davon aus, dass ich so viel Bargeld hier habe?«

»Ich weiß sogar, wo du die Geldkassette stehen hast. Holst du mich in meinem Hotel ab, so gegen Mittag?«

Karl ging zum Portier, der hinter seinem Tresen vor sich hin döste, und sagte ihm, dass er einen Rückruf aus Deutschland erwarte und bitte per Haustelefon benachrichtigt werden wolle. Er ging hoch, ihm schwirrte der Kopf. Als der Apparat in seinem Zimmer läutete, lief er den Flur entlang und sprang die Treppe mehrere Stufen auf einmal nehmend hinunter.

»Wir brauchen erstens einen notariell beglaubigten Kaufvertrag«, begann Middelhoff das Gespräch ohne Umschweife. »Kriegst du das organisiert?«

»Klar, Mann, kein Problem!«, sagte Karl und kicherte.

»Hast du getrunken? Na, egal, ich habe mir auch gerade einen Kleinen gezwitschert, ist ja wohl angemessen. Das deutlich größere Problem ist wahrscheinlich, an ein Echtheitszertifikat zu kommen. Ich vermute doch mal, dass es bisher keins zu dem Bild gibt.«

»Glaube ich auch nicht.«

»Und, hast du eine Idee?

»Ja. Der hiesige Kollege deiner verhinderten Konferenzeroberung. Aber ich vermute mal, das wird uns etwas mehr als ein übliches Honorar kosten.«

»Verstehe. Scheiß Korruption! Nun ja, das, was wir machen, ist auch nicht ganz koscher. Ich weiß zum Beispiel nicht, welche Bestimmungen Mexiko bezüglich der Ausfuhr von Kulturgütern hat. Aber andererseits dürfen wir uns diese Chance nicht entgehen lassen. Das wird in der Kunstszene – nun ja, vielleicht nicht wie eine Bombe einschlagen, aber zumindest ein paar Wellen werfen. Und dass es gut für dein noch so junges und mein bescheidenes Renommee sein wird, brauche ich dir ja wohl nicht extra zu erklären, oder?«

»Wer kauft denn nun das Bild offiziell? Ich, du, die Hochschule?«

»Die auf keinen Fall, das ist eine Sache von dir und mir. Und da du ja nun mal vor Ort bist, schlage ich vor, du kaufst und wir machen eine Art Vertrag miteinander, wenn du wieder da bist. Ich vertraue dir und darauf, dass wir uns schon einig werden. Übrigens halte ich, zumindest vorerst, strikte Geheimhaltung für geboten. Du weißt ja, wie viel Neid und Missgunst es in der Kunstszene gibt.«

»Okay.«

»Jetzt müssen wir noch den Geldtransfer besprechen, das ist auch nicht so einfach.«

»Das Geld habe ich in der Zwischenzeit schon anderweitig organisiert.«

Middelhoff holte einmal tief Luft. »Ich will lieber gar nicht mehr wissen. Karl, könnte es sein, dass ich die Bandbreite deiner Talente bisher unterschätzt habe?«

»Das wäre möglich.«

»Ein Letztes, mein Lieber. Also, ich will ja nicht gierig erscheinen, aber besteht eigentlich Aussicht, dass es noch mehr Bilder von ihm gibt?«

Karl antwortete nicht. Er biss sich auf die Lippen.

»Kann es sein, dass du mich schon wieder auf die Folter spannst?«

»Seine Schwester hat da etwas angedeutet«, sagte Karl, »aber zum jetzigen Zeitpunkt kann ich noch nicht mehr dazu sagen.«

Die ganze Sache ging dann erstaunlich schnell und relativ reibungslos über die Bühne. Karl traf sich nach einer recht unruhigen Nacht mit wenig Schlaf am nächsten Tag mit Pete, der ihm das Geld überreichte, ihm einen vertrauenswürdigen Notar empfehlen konnte und von Maria ausrichten ließ, dass sie sich sehr darauf freue, den *mageren, deutschen Hahn* demnächst wieder aufzupäppeln. Sie einigten sich darauf, dass Karl von kurz vor Weihnachten bis kurz nach Ostern als Manager im El Paraiso arbeiten würde.

Nachmittags rief Karl zunächst bei dem Notar an und vereinbarte einen Termin, dann in Rosas Dorf und ließ sie ans Telefon holen. Er erzählte ihr, dass sein Chef dem Ankauf sowie dem Preis zugestimmt habe, dass das Geld bereits da sei und er sie am übernächsten Tag mit einem Mietwagen zur Vertragsunterzeichnung abholen werde.

Kurz vor der Schließung des Museums ging Karl in Ramirez Büro und bat darum, ihn erneut zum Essen einladen zu dürfen, da er anfragen wolle, ob er dessen herausragende Kompetenz in einer wichtigen Angelegenheit in Anspruch nehmen dürfe. Ramirez erwiderte, dass es ihm eine Ehre sei, wenn er dem jungen Wissenschaftler mit seinen bescheidenen Fähigkeiten eine Hilfe sein könne. Er habe ausnahmsweise einen freien Abend und der Arbeitstag sei ja praktisch schon vorüber.

Als Karl ihm im Restaurant von dem Bild erzählte, beglückwünschte Ramirez ihn überschwänglich und lobte Karls Fähigkeiten, schließlich hätten sich nach seinem Kenntnisstand schon viele an der Schwester des Malers die Zähne ausgebissen. Nachdem Karl ihm jedoch von seinem Anliegen erzählte, verdunkelte sich seine Miene. »Schwierig. Sehr schwierig. Sehr, sehr schwierig.«

Karl fragte nach den Gründen. Sein Gegenüber erwähnte zunächst, dass für Echtheitszertifikate eigentlich der Direktor des Museums zuständig sei und der sei nun mal recht eitel. Aber er könne sich eine Lösung für dieses Problem vorstellen, was jedoch mit erheblichem Aufwand für ihn verbunden sei. Das andere Problem sei, dass Mexiko, und zwar völlig zu Recht, sehr stolz auf seine alten und auch auf seine jüngeren Kulturgüter sei und den Verkauf an Ausländer gar nicht gerne sehe. Karl entgegnete, dass es in diesem Fall ja nicht um eine private Angelegenheit gehe, sondern vielmehr um wissenschaftliche Forschung und die internationale Kunstwelt. Aber er sehe ein, dass auch das Ursprungsland dieses hervorragenden Malers profitieren müsse, er könne sich beispielsweise sehr gut eine Spende an das übrigens überaus schöne Museo de los Pintores Oaxaquenos vorstellen, die Herr Ramirez doch sicherlich an die zuständige Stelle weiterleiten könne. Dieser zwirbelte daraufhin seinen Schnurrbart. An welche Summe habe der Dottore denn gedacht? Karl schlug zweihundertfünfzig Dollar vor. Dies sei zweifellos eine honorige Summe, kam es zur Antwort, aber das Doppelte scheine ihm noch honoriger. Karl tat einen Moment so, als ob er mit sich ringe und hielt dann seine Hand hin. Ramirez schlug ein und bereits am nächsten Tag hielt Karl das Zertifikat mit Museumsbriefkopf und vier unterschiedlichen Stempeln in den Händen.

Der Termin mit Rosa beim Notar verlief kurz und bündig, allerdings kam ihm die Gebühr für die Erstellung und Beurkundung des Kaufvertrags doch recht hoch vor. Er lud Rosa anschließend noch in ein Restaurant mit einer von Kletterpflanzen umrankten Terrasse ein und sie unterhielten sich angeregt miteinander. Er überreichte ihr das verabredete Geld und legte noch fünfhundert Dollar obendrauf, als Reserve sagte er. Auf dem Weg zurück in ihr Dorf fragte Karl sie, ob sie bereit sei und sich in der Lage fühle, ihm noch etwas mehr aus dem Leben und Schaffen ihres Bruders zu erzählen. Sie sprachen dann noch bis spät am Abend miteinander. Zum Abschied nahmen sie sich in die Arme und wünschten sich alles Gute, Karl versprach, sie im Winter besuchen zu kommen. Dann hielt er noch kurz inne und fragte sie, wo denn ihr Bruder seine Leinwände, Pinsel und Farben gekauft habe. Sie nannte ihm einen kleinen Laden in Oaxaca.

Am Tag darauf reiste er heim.

Im Lee ist's nich schee

Der Kies knirschte unter den Reifen, als Sandra ihren Fiesta schwungvoll vor dem Haus parkte. Sie stieg aus, griff sich ihre Handtasche von der Rückbank und schloss ab. Nachdem sie die Haustür geöffnet hatte, stieg sie zwei Stufen auf einmal nehmend die gleich rechts vom Eingang gelegene Treppe zu ihrer Wohnung hoch. Dann erstarrte sie. Auf dem Absatz vor ihrer Wohnung kauerte etwas, eingehüllt in eine Art Umhang. Als sie daneben einen an die Wand gestellten Rucksack wahrnahm, entspannte sie etwas, murmelte: »Na, warte«, schnappte sich den an das Treppengeländer angelehnten Kehrbesen und stupste die Figur unsanft an. »Wer da? Ich kann übrigens Karate!« Das Etwas röchelte leise, während es langsam zur Seite kippte. Sandra warf sich drauf und klappte den Umhang auf. Karls Gesicht lachte ihr entgegen.

»Du weißt genau, wie sehr ich mich neulich bei diesem furchtbaren Film, der in Venedig spielt, gegruselt habe!«

Karl küsste sie. »Ich wäre auch lieber wieder in deine Wohnung eingebrochen. Darf ich ja nicht.«

»Warum bist du schon wieder da?«

»Wissenschaftliche Akkordarbeit. Außerdem hatte ich solche Sehnsucht nach dir.«

»Schön wär's.« Sie stand auf und zog ihn mit hoch.

Karl reichte ihr den Poncho. »Mein Mitbringsel, von echten Indios in mühsamer Handarbeit hergestellt.«

Sandra schaute sich den in Braun- und Rottönen gewebten Umhang an. »Nett gemeint, ist mir aber ehrlich gesagt etwas zu hippiemäßig.« Sie gab ihn Karl zurück.

Bei einer Tasse Tee erzählte Karl von seiner Zeit in Mexiko, ohne jedoch den Bildkauf und seine Verabredung mit Pete auch nur ansatzweise zu erwähnen.

»Klingt ja nicht besonders spannend«, meinte Sandra.

»Stimmt«, antwortete er und sah die Szene vor sich, wie ihn am Morgen nach seiner Ankunft am Frankfurter Flughafen ein Zollbeamter herausgewunken und sein komplettes Gepäck durchsucht hatte. Das Bild von Garcia Hernandez hatte er nicht gefunden, Karl hatte es zwischen einige Poster in eine Röhre gerollt.

»Ich fahre übrigens morgen an die Wasserkuppe, um Drachenfliegen zu lernen. Ich habe mit dir ja erst nächste Woche gerechnet.«

»Um Drachen steigen zu lassen, musst du nicht wegfahren. Das kann ich dir auch beibringen.«

Sandra seufzte theatralisch. »Das ist ein neuer Trendsport, du weltfremder Lebenskünstler: an einem mit Segeltuch bespanntem Gestell fliegen, ohne Motor, ohne gar nichts. Nur die Winde tragen einen.«

»Toll! Kann ich mit?«

Die Theorieeinheit am Vormittag fand im Wohnzimmer des in Poppenhausen gelegenen Fachwerkhauses von Helge, dem lockenköpfigen Kursleiter statt. Die Atmosphäre war sehr entspannt, alle duzten sich, sie saßen auf einem etwas abgewetzten Sofa und wackeligen Sesseln und tranken nebenbei Kräutertee. Es durfte geraucht werden. Karl hatte keine Probleme, den Ausführungen zu folgen und er machte sich im Gegensatz zu Sandra und den fünf anderen Teilnehmern kaum Notizen. Die Konstruktionsbeschreibung des Drachengestells fand er ebenso wie die Informationen zur Aerodynamik unmittelbar einleuchtend.

»Grau ist alle Theorie«, meinte Helge nach knapp zwei Stunden, »und ich bin sowieso ein Anhänger des *learning by doing*. Jetzt hängen wir euch mal auf!« Er holte aus einem Nebenraum einige Utensilien und hielt Gurtzeug hoch. »Das nennt man einen Kniehänger. In den steigt ihr wie in eine Hose. Wer ist der erste Freiwillige?«

Karl meldete sich sofort, stieg in das Gurtzeug, band die beiden Sicherheitsgurte mit einem Klettverschluss um seine Oberschenkel und streifte sich die Träger über die Schultern. Es fühlte sich wie ein großer Strampelanzug an. Helge dirigierte ihn zu einer freien Stelle im Raum, über der in der Decke an einem Holzbalken ein dicker Metallring befestigt war. Helge nahm eine zweistufige Trittleiter, stellte sie unter den Ring und griff sich aus einem Regal ein ungefähr einen Meter langes Seil, das an beiden Enden einen Karabinerhaken hatte. Er reichte Karl das Seil. »Steig mal rauf und hake es ein.« Helge befestigte das andere Ende des Seils an einer Öse auf der Rückseite von Karls Gurt. Dann hielt er Karl ein Aluminiumrohr waagerecht hin. »Greif es mit beiden Händen von oben ungefähr auf Schulterbreite und halte es auf Schulterhöhe. Bereit?« Karl grinste, er ahnte, was kommen würde. Ohne eine weitere Anweisung zu benötigen, stieg er von dem Treppchen herunter und prompt hing er in der Luft. Er streckte seine Beine durch und schwebte. Sein Herz hüpfte.

Helge zeigte ihm anschließend, wie er durch Gewichtsverlagerung seine Position verändern und auf diese Weise später auch einen Drachen lenken konnte. Außerdem musste er lernen, die Stange wie ein Steuer zu nutzen, zog er sie zu sich, richtete sich sein Körper auf, drückte er sie von sich weg, senkte sich sein Körper kopfüber. Und entsprechend würde sich der Drachen verhalten.

Karl konnte es kaum abwarten, bis sie nach der Mittagspause endlich mit einem VW-Bus hoch zur Wasserkuppe fuhren. Während Helge den Übungsdrachen auf dem leicht abschüssigen Übungsgelände zusammenbaute, erläuterte er noch einmal die Begriffe und Funktionen der einzelnen Teile und ließ alle das silberne Aluminiumgestell und den orangenen Dacron, das Polyestergewebe des Drachensegels befühlen. Helge stieg in den Kniehänger, legte den Drachen etwas auf die Seite, klinkte den Karabinerhaken am Ende des mit seinem Gurt verbundenen Nylonseils in eine Öse am oberen Ende des Aluminiumgestänges ein und richtete den Drachen auf. »Wir machen jetzt nur Laufübungen, heute wird noch gar nicht geflogen.« Das leichte Murren lachte er weg. »Heute übt ihr, mit dem Drachen einige Schritte zu laufen und macht allenfalls mal einen kleinen Hüpfer. Glaubt mir, das ist schon schwer genug.«

Helge schaute noch einmal rundum, steckte seine Zeigefinger in den Mund, drehte sich einmal um die eigene Achse und meinte dann fröhlich: »Fast optimale Bedingungen! In welche Richtung wird gelaufen?« »Gegen den Wind«, riefen alle ganz brav. »Genau! Merkt euch den guten, alten hessischen Spruch: Im Lee ist's nich schee.« Er machte es den anderen vor und alles sah ganz leicht aus. Aber die ersten Freiwilligen hatten anschließend erhebliche Mühe, das Drachengestell überhaupt in die Balance zu bekommen und noch mehr, sich selber im Gleichgewicht zu halten. Die folgenden, zumeist unbeholfenen Geh- und Laufbemühungen feuerten die anderen lachend und Witze machend an.

Als Karl an der Reihe war, sich eingeklinkt und den Drachen aufgerichtet hatte, spürte er, wie ein mächtiger Schauer ihn von den Zehen bis zur Kopfhaut durchfuhr. Er schaute noch mal nach rechts zur Gruppe, zwinkerte Sandra zu und spurtete los. Nach vielleicht zehn Schritten ging er etwas in die Knie und stieß sich mit einem Jauchzer ab. Für einige Sekunden war er in der Luft. Als der Schirm sich dann wieder dem Erdboden näherte, stieß Karl sich erneut ab und stieg wieder auf. »He, lass gut sein«, hörte er Helge brüllen.

»Noch mal! Mehr!«, rief Karl mit Kinderstimme. Helge, der zu ihm gerannt war, schimpfte: »Du bist möglicherweise ein Naturtalent, aber ganz sicher bist du unvorsichtig und solltest aufpassen, dass du keine Bruchlandung erlebst.« Karl nickte und lachte. »Das ist wie für mich gemacht.«

Am Sonntagabend lag Karl auf der Chaiselongue in Sandras Wohnzimmer. Er hatte die Augen geschlossen und sah sich mit dem Drachen in der Luft. »Danke, dass du mich da mit hingenommen hast«, sagte er, als er sie aus der Küche hereinkommen hörte. Sandra stellte zwei Becher Fitness-Tee auf den Couchtisch und setzte sich in einen ihrer beiden Korbsessel. Beide schwiegen, bis Karl sich aufsetzte und räusperte.

»Was ist los?« Sie musterte ihn misstrauisch.

»Ich fahre in sechs Wochen noch mal nach Mexiko.« Er machte eine Pause. »Bis kurz nach Ostern.«

»Ist nicht wahr!«

»Ich habe es Pete versprochen, er braucht mich im Paraiso.«

»Hast du vielleicht auch mal an mich gedacht, als du deinem Kumpel solch ein Versprechen gegeben hast?«

Karl kratzte sich am Kopf. »Ehrlich gesagt, nein.«

»Genau! Typisch!« Sandras blaue Augen blitzten. Sie griff wütend zu ihrer Teetasse, die überschwappte, stellte den Becher fluchend ab, eilte in die Küche, kehrte mit einem Lappen zurück und wischte den Tisch ab. Dann knüllte sie den Lappen zusammen und warf ihn Richtung Karl. Der fing ihn auf, holte zum Gegenwurf aus, ließ dann aber den Arm sinken und ging stattdessen in die Küche.

»Und was ist das eigentlich für eine dubiose Geschichte mit deinem mexikanischen Idol, Alejandro Mateo Garcia

Hernandez«, sie sprach den Namen verächtlich aus, »vielleicht ist das alles nur eine Tarngeschichte und du hast eine Geliebte da unten. Eine heißblütige Senorita mit dreimal so großen Titten wie ich.«

Karl zeigte ihr einen Vogel.

»Oder du bist in irgendwelche kriminellen Machenschaften verwickelt, schmuggelst Drogen oder Waffen.«

»Du guckst zu viele schlechte Filme.«

»Egal.« Sandra winkte ab. »Vielleicht ist es auch einfach nur ein Spleen von dir. Das Entscheidende ist, dass ich manchmal den Eindruck habe, du bist einfach nicht liebesfähig!«

»Was soll das denn heißen?«

»Meinetwegen hast du vielleicht sogar so was wie ein Liebesgefühl, aber bei mir kommt nicht das an, was ich mir wünsche. Liebe beinhaltet für mich Verbindlichkeit, Verlässlichkeit, Konstanz. Du hingegen bist ein Luftikus. Heute hier, morgen dort. Möchtest du nicht mal sesshaft werden?«

»Sesshaft im Sinne von am Sessel kleben? Oder sess-haft wie Sitz-Gefängnis? Nein, möchte ich ganz sicher nicht.«

»Im Sinne von ein stabiles Zuhause haben, ein Nest bauen, Kinder bekommen. Ich jedenfalls möchte irgendwann ein Kind. Aber mit dir als Vater? Ist dir eigentlich irgendetwas wirklich wichtig?«

»Was soll denn jetzt diese Frage?«

»Willst du denn nichts schaffen, etwas erreichen, etwas machen aus deinem Leben?«

»Meinst du so etwas wie Filialleiter werden oder ein Haus bauen?«

»Egal was. Wofür brennst du?«

»Ich brenne ständig für etwas. Gestern und heute war es definitiv das Drachenfliegen, vorgestern war es die leckere Suppe, die du noch auf die Schnelle gekocht hast. Und demnächst wird es möglicherweise dieser tolle, neue Film von Truffaut sein.«

»Immer, wenn es ernst wird, flüchtest du dich in Witze.«

»Das habe ich ernst gemeint. Auf jeden Fall brenne ich nicht darauf, Vater zu werden, zumindest vorerst nicht.«

»Mit einem, der wie du nur den Augenblick im Sinn hat, möchte ich nicht zusammenleben.« Sandra stapfte mit dem Fuß auf und wies mit dem Arm zur Tür. »Ich möchte, dass du jetzt gehst«, sagte sie mit leiser Stimme. »Und nimm deinen Folklore-Umhang mit!«

Auf dem Nachhauseweg kam Karl ins Grübeln. Warum waren Sandra und er eigentlich zusammen? Es war doch offensichtlich, dass sie nicht gut zueinander passten. Dass er über ihre Motive nur spekulieren konnte, war ja klar. Aber dass es ihm mit seinen eigenen genauso ging, verunsicherte ihn. Suchte er in Sandra, die doch scheinbar immer wusste, wo es lang ging, die zu allem klare Meinungen hatte, die Pläne machte und wusste, was richtig war und was falsch, so etwas wie Orientierung? Oder einen sicheren Hafen, zu dem er immer wieder von seiner Rumtreiberei zurückkehren konnte? Ein Ersatzzuhause, ein zweites Elternhaus? Karl schüttelte all diese Fragen, die ihm nicht behagten, ab. Da drängte sich ein noch unangenehmerer Gedanke auf: vielleicht gar eine zweite Momo?

Kurz vor Mitternacht kam Karl in seiner WG an. »Du hast einen guten Tatort verpasst«, meinte Tanja.

»Madame Raffzahn hat uns anschließend mal wieder plattgemacht«, ergänzte Tom, während er das Monopoly-Spiel einräumte. »Wie war es bei den Azteken?«

»Ich habe mit ihnen um Gold gewürfelt.«

»Und?«

»Jetzt schulde ich ihnen meine Leber.«

»Wie bist du mit deiner Feldforschung vorangekommen?

Oder hast du die ganze Zeit nur in Spielcasinos rumgehangen?«, fragte Manu.

»Ich habe die Schwester von Garcia Hernandez getroffen und einige seiner Bilder im Original gesehen.«

»Apropos, Middelhoff hat schon dreimal nach dir gefragt. Du sollst dich umgehend nach deiner Rückkehr bei ihm melden. Was hast du denn so Wichtiges für ihn? Ich bin eifersüchtig!«

Karl zuckte mit den Achseln.

»Überhaupt scheinst du derzeit richtig begehrt zu sein.« Tanja grinste ihn an. »Deine Mutter hat angerufen, die wusste anscheinend gar nicht, dass du weg bist – böser Sohn! Es sei nichts Dringendes, du mögest bei Gelegenheit mal zurückrufen. Dein Schulfreund Björn hat auch versucht, dich zu erreichen. Er würde dich gerne noch vor Weihnachten besuchen kommen. Und dann, jetzt kommt der Hammer, tauchte letzte Woche doch tatsächlich diese unsägliche Marianne Brinkmann, die übrigens in letzter Zeit noch fetter geworden ist, in unserem Werkraum auf und hat nach dir gefragt. Sie ließ, ohne mit der künstlichen Wimper zu zucken, ausrichten, dass du deinen, ich zitiere wörtlich, Knackarsch gefälligst mal wieder in ihr Atelier bewegen sollst. Sie habe schon viel zu lange auf ihr, ich zitiere wieder, Topmodell verzichtet. Peinlicher Auftritt!«

Karl war die Situation auch etwas peinlich und so stimmte er nicht in das allgemeine Gelächter ein. »Ich habe einen Jetlag, ich muss dringend schlafen.«

Jemand hatte die Post auf seinen Schreibtisch gelegt. Als er im Bett lag, öffnete er den Brief von Momo. Sie schrieb von den Zugvögeln, die sich in den letzten Wochen gen Süden aufgemacht hatten, dass sie ihnen oft nachschaue und dabei an ihn denke. Außerdem habe sie angefangen, Pullover mit individuellen Mustern als Auftragsarbeiten zu stricken. »Das macht mir viel Freude und bringt Geld ein!

Neulich habe ich mit Ingrid bei einer Tasse Tee herumgesponnen, dass wir zusammen einen Laden aufmachen, sie Naturkost, ich Wolle und Handgestricktes. Was hältst du davon? Das Startkapital ist natürlich ein Problem.«

Er war nervös, als er an Middelhoffs Haustür klingelte, was nicht nur daran lag, dass ihn die am Mulang gelegene, im Bauhausstil errichtete Villa einschüchterte. Der Professor riss die Tür auf. »Der Jäger des verlorenen Schatzes! Hereinspaziert, du Held.« Middelhoff führte ihn durch die Eingangshalle in sein Arbeitszimmer und zeigte, dass auch er aufgeregt war. Seine Hände zitterten beim Kaffeeeinschenken. »Wollen wir? Ich kann es kaum erwarten!« Middelhoff deutete auf die Plastikhülle, die Karl auf dem Schreibtisch abgelegt hatte, streifte sich die schon bereit gelegten Stoffhandschuhe über und öffnete das Rohr. Er legte die Leinwand behutsam auf dem Tisch ab und trat einen Schritt zurück. Dann nahm er das Bild in beide Hände, ging zu einer Staffelei und befestigte es vorsichtig unter der Klemmleiste. Minutenlang betrachtete er es aus unterschiedlichen Winkeln und Entfernungen, holte eine große Lupe und sah sich Details an. Schließlich wandte er sich wieder Karl zu. »Ich bin nie ein großer Fan von ihm gewesen, aber das ist zweifelsfrei ein Garcia Hernandez. Wir haben einen großen Fang gemacht.«

»Wie geht es denn jetzt weiter?«

»Tja, mein Lieber, zugespitzt formuliert müssen wir uns zwischen Ruhm und Geld entscheiden. Entweder verkaufen wir es ohne viel Aufhebens an einen potenten Sammler. Ich habe ein paar gute Kontakte nach Japan und Korea, Asien ist ja sowieso der Markt der Zukunft. Zwischen Dreißig- und Fünfzigtausend sollten drin sein. Das kann diskret und zügig abgewickelt werden. Oder«, Middelhoff machte eine Pause, »wir hängen es an die große Glocke. Pressekonferenz, wichtige Leute, die einschlägigen Publikationsorgane, Sektempfang, Lachsschnittchen, gegenseitige Lobhudeleien, die volle narzisstische Dröhnung.«

»Aber was passiert mit dem Bild?«

»Wenn wir ganz nobel sind, geht es als Leihgabe auf Tournee durch einige Galerien und Museen. Oder wir verkaufen es an ein Museum, allerdings für deutlich weniger Geld als ein Sammler bezahlen würde.«

»Würde uns Kunstraub vorgeworfen werden?«

»Von irgendwem bestimmt, entweder von einem linken Kulturjournalisten oder aus der akademischen Szene. Leute mit Profilneurosen gibt es da und dort mehr als genug.«

»Und dann?«

»Die Hunde bellen, die Karawane zieht weiter. So etwas muss man aussitzen. Außerdem: viel Feind, viel Ehr! Gegebenenfalls erzählen wir eine etwas rührselige Geschichte über das verschollene Genie, seine in Armut trauernde, todkranke Schwester und den einfühlsamen, jungen Biographen, dem kein Weg zu weit und keine Anstrengung zu groß gewesen sei.«

»Zu welcher Variante neigst du?«

»Du zuerst.«

»Du weißt, wie sehr ich ihn verehre. Ich finde, dass viele die Chance haben sollten, ein bisher unbekanntes Werk von ihm zu sehen. Die Vorstellung, dass das Bild im Tresor oder im vollklimatisierten Keller eines Millionärs lagert, gefällt mir nicht.«

»Habe ich mir gedacht, dass du Plan B bevorzugst. Ich übrigens auch. Nicht, dass ich nicht Geld gebrauchen könnte, aber den Bilderfund öffentlich zu machen und das Bild publikumswirksam auszustellen, wird ein Abenteuer und unserer akademischen Karriere ganz bestimmt auch nicht schaden. Ich bin jetzt schon über zehn Jahre in Kassel und mich würde ein Ruf nach Berlin oder ins Ausland reizen.«

Karl wand sich auf seinem Stuhl. »Ich möchte nicht gerne im Rampenlicht stehen.«

»Ach, das hast du wohl mit Garcia Hernandez gemeinsam.« Middelhoff lachte. »Die Pressekonferenz mit ihren Scheinwerfern kann ich dir abnehmen, aber ganz raushalten aus der Nummer können wir dich nicht. Schließlich warst du in Mexiko, wir können nicht die ganze Story umschreiben.«

»Ich werde übrigens bald noch einmal nach Mexiko fliegen und ein paar Monate bleiben.«

»So so«, Middelhoff kniff die Augen zusammen. »Hast du noch ein paar Pfeile im Köcher? Du hast da bei unserem nächtlichen Telefonat von Andeutungen der Schwester gesprochen.«

Karl erzählte ihm von Pete, dem Paraiso und seiner Zusage. »Aber ich werde Rosa sicher auch wiedersehen und will außerdem versuchen, Kontakte zu anderen mexikanischen Künstlern zu knüpfen.«

»Guter Weg, weiter so! Und wenn du noch Zeit übrig hast, solltest du wirklich eine Biographie über Garcia Hernandez schreiben, das würde dir Türen öffnen.«

»Können wir bitte noch über das Geld reden. Ich habe mir von Pete viertausend Dollar geliehen, die muss ich ihm zurückgeben.«

Middelhoff zog eine Schublade seines Schreibtisches auf und gab Karl einen Umschlag. »Da drin sind fünfzehntausend Mark und der Entwurf eines Vertrags zwischen uns beiden. Lies ihn dir durch. Ich habe für nächste Woche einen Termin bei einem Notar vereinbart. So und zur Feier des Tages ...« Er verließ kurz das Zimmer und kehrte mit einer Flasche Champagner und zwei Gläsern zurück. »Lass uns anstoßen!«

»Ich trinke nicht.«

»Im Ernst? So wirst du es aber nicht weit bringen in der Kunstszene!«

Die Wochen bis zu seiner Abreise vergingen wie im Fluge. Der Notartermin mit Middelhoff verlief unspektakulär, Karl fand den Vertrag fair. Bei einem anschließenden Essen verständigten sie sich darauf, die Sache mit dem Bild demnächst publik zu machen, was Karl sehr entgegenkam. Da würde er schön weit weg von dem zu erwartenden Trubel sein. Zwischen Sandra und ihm herrschte Funkstille, auch das war ihm recht. Marianne stattete er noch einen letzten Besuch ab, um ihr mitzuteilen, dass er nicht mehr für ihre Kurse als Modell zur Verfügung stehe und auch sonst nicht. Sie beschimpfte ihn erst und versuchte dann erfolglos, ihn zu umschmeicheln. Sie bat ihn schließlich um ein letztes Mal und er tat ihr den Gefallen. In seiner WG stimmte er Manus Wunsch zu, dass ihr neuer Freund während Karls Abwesenheit in seinem Zimmer wohnen könne. Er rief seine Eltern an, um ihnen zu sagen, dass er dieses Jahr Weihnachten nicht zuhause verbringen werde. Vor allem seine Mutter klang nicht nur enttäuscht, sondern auch traurig. In dem Telefonat erfuhr er, dass seine Schwester jetzt eine Assistenzarztstelle in Pinneberg antreten werde und dass Momo immer perfektere Pullover strickte.

Einen Teil seiner Zeit sortierte Karl seine Erkenntnisse über Garcia Hernandez und schrieb sie zusammen. Am Ende hatte er den Eindruck, dass es zwar für einen guten Artikel in einer Fachzeitschrift reichen würde, aber nicht für eine eigenständige Biographie. Middelhoff wollte seine Aufzeichnungen sowieso noch einmal überarbeiten und später als Grundlage für eine Presseerklärung benutzen. Vor allem aber malte Karl in jeder freien Minute im Stile seines Vorbilds. Keine ganzen Bilder, er probierte Farbkombinationen aus, übte Pinselstriche, experimentierte mit unterschiedlichem Lichteinfall und gelegentlich überlegte er sich Motive, die zu Garcia Hernandez passten.

Am ersten Dezemberwochenende kam Björn zu Besuch und da sie sich länger nicht gesehen hatten, gab es viel zu erzählen. Karl berichtete knapp von Mexiko und etwas ausführlicher von Sandra und ihrer wohl zerbrochenen Beziehung. »Sparkasse und *Mit Pfefferminz bin ich dein Prinz*, das konnte nicht lange gut gehen«, kommentierte sein Freund. Björn hatte die große Neuigkeit mitgebracht, dass er schon bald sein Examen machen werde. Außerdem war er nun schon stellvertretender Landesvorsitzender bei den Jusos und meinte, dass durch Kohls Kanzlerschaft eine gute Chance bestehe, dass die SPD nun endlich weiter nach links rücke. »Na, dann wird ja alles gut«, meinte Karl und fragte nach Bine, um das Thema zu wechseln. »Alles prima, wir sind ein gutes Team. Bine ist noch ehrgeiziger als ich. Sie will es später auf jeden Fall in die große Politik schaffen.« Karl verkniff sich ein zweites: »Na, dann wird ja alles gut.« Björn fragte nach Karls Plänen. »Du kennst mich doch, ich lasse mich weiter treiben.«

»Na, dann wird ja alles gut.«

Es war schon später am Abend, als Karl fragte: »Sag mal, was steht eigentlich auf Kunstfälschung?« Er sah Björns skeptischen Blick und beeilte sich hinzuzufügen: »Meine Frage steht im Zusammenhang mit meinen Recherchen zu diesem mexikanischen Maler.« Die Skepsis wich nicht aus Björns Augen, während er aus dem Stegreif referierte. »Im deutschen Strafrecht existiert der Begriff der Kunstfälschung nicht. Für das, was du wahrscheinlich meinst, kommen am ehesten Betrug, Paragraph 263 StGB oder Paragraph 267 StGB, Urkundenfälschung, in Betracht, eventuell auch Paragraph 107 UrhG, unzulässiges Anbringen der Urheberbezeichnung.«

»Prüfung bestanden, Herr Kandidat. Und was steht da nun drauf?«

»Das hängt natürlich vom konkreten Einzelfall ab. Geldstrafe oder Freiheitsentzug. Ohne Bewährung wahrscheinlich nur in schwereren Fällen. Muss ich mir eventuell Sorgen um dich machen?«

»Um mich musst du dir nie Sorgen machen.«

Seelenverwandte

Karl sah den roten Pick-Up gleich, als sein Überlandbus auf den Bahnhofsvorplatz von Oaxaca rollte. Pete stand mit einem breiten Grinsen vor der Bustür, als Karl ausstieg.

»Ich kann dir gar nicht sagen, wie sehr ich mich freue, dass du gekommen bist, um mir aus meiner Notlage zu helfen!«

»Die Freude ist ganz auf meiner Seite«, antwortete Karl und nahm ihn in die Arme.

Gemeinsam trugen sie Karls Gepäck zum Auto und verstauten es auf der Ladefläche. Pete zeigte auf einen großen Karton, »Ich habe alles besorgt, worum du mich gebeten hast, aber ich sage dir gleich, bis Mitte Januar wirst du nicht viel zum Malen kommen. Nicht nur, dass ich demnächst meine OP haben werde, auch Joe musste kurzfristig zurück in die Staaten, irgendetwas Familiäres. Es ist völlig unklar, wann er wiederkommt. Du wirst also quasi zwei Jobs jonglieren müssen. Traust du dir das zu?«

»Ich jongliere gerne.«

»Ich werde dich natürlich auch entsprechend bezahlen und du wirst in Joes Luxussuite wohnen. Maria hat übrigens gestern schon angefangen, für dich vorzukochen, und Jorge fragt ständig, wann du endlich kommst und ob du wirklich so lange bleibst. Ansonsten wirst du von den Saisonkräften niemanden kennen, aber wir haben für diesen Winter eine gute Crew zusammenbekommen.«

Schon als sie sich Puerto Escondido näherten, merkte Karl, wie ein wohliges Kribbeln in ihm aufstieg. Er kurbelte das Seitenfenster herunter, lehnte seinen Kopf zur Seite und sog die Meeresluft ein. Als sie schließlich auf das Gelände des *El Paraiso* fuhren, bekam er feuchte Augen. Er sah Maria die breite Treppe vom Restaurant herunterkommen, ihr massiger Körper schaukelte hin und her, während sie energisch auf den Pick-Up zueilte. Karl stieg aus und öffnete seine Arme. Maria blieb einen Meter vor ihm stehen, musterte ihn von oben bis unten, gab einen missbilligenden Laut von sich. »Carlos, du bist ja total ausgehungert! Ich erwarte dich in einer halben Stunde in *La Cocina*, keine Widerrede!«

Karl machte einen Schritt auf sie zu. »Ich freue mich auch sehr, dich wiederzusehen, liebe Maria.« Er küsste sie auf beide Wangen. Maria drückte ihn kurz an sich, drehte sich dann weg. »Ich habe in der Küche zu tun. Dreißig Minuten!«

Karl blickte ihr nach und sah Jorge, der oben auf dem Treppenabsatz stand, schüchtern mit einer Hand winkend. Er war ein Teenager geworden, mit einem zarten Flaum auf der Oberlippe und inzwischen schon einen halben Kopf größer als seine Mutter. Karl sah sich kurz um, entdeckte einen Tennisball auf dem Kies, hob ihn auf und warf ihn Jorge zu. Der fing ihn lässig auf und warf ihn zurück, dann kam er die Treppe heruntergerannt.

Zwar hatte Karl von Pete umfangreiche Check- und To-Do-Listen erhalten und ausgiebig erläutert bekommen und auch das Ordnungssystem im Büro war brauchbar und leicht zu verstehen. Trotzdem war ihm schummrig geworden, als er realisierte, was da alles auf ihn zukam. Als Pete sich drei Tage später Richtung Schweiz verabschiedete, wo er sein Knie in einer Spezialklinik operieren lassen und auch die anschließende Reha machen wollte, sagte er zum

Abschied: »Wenn du nicht mehr weiter weißt, frag Maria um Rat. Und wenn das auch nicht hilft, ruf mich an.«

Karl musste in der Tat öfter anrufen, aber insgesamt kam er gut zurecht, was unter anderem daran lag, dass die Saisonkräfte ihre jeweiligen Jobs zuverlässig erledigten und Maria die Küche und das Drumherum sowieso gut im Griff hatte. Karl war von sich selber überrascht, wie leicht ihm die Chefrolle fiel. Während es mit dem Personal kaum Probleme gab, musste er sich allerdings mit manchen Lieferanten und Handwerkern streiten. Wenn es ihm zu bunt wurde, holte er Maria hinzu, das half eigentlich immer. Karl liebte ihre lautstarken und wortmächtigen Auftritte und ihr stolzes Davonschreiten, wenn sie sich gegen den schmierigen Obsthändler durchgesetzt oder einen faulen Klempner zusammengestaucht hatte. Die Stimmung im Team war gut und das übertrug sich auf die Gäste, die selten nörgelten und meist sehr zufrieden mit ihrem Aufenthalt im Ressort waren.

Das einzig wirkliche Problem der ersten sechs Wochen war, wie Pete es vorhergesagt hatte, dass Karl zu fast nichts neben der Arbeit kam. Er schaffte es kaum, sein Ritual des abendlichen Schwimmens im Meer wieder aufzunehmen, und als er einmal vor dem Schlafengehen ein wenig auf Petes alter Gitarre klimperte, fiel sie ihm vor Müdigkeit aus der Hand. Als er sich dann Ende Januar endlich zwei Tage am Stück freischaufeln konnte, stand er wie gewohnt um sechs Uhr auf und setzte sich zum ersten Mal vor die Staffelei, die er in Joes großzügigem Apartment so aufgestellt hatte, dass er schräg an ihr vorbei auf den an diesem Morgen ungewöhnlich ruhigen Ozean schauen konnte.

Er schloss die Augen und ließ einige der inneren Bilder an sich vorbeiziehen, die ihn hier besucht, manchmal nahezu heimgesucht und zu manch peinlichen Situationen geführt hatten. Einmal, als er die Rechnung für eine weitverzweigte Familie aus Ohio fertig gemacht hatte, die über Neujahr mit zwanzig Personen zwei komplette Bungalowgebäude belegt hatte, war ein Bild vor seinem geistigen Auge aufgepoppt, in das er sofort versunken war. Erst ein kräftiges Räuspern des zahlungswilligen Gastes hatte ihn zurückgeholt. Mehrmals an diesem und den nächsten Tagen hatte sich dieses Bild ihm aufgedrängt und eingebrannt. Grundsätzlich waren ihm alle Bilder willkommen, auch die gefährlichen oder ekeligen, aber festhalten konnte er sie ebenso wenig wie herbeirufen. Sie kamen und gingen, wie sie wollten, und Karl hatte gelernt, das zu akzeptieren. So akzeptierte er auch, dass es dieses eine Bild war, das ihn nicht losließ. Er saß noch einige Minuten regungslos auf dem Hocker, dann öffnete er seine Augen, stand auf, nahm sich die benötigten Utensilien und Farbtuben, stellte sich vor die eingespannte Leinwand und begann. In den kommenden 48 Stunden unterbrach er das Malen nur, um etwas zu trinken oder zur Toilette zu gehen. Als Maria einmal an seine Tür hämmerte, um zu fragen, ob er noch am Leben oder schon verhungert sei, bat er sie um ein Sandwich. Sie zog schnaubend mit einem: »Lieferservice kostet extra«, ab, um eine halbe Stunde später mit einem überladenen Tablett voller Speisen zurückzukehren. Sie warf einen kurzen Blick auf die Leinwand, machte ein undefinierbares Geräusch und war wieder weg.

»Hast du Lust auf einen kleinen Abstecher?«, fragte Karl Jorge, der ihn gerne auf seinen wöchentlichen Einkaufstouren nach Oaxaca begleitete. Sie hatten den ganzen Vormittag über diverse Baumaterialien und Lebensmittel besorgt und dann noch eine Buchhandlung besucht, in dessen Comic-Abteilung Jorge so gerne stöberte.

Jorge blickte von seinem Star-Wars-Heftchen auf. »Fahren wir den Todesstern zerstören?«

Karl lachte. »Das verschieben wir auf nächste Woche. Heute fahren wir eine Freundin besuchen.«

»Ist sie hübsch?«

»Ja, aber nicht ganz unser Alter.«

»Okay.«

Karl erschrak, und es versetzte ihm einen Stich, als er Rosa in der Tür ihres Hauses stehen sah. Sie hatte eingefallene Wangen, ihr Körper war ausgezehrt, ihre Haut war blass und sie schien sich nur mühsam auf den Beinen halten zu können. Sie wirkte um Jahre gealtert, seit Karl sie zuletzt gesehen hatte. Als sie Karl erkannte, trat für einen kurzen Moment ein Lächeln auf ihr Gesicht, dann hielt sie ihre Hände vor Kopf und Bauch, als ob sie sich hinter ihnen verstecken wollte. Karl trat auf sie zu und nahm vorsichtig ihre Hände in seine. »Hola, Rosa. Ich wollte mal nach dir schauen.« Rosa lehnte ihren Kopf an seine Schulter. »War deine Behandlung nicht erfolgreich?«

»Es gibt Komplikationen. Und die Medikamente, die helfen sollen, sind fast alle.«

Karl löste sich behutsam von ihr. »Darf ich dir meinen Freund Jorge vorstellen?« Er zeigte auf den Jungen, der abwartend neben dem Pick-Up stehen geblieben war. Rosa nickte ihm zu, schaute dann hinter sich, überlegte einen Moment und sagte schließlich: »Kommt rein, es ist aber nicht besonders gemütlich.« Karl winkte Jorge herbei, der erst die Stirn runzelte und sich dann etwas widerstrebend in Bewegung setzte.

Im Haus war es nicht nur nicht gemütlich, sondern man merkte, dass Rosa es schon länger nicht schaffte, sich um den Haushalt zu kümmern. Dreckiges Geschirr stand an mehreren Stellen herum, Spinnweben hingen an der Decke und vor den Ecken der Fenster, eine Maus huschte unter den Herd und es roch nicht gut. Rosa machte eine Bewegung in Richtung des Sofas, auf dem die Besucher Platz nahmen, und setzte den Kessel auf den Herd. Als sie mit zittrigen Fingern ein Streichholz entzünden wollte, fiel ihr die Schachtel aus der Hand und sie brach in Tränen aus. Karl und Jorge schauten sich unsicher an. »Das Gas ist alle«, schluchzte Rosa, »und ich habe keine Ersatzflasche mehr.« Jorge sprang auf, ging zum Herd, warf einen Blick auf die leere Gasflasche und sagte: »Wir haben eine passende, volle dabei.« Er schaute zu Karl. »Soll ich sie holen?« Karl nickte. Der Junge rannte nach draußen. Karl stand auf, ging zu Rosa, legte einen Arm um sie und führte sie zu einem Sessel, in dem sie seufzend Platz nahm. Keiner von beiden sprach. Rosa schloss die Augen, Karl ging die knarzenden Dielen auf und ab und dachte nach. Jorge kam mit einer vollen Gasflasche zurück, stellte sie neben dem Herd ab und begann die Verschraubungen zu lösen.

»Rosa, ich möchte dir einen Vorschlag machen. Du musst dich erholen! Was hältst du von zwei Wochen Urlaub am Meer?« Jorge schaute überrascht auf, Rosa hielt weiter die Augen geschlossen. Nach einer Weile sagte sie mit leiser Stimme: »Das kann ich nicht annehmen.«

»Doch, kannst du. Du würdest mir sogar eine Freude machen, denn ich möchte dir etwas zeigen und etwas Wichtiges mit dir besprechen.«

»Meine Mutter ist eine exzellente Köchin«, sprang Jorge Karl zur Seite, »und sie würde sich bestimmt freuen, Sie bekochen zu dürfen.«

»Wann?«

»Warum nicht gleich? Wo wir doch schon mal hier sind?« Karl lachte, Jorge stimmte ein und beide beobachteten Rosa. Die öffnete schließlich wieder ihre Augen, wedelte mit einer Hand auf und ab und schüttelte den Kopf. »El loco Aleman!« Sie wischte sich mit einem Ärmel ihrer Bluse über das Gesicht und stand auf. »Gebt mir etwas Zeit, um ein paar Sachen einzupacken.«

Kaum waren sie im *El Paraiso* angekommen, da kam Maria mit einem Nudelholz bewaffnet die Treppe vom Restaurant hinabgestiegen. »Ihr seid Stunden zu spät, wo habt ihr euch herumgetrieben? Der nichtsnutzige Junge muss noch seine Hausaufgaben …« Sie stockte in ihrer Schimpfkanonade, als sie Rosa aus dem Wagen steigen sah.

»Hola, Maria!« Karl ging auf sie zu. »Rosa ist krank und braucht Erholung. Ich bitte dich darum, ähnlich gut für sie zu sorgen wie für mich.«

Die Köchin kniff die Augen zusammen und schaute von Karl zu Rosa und wieder zurück. »Das nächste Mal sagst du gefälligst früher Bescheid, ich habe ja gar nichts vorbereitet!« Sie ging zu Rosa, bot ihr einen Arm zum Einhaken an und ging mit ihr Richtung Treppe. »Wie wäre es mit einer Portion Hähnchen-Quesadilla? Und du, Freundchen«, sie drehte sich zu Jorge um, »setzt dich sofort an deine Hausaufgaben!«

»Aber ich muss doch erst noch ausladen«, protestierte der Junge.

»Ich schaffe das schon alleine. Tu, worum dich deine Mutter so charmant bittet.« Karl trug Rosas Gepäck in Apartment 7, dessen Reservierung vor ein paar Tagen abgesagt worden war.

Das Erste, was Karl am nächsten Morgen sah, als er La Cocina betrat, war Rosa beim Frühstück. Maria stand neben ihrem Tisch, redete auf sie ein und schaufelte ihr, Rosas abwehrende Handbewegung ignorierend, eine mächtige Portion Rührei auf den Teller.

Vom Geräusch der Schwingtür aufmerksam geworden, blickte sie auf. »Die ist genauso verstockt wie du, wenn es ums Essen geht«, sagte sie mit dröhnender Stimme und genoss sichtlich das Gelächter der anderen anwesenden Gäste.

Karl grüßte zunächst freundlich in den Raum, sagte dann laut und deutlich »Ich hätte heute gerne ein Diät-Spiegelei und eine kleine Tasse Kaffee mit fettreduzierter Milch«, und setzte sich zu Rosa an den Tisch. Er legte eine Hand auf die ihre.

»Wie hast du geschlafen?«

»So gut wie seit Wochen nicht. Alle sind so freundlich zu mir. Aber Maria übertreibt es mit ihrer Fürsorge.«

»Ich höre alles«, kam es aus dem Küchenbereich.

Nachdem Karl seine drei Spiegeleier, den gebratenen Bacon und die große Portion Hush Browns mit Mühe aufgegessen hatte, fragte er Rosa, ob sie Lust habe, mit ihm an den Strand zu gehen. Schnell merkte er, wie kurzatmig sie war und schlug vor, sich auf eine Bank zu setzen. »Rosa, ich möchte nicht indiskret sein, aber wie genau steht es um dich und deine Gesundung?«

Rosa schwieg eine Weile. »Meine Leber ist immer noch entzündet. Der Arzt sagt, er kann da nichts mehr machen, ich bräuchte moderne Medikamente, aber die gibt es in Mexiko noch nicht und die aus den USA sind unbezahlbar.«

Karl nickte bedächtig. »Weißt du, wie die Medikamente heißen?«

»Nein. Aber ich habe es mir auf einem Zettel aufgeschrieben.«

»Gut, dann begleite ich dich jetzt auf dein Zimmer, du gibst mir den Zettel und ruhst dich erst einmal aus.« Kurz darauf rief er erst seine Schwester und dann Pete an.

Eine Woche später wurden gleich zwei Päckchen von einem internationalen Kurierdienst vorbeigebracht, eines kam aus Hamburg, das andere aus Lausanne. Pete schrieb auf einem Zettel, dass dieses Ciclosporin ja schweineteuer sei, er die beiliegenden Packungen aber durch enge Kontakte zu seiner bezaubernden Krankengymnastin namens Kerstin zu einem akzeptablen Preis habe organisieren können. »Frag lieber nicht nach den Details! Wie ich an die Medikamente gekommen bin, meine ich natürlich. Zu

Kerstin könnte ich dir so manches Detail verraten, aber das dann doch lieber persönlich. Kerstin ist übrigens auch der Grund, warum sich meine Rückreise etwas verzögern wird, rechne nicht vor Mai mit mir. Geht das klar? Scheint doch alles auch ohne mich zu laufen. Hab Spaß!«

Rosas Begleitbrief hatte einen anderen Tonfall. »Wie wäre es, wenn du dich gelegentlich auch mal einfach so melden würdest, ohne etwas von einem zu wollen? Dass deine *Freundin* meinen Namen hat, hast du dir bestimmt ausgedacht, um mich weichzukochen. Und wie lange willst du eigentlich da unten noch den Frauen hinterherlaufen und den Samariter spielen? Und pass gefälligst auf, dass du dir nicht diese neue Seuche einfängst! Kondome schützen!!! Vor ein paar Tagen stand übrigens im Abendblatt, dass Björn zum Juso-Vorsitzenden gewählt worden ist. Der macht was aus seinem Leben.« Im Anschluss hatte sie detailliert aufgelistet, was bei der Einnahme zu beachten sei, welche Komplikationen auftreten könnten und was dann zu tun sei, wie oft das Blutbild der Patientin kontrolliert werden sollte und was sonst noch hilfreich sei. Von Geld für die drei in dem Päckchen geschickten Medikamenten-Packungen schrieb sie nichts.

Eine knappe weitere Woche später betrat Maria nach Feierabend mit Jorge im Schlepptau das Büro, in dem Karl gerade mit der Buchführung beschäftigt war.

»Carlos, leg die unwichtigen Papiere weg, ich muss mit dir reden!«

Karl machte eine einladende Geste Richtung der Besucherstühle, nahm die Steinkugel, die als Briefbeschwerer auf dem Schreibtisch lag und warf sie Jorge zu. Der fing sie auf, warf sie aber nicht zurück, sondern legte sie auf das Beistelltischchen zwischen den Stühlen.

Karl wunderte sich, federte die Rückenlehne seines Bürostuhls nach hinten und verschränkte seine Hände hinter dem Kopf. Er ahnte, was kommen würde. »Was gibt's?«

»Du kannst Rosa nicht wieder nach Hause schicken!« Maria beugte sich angriffslustig nach vorne. »Du siehst doch selber, wie gut es ihr tut, hier zu sein. Die Meeresluft und das regelmäßige, ausreichende Essen sind gut für ihre Gesundheit. Vielleicht hilft sogar diese ausländische Medizin.«

»Tante Rosa ist sehr nett«, sprang Jorge seiner Mutter zur Seite. »Und klug. Sie hilft mir sehr bei den Schularbeiten und kann gut erklären.«

Maria tätschelte ihrem Jungen den Kopf. »Sie hat doch sonst keinen, der sich um sie kümmert. Ich habe viel mit ihr geredet, in ihrem Dorf ist sie eine Außenseiterin, ihr Bruder hatte es sich mit allen Nachbarn verscherzt. Keiner hat ihr Essen gekocht.«

»Sagt ihr mir, wie es gehen soll. Ich denke doch selber die ganze Zeit darüber nach.«

Maria setzte sich auf. »Wir hatten eine hohe Belegung, die Saison ist gut gelaufen, jetzt wird es doch sowieso weniger. Rosa nimmt keinem zahlenden Gast ein Zimmer weg. Und der große Boss hat genug verdient, ohne einen Finger krumm gemacht zu haben. Also, wo ist das Problem, wenn sie noch länger bleibt?«

Karl musste schmunzeln, weil er letztlich sehr ähnliche Gedanken zu dem Thema hatte. »Das Problem ist, dass das keine Dauerlösung ist. Was passiert, wenn Pete zurückkommt?«

»Den lass mal meine Sorge sein!« Maria grinste über die volle Breite ihres Gesichts.

»Außerdem hat Mama Geld gespart und überlegt, ein besseres und größeres Haus zu kaufen, dann könnte Tante Rosa bei uns wohnen.«

»Ich will schon lange raus aus dem Drecksloch.«

Guter Plan, dachte Karl und sagte: »Ich rede mit Rosa.«

»Warum hast du heute Abend deinen Teller nicht leer gegessen?«, fragte Maria zum Abschied. »Hat es dir nicht geschmeckt oder bist du auch krank?«

Mit einer Handbewegung scheuchte Karl die beiden zur Tür. Jorge warf ihm im Vorbeigehen mit einem vergnügten Gesichtsausdruck den Briefbeschwerer zu.

Karl bemerkte sehr wohl Rosas Erleichterung hinter ihren hartnäckigen Protesten gegen seinen Vorschlag, dass sie noch eine Weile dableibe. Er hatte sie direkt nach seinem Gespräch mit Maria und Jorge in ihrem Zimmer aufgesucht, nachdem er sich vergewissert hatte, dass noch Licht bei ihr brannte. Seit einer halben Stunde bearbeitete er sie. »Alle haben dich gerne hier, du machst uns eine große Freude, wenn du noch etwas länger bleibst.« Er spürte, dass sie einwilligen würde. »Jetzt wechseln wir mal das Thema. Ich möchte dich um etwas bitten. Würdest du mir bitte folgen?«

»Ich ahne, worum es geht. Du hast, als du mich hergelockt hast, davon gesprochen, dass du mir etwas zeigen möchtest.«

Karl führte sie zu seinem Apartment. Vor der Tür bat er sie, die Augen zu schließen und nahm sie an die Hand. Drinnen schaltete er alle Lampen an und stellte sich mit ihr vor seine Staffelei.

Sie schwiegen einige Momente, dann atmete Rosa mehrmals durch und sagte: »Ich bin bereit.«

Karl drückte vorsichtig ihre Hand und Rosa öffnete ihre Augen.

Das große, querformatige Gemälde zeigte viele in warmen Brauntönen gemalte Kaninchen auf einer Lichtung in einem bizarren, verdorrten Wald. Ein in einen Poncho gehüllter Mann saß an einem Lagerfeuer, in dessen Mitte sich ein von Flammen umzüngelter Kochtopf befand, eines der Kaninchen war gerade auf dem Sprung in den Topf. Ein anderes streckte dem Betrachter die Zunge entgegen, auf ein weiteres zielte ein Jäger aus dem Gebüsch. Zwei Kaninchen paarten sich lustvoll in einer sumpfigen Pfütze. Über der Szene hing ein pastös gehaltener, milchiger Himmel in Ockertönen. Als Rosa einen Schritt näher an die Leinwand herantrat und erkennen konnte, dass die Kaninchen alle einen fein gezeichneten, menschlichen Gesichtsausdruck zeigten, während die beiden mit groben Pinselstrichen gemalten Menschen animalische Züge hatten, schlug sie eine Hand vor den Mund. Sie sagte weiterhin kein Wort, sah nur unentwegt das Bild an.

Karl ging lautlos zur kleinen Küchennische und füllte Mineralwasser in zwei Gläser. Er wollte ihr eins reichen, aber Rosa schien ihn nicht zu registrieren. Schließlich, als es Karl gerade unbehaglich zu werden begann, drehte sie sich zu ihm.

»Ihr seid wirklich Seelenverwandte.« Nach einer Pause ergänzte sie: »Du hast seine Pinselführung exakt getroffen. Das Bild könnte glatt als eines von ihm durchgehen.«

»Wenn es nach mir geht, soll es das auch«, sagte Karl mit unsicherer Stimme. Er war sich keineswegs gewiss, wie Rosa reagieren würde.

Sie schaute ihn einige Sekunden regungslos an. »Tust du das alles für mich?«

»Nicht nur.«

»Warum?«

»Der Zufall, meinetwegen auch das Schicksal, hat unsere Wege sich kreuzen lassen.«

»Das reicht?«

»Mir ja.«

»Bevor du mir erzählst, was du vorhast, gib mir bitte einen mittelgroßen Pinsel und etwas schwarze Farbe.«

Karl zögerte einen Moment, sie nickte ihm aufmunternd zu.

Karl gab ihr das Erbetene. Rosa tauchte den Pinsel in die Farbe, schritt zur Leinwand und setzte, ohne innezuhalten, in die rechte untere Ecke die Signatur ihres Bruders. »Hast du dir einen Titel für das Bild überlegt?«

»Ich dachte an *Errores de evolucion*.«

Rosa lächelte. »Das passt.«

»Karl, dass du endlich mal anrufst. Die PK war ein voller Erfolg, die halbe Kunstwelt redet von uns. Na ja, vielleicht auch nur ein Viertel. Ich habe dich in meiner Rede mehrmals höchst löblich und als eigentlichen Einfädler des Coups erwähnt. Du weißt ja, wie bescheiden ich bin. TTT will mich nächste Woche porträtieren, du bist ja unabkömmlich, weil du faul in der Sonne liegst. Aber es warten noch diverse Interviewanfragen von Printmedien auf dich. Also sieh mal zu, dass du bald wieder die gute, smogverseuchte Kasseler Luft einatmest. Das Klima bei euch in Acapulco ist doch bestimmt ungesund.«

Karl verzichtete darauf, Middelhoff zu korrigieren. »Ich habe hier noch ungefähr zwei Monate zu tun, aber in der Zwischenzeit gäbe es da noch etwas für deine asiatischen Kontakte.«

Der Professor sog deutlich hörbar Luft ein. »Ich hab's doch gewusst! Weißt du Karl, du bist einfach eine zu ehrliche Haut, um mich hinters Licht zu führen. War mir sofort klar, dass du noch ein Eisen im Feuer hast.« Er machte eine Pause. »Oder etwa mehrere?«

»Zunächst mal eines. Aber die Schwester von Garcia Hernandez will es nicht an die große Glocke gehängt haben, außerdem braucht sie noch mehr Geld, schnell und relativ viel.«

»Soll heißen?«

»Mindestens zwanzigtausend Dollar, wohlgemerkt innerhalb von zwei Monaten.«

»Eine stolze Summe, aber machbar, in der derzeitigen Situation erst recht. Aber bist du dir auch sicher, dass alles mit rechten Dingen zugeht? Schließlich hänge ich da auch mit drin. Lass dich bloß nicht reinlegen, du bist manchmal einfach zu gutgläubig. Wickel alles wie beim letzten Mal ab. Wie ist es überhaupt?«

»Ich finde es wundervoll und ich glaube, selbst dir wird es gefallen. Deinem Kunden erst recht.«

»Wie lautet der Titel?«

Mit dieser Frage hatte Karl an dieser Stelle nicht gerechnet und hatte einen plötzlichen, ihn überraschenden Aussetzer. »Äh, irgendetwas mit Kaninchen.«

»Klingt gut. Wenn du die Formalitäten erledigt hast, schick es mir mit einem Express-Kurierdienst und versichere es für den Transport. Letzter Punkt: Was springt für mich dabei heraus?«

»Was hältst du für angemessen?«

»25 Prozent.«

»Zehn.«

»Frechheit. Zwanzig.«

»15. Verhandele einfach gut.«

»Nur, weil du es bist.«

Dann ging alles wieder ziemlich flott: Karl machte zunächst ein Treffen mit Ramirez aus, der sich hocherfreut zeigte und gerne gegen eine großzügige Spende ein weiteres Echtheitszertifikat ausstellte. Der sich anschließende Notartermin verlief ebenso problemlos wie beim Mal zuvor. Wenige Tage später war ein Expresspäckchen auf dem Weg nach Deutschland, ebenso wie kurz darauf ein betagter Kunstsammler aus Singapur. In den Wochen darauf kamen mehrere Baranweisungen mit einer Gesamtsumme von fünfunddreißigtausend Dollar über Western Union in Puerto Econdido an. Maria kaufte mit finanzieller Unterstützung von Rosa und einem zinslosen Darlehen von Karl ein geräumigeres Haus in deutlich besserem Zustand und in deutlich besserer Lage als das alte. Der Umzug fand noch vor Petes Rückkehr statt.

Als Pete dann mit seiner blonden Kerstin im El Paraiso auftauchte, fand er alles in bester Ordnung vor. Die Zahlen stimmten und waren erfreulich, die meisten Saisonkräfte verabschiedeten sich mit der Zusicherung, dass sie im Herbst gerne wiederkämen, diverse Dankesbriefe von höchst zufriedenen Gästen zeugten von dem guten Verlauf des halben Jahres.

Auf der Abschiedsparty für Karl erzählte Pete, dass sein Schweizer Arzt ihm Surfverbot erteilt habe, aber er habe eine neue Leidenschaft entdeckt, das Drachenfliegen. Daraufhin berichtete Karl ihm von seinen eigenen Erfahrungen und wie gut es ihm gefallen habe, woraufhin Pete ihn nach Kalifornien einlud. »Die Thermik in der Sierra Nevada soll einzigartig sein. Und außerdem gibt es eine neue Art von Drachen, ganz anders als bisher, die müssen wir unbedingt ausprobieren.«

Vorher wollte Karl allerdings noch ein paar Wochen in Mexiko herumreisen, um andere mexikanische Maler und ihre Werke kennenzulernen. Rosa nahm ihn im Verlauf des Abends beiseite. »Ich weiß ja nicht, was du in nächster Zeit sonst noch so vorhast, aber du brauchst künftige Bilder nicht von mir signieren lassen. Meinen Segen hast du und ich glaube Alejandros hättest du auch.« Maria drückte Karl ungewöhnlich lange und ungewöhnlich fest an sich, sie hatte das eine und das andere Gläschen getrunken. Jorge und Karl gaben den anderen eine kleine Vorführung, in der sie zunächst jeder mit fünf Orangen jonglierten, um sie dann zwischen sich hin und her zu passieren.

Teil III

Das Auge

Momos Gesicht war das Erste, was Karl am Morgen nach der Ausstellungseröffnung sah. Sie lag auf der Seite und schaute ihn wortlos an. Dann zog sie eine Hand unter der Bettdecke hervor, legte sie an seine Wange und spielte mit einer seiner Haarsträhnen. Karl schloss seine Augen wieder und gab ein leises, behagliches Brummen von sich. Seine Hand wanderte unter der Decke zu ihrem Rücken und er streichelte ihn in sanft kreisenden Bewegungen. Momo machte sein Brummen nach und gemeinsam variierten sie die Brummtöne von zärtlich bis bedrohlich und wieder zurück. Genau wissend, dass sie das nicht aushielt, kitzelte er sie in der Achselhöhle, woraufhin Momo kreischte, sich ein Kissen schnappte und auf ihn einschlug. Er gab Schmerzensschreie von sich, flüchtete sich unter die Bettdecke, arbeitete sich nach unten durch und kitzelte ihre Fußsohlen. Momo zog eines seiner Beine unter der Decke hervor und biss ihn behutsam in die Wade. So balgten sie noch etwas weiter, bis Momo schließlich außer Atem auf ihm lag. »Guten Morgen! Frühstück?«

Karl blickte sich in der Küche um, während er sein Müsli in sich reinschaufelte. »Du hast renoviert, es sieht viel freundlicher aus.«

»Nachdem meine Mutter ins Pflegeheim gekommen ist, wollte ich etwas verändern. Ihr altes Schlafzimmer ist jetzt meine Strickwerkstatt, obwohl ich meistens doch hier auf der Küchenbank vor dem Ofen stricke.« Momo sah ihn ernst an. »Was war gestern Abend mit dir?«

»Was meinst du?«

»Du sahst so gequält aus, als du wieder an unseren Tisch gekommen bist.«

Karl erzählte ihr von seinen Kopfschmerzen. »Es kommt ganz plötzlich, als ob ein Blitz in meinen Kopf einschlägt. Der Schmerz ist kaum auszuhalten, gleichzeitig ist eine mächtige und irgendwie aggressive Energie in mir, die raus will, ich könnte eine Wand zertrümmern. Es erschreckt mich.«

»Das kenne ich von meinen epileptischen Anfällen, zum Glück habe ich schon lange keinen mehr gehabt. Vielleicht solltest du zum Arzt gehen. Mir haben sie geholfen.«

Karl machte eine skeptische Miene. »Ich warte erst noch ein wenig ab, vielleicht hört es von alleine wieder auf. Zeig mir mal deine neuesten Erzeugnisse.«

Momo führte ihn in ihr Strickzimmer, in dem viele ihrer Pullover auf Bügeln an der Wand, andere an einer freistehenden Kleiderstange hingen. Die meisten hatten typische Norwegermuster, einige individuelle Motive, oft Tiere, aber auch mal eine Hütte oder einen rauchenden Schornstein. Karl blieb vor einem dunkelgrauen Pullover stehen, auf dem ein einziges großes Auge mit einer grasgrünen Iris und langen Wimpern den Betrachter anschaute. Er nahm den Bügel vom Haken und sah sich die Rückseite an: das gleiche Auge, nur diesmal geschlossen. »Das ist großartig, Momo! Du bist eine Künstlerin.«

»Du musst es ja wissen.«

»Darf ich dir den abkaufen? Ich hänge ihn in der Galerie aus. Passt doch thematisch wunderbar zur Ausstellung.«

»Du spinnst!«

»Na klar! Damit kommt man weit im Leben. Du solltest nur noch solche Unikate stricken, die Massenware können die Strickmaschinen doch viel schneller und billiger.«

»Wie viele Künstler können denn von ihrer Kunst leben?

Die Nullachtfünfzehn-Dinger halten mich über Wasser, sie sind das Brot, die anderen die Butter. Aber du hast natürlich prinzipiell Recht. Habe ich dir schon erzählt, dass mich vor ein paar Wochen eine Journalistin von der Brigitte besucht hat? Die wollen demnächst einen Schwerpunkt über Kunsthandwerk machen und darin eine Reportage über meine Pullover bringen. Und beim letzten Schleswig Holsteiner Strickfestival habe ich einen Preis gewonnen. Ich möchte dir nachher etwas vorlesen. Doch lass uns zuerst rausgehen, das Wetter ist so schön.«

Sie gingen im gleißenden Sonnenschein runter zur Schlei, das gekräuselte Wasser glitzerte in tausenden Funken, die Möwen kreischten ungewohnt fröhlich, ein Schwanenpaar glitt in Ufernähe gelassen durch die kleinen Wellen. Schnell hatten sie den Stadtrand erreicht, dann ging es an Äckern und Weiden vorbei. Die Gerste stand mit ihren sich im Wind wiegenden, langen Ähren wie eine tanzende Zwergentruppe auf dem Feld, der Raps war schon fast verblüht, verbreitete aber noch einen schweren, betörenden, aber auch etwas unangenehmen Geruch. Amseln zwitscherten, ein Kuckuck war zu hören.

»Ist es dir schwer gefallen, gestern Abend zu gehen?«, fragte Momo.

Karl zögerte mit seiner Antwort. »Ich schätze, ich habe einigen Erwartungen nicht entsprochen. Sylvia ist wohl sauer auf mich, aber sie wird es überleben.«

Sie senkte den Blick. »Was ist mit ihr?«

Karl blieb stehen, nahm ihre Hand. »Nichts von Bedeutung. Wie eigentlich immer.«

»Und Tanja?«

»Wir sehen uns, seitdem ich aus Kassel weg bin, nur noch selten. Aber sie ist eine gute Freundin.«

»Das merkt man. Aber sie ist traurig hinter ihrer Fröhlichkeit.«

»Meinst du?« Karl legte seinen anderen Arm um sie. »Wollen wir uns dahinten in die Sonne legen?« Er zeigte auf eine vor gelben Löwenzahnblüten überschäumende Wiese. »Du wolltest mir doch etwas vorlesen.«

Momo kramte aus ihrem Rucksack eine Wolldecke, eine Tupperdose mit Apfelkuchen und ein abgegriffenes Taschenbuch hervor. Sie reichte ihm ein Stück Kuchen. »Mach die Augen zu.«

Sie suchte in dem Buch nach der richtigen Stelle und begann vorzulesen. »In der Arbeitsstube der größten masurischen Teppichmeisterin ... Welche Farben! Wie viele erzählbereite Figuren, Szenen und Symbole! ... ganz benommen von Zeichen und Echos, von eingewebten Hoffnungen und farbigen Beschwörungen ... Ich begriff auf einmal, dass mich der Dreisproß etwas anging und das Mehrungskreuz mit den neun Punkten; ich traute dem Achtstern Schutz der Häuser zu und dem Zauberknoten, dass er das Unglück fernhielt; das starre Auge bezeugte die unaufhebbare Gegenwärtigkeit eines Begleiters und die Odalsrune die Sehnsucht, den dunklen Niederungen zu entkommen. Aber auch das Sonnenkreuz hatte mir etwas zu sagen und der weiße Hirsch und die brennenden Rauten, ganz zu schweigen von Wotans Schimmel und dem gleichgültigen Geleitvogel der Seele.« Momo blickte auf.

Karl murmelte: »die unaufhebbare Gegenwärtigkeit eines Begleiters, was für eine gelungene Formulierung.«

»Ein Auge taucht noch an einer anderen Stelle auf«, Momo blätterte in dem Buch und fand schließlich, wonach sie suchte: »Die Teppichmeisterin gab mir einen Wink, ich löste die Schnur und schlug aus dem Packpapier einen von indigoblau bestimmten Wandteppich ... ein Doppelgewebe von exakter Schönheit, das ich – so weit war ich bereits – sofort als eine Arbeit von Sonja Turk erkannte. In den Ecken, lindgrün auf grauweißem Feld. Der Dreisproß; die Mittelfläche indigoblau, von roten Streifen unterfeuert; im Zentrum – nie wieder habe ich dies gesehen – ein mandelförmiges Auge, ernst und von unbarmherziger Gelassenheit. Ich hatte das Gefühl, dass dies Auge mich erkannte, mich abfragte, ein Auge, das alles gesehen hatte und mit allem rechnete. Es ruhte auf mir mit seiner kalten Wißbegier und ließ mich nicht los, als ich zurücktrat und dann zur Seite, alles im Raum schien ihm erreichbar, diesem rosafarbenen Auge mit der schwarzen Iris …«

Sie klappte das Buch zu. »Da will ich hin.«

»Du bist schon fast da.« Karl setzte sich auf. »Was machen denn eigentlich deine und Ingrids Überlegungen, einen gemeinsamen Laden zu eröffnen?«

»Es hängt am Geld. Und Heinz hält die Idee sowieso für Tünkram. Eigentlich wäre es eine gute Zeit dafür, Bio wird selbst in einem so verschlafenen Kaff wie Schleswig langsam in und Kunsthandwerk hat auch eine kleine Renaissance. Neulich haben Ingrid und ich uns einen Laden angeschaut, der schon ein halbes Jahr leersteht. Der wäre perfekt, aber wie gesagt …«

»Wie viel Geld bräuchtet ihr?«

»Am Anfang wären schon einige Investitionen nötig, Erstausstattung für Ingrids Teil, Schaukästen für mich, kleinere Umbauten müssten auch gemacht werden, anderer Boden rein, gute Beleuchtung, alles streichen, Geschäftsschild, Prospekte erstellen … die Liste ist lang.«

»Wie viel?«

Momo schaute ihn verwundert an. »Ich habe es mal grob überschlagen und bin bei Zwanzig- bis Dreißigtausend gelandet, aber das ist vage, mit vielem kenne ich mich nicht genügend aus.«

»Ist der Laden noch frei?«

Jetzt richtete auch Momo sich auf. »Karl, wohin führt dieses Gespräch?«

»Zu einem schönen Geschäft, in dem es Petersilienwurzeln und wunderschöne, handgefertigte Strickwaren gibt.«

»Du spinnst!

»Na klar! Damit kommt man weit im Leben. Außerdem muss doch ehrliche Arbeit unterstützt werden. Frag mal meinen Vater.«

Momo schaute ihn an und schüttelte den Kopf. »Hast du so viel Geld?«

»Fast, und von der Ausstellung wird einiges dazukommen. Außerdem habe ich noch den Garcia Hernandez, der allein ist das allemal wert.«

»Ich denke, der ist unverkäuflich.«

»Es ist nur ein Bild.«

»Trotzdem, Heinz würde dein Geld nicht wollen.«

»Soll es *sein* Laden werden? Lass uns mal mit Ingrid darüber reden.«

Momo legte eine Hand auf seine Brust und lehnte ihren Kopf an seine Schulter. »Eigentlich ist es schön, dass du wieder in der Nähe bist.«

»Ja, das ist es. Und dieses Mal vielleicht auch für länger. Wieso *eigentlich*?«

Bevor Momo antworten konnte, sprang Karl plötzlich auf und schaute Richtung Sonne. »Ich fürchte, ich muss sofort los nach Kiel, sonst kriege ich richtigen Ärger. Das ist schlechtes Timing, tut mir leid. Lass uns ein anderes Mal weiter reden.«

Momo nickte und atmete tief aus. »Schlechtes Timing.«

Die Atmosphäre war frostig, als Karl das geräumige Büro der Galerie betrat. Sylvia, Tanja und Middelhoff saßen auf der schwarzen Ledergarnitur um den verchromten Couchtisch, Letzterer biss gerade von einem Stück Butterkuchen ab. Sylvia blitzte ihn wütend an, Tanja schaute zur Seite.

»Karl, mein Freund«, Middelhoff kaute weiter, während er sprach, »ich lerne immer wieder neue Seiten an dir kennen. Dass du nicht so der Partytyp bist, wusste ich ja schon, auch, dass du gute Tropfen verschmähst, es war übrigens Dom Perignon. Aber dass du unsere Gesellschaft verschmähst? Na ja, wir haben uns jedenfalls noch amüsiert, nicht wahr, mein Schatz?«, er blickte zu Tanja herüber.

»Wie irre.«

Middelhoff schaute etwas irritiert, dann versuchte er wieder den Faden aufzunehmen. »Wie dem auch sei, auf jeden Fall bin ich Unpünktlichkeit nicht von dir gewohnt. Und als dein Quasi-Mentor erlaube ich mir, dich darauf hinzuweisen, dass als Kurator einer Ausstellung eine Vernissage fluchtartig zu verlassen etwas ungeschickt, um nicht zu sagen unschicklich ist.« Er biss erneut in seinen Kuchen und schaute Karl abwartend an.

»Lassten wir mal die Konventionen beiseite, schließlich breche ich sie auch ab und zu, und das gerne. Aber dass du mich sitzengelassen hast, nehme ich dir übel. Wer ist überhaupt dieses übergewichtige Mädchen mit dem lächerlichen Pullover?« Sylvia schaute knapp an Karl vorbei.

Der schenkte sich in aller Seelenruhe eine Tasse Tee ein, goss etwas Milch aus dem kleinen Silberkännchen dazu, nahm mit der Silberzange ein Stück Kandis und rührte mit dem Silberlöffel um. Dann schaute er einen nach dem anderen an. »Ich entschuldige mich für meine Verspätung, das Trampen hat nicht so gut geklappt.«

»Ich lach mich schlapp, du bist per Anhalter.« Middelhoff verschluckte sich an seinem Kuchen und bekam einen Hustenanfall. Tanja haute ihm mit der flachen Hand kräftig auf den Rücken. »Aua! Nicht so doll!«

»Ich entschuldige mich auch dafür, gestern Abend etwas eilig gegangen zu sein. Aber erstens war es schon nach halb elf und zweitens«, dabei schaute er Sylvia an, »habe ich nicht fest zugesagt, noch mit raus an die Ostsee zu fahren. Ich wollte dann lieber bei Momo sein, ich kenne sie schon länger als euch alle zusammen.«

»Momo?«, Middelhoff fing schon wieder an zu lachen, »Ist das nicht diese verwahrloste Waise aus einem Kinderbuch?«

Tanja haute ihm erneut mit großer Wucht auf den Rücken. »Du bist manchmal so blöd! Momo ist die, die gut zuhören und beobachten kann. Sie rettet die Menschen vor den Grauen Herren, den Zeitdieben mit den Hüten und Zigarren. Sie ist eine Heldin!« Sie lächelte Karl zu.

»Lasst uns unsere persönlichen Empfindlichkeiten beiseite stellen und zum Geschäftlichen kommen.« Sylvia zog einen Zigarillo aus einem Silberetui und steckte ihn mit dem Tischfeuerzeug an. »Die Ausstellung wird ein Erfolg. So etwas spüre ich schon während der Vernissage. Für fast die Hälfte der mexikanischen Werke liegen Kaufanfragen vor und auch die Fotografien scheinen vielen gefallen zu haben, acht sind so gut wie weg. Das ist eine sensationell gute Quote! Und wenn, wie mir meine zuverlässigen Quellen heute Vormittag gezwitschert haben, in den nächsten Tagen einige höchst löbliche Besprechungen in den Feuilletons erscheinen, wird der Andrang groß sein und die Nachfrage auch. Ich hätte gerne gestern Abend noch mit dir darauf angestoßen«, sagte sie an Karl gerichtet.

»Lass es uns nachholen.« Karl hob seine Teetasse und sah die anderen auffordernd an.

»Wie stillos«, maulte Middelhoff scherzhaft, hob aber auch seine Tasse. Die beiden Frauen folgten ihm und so stießen sie mit Darjeeling an.

Middelhoff blickte zur Wanduhr. »Wir müssen dann mal. Ich habe noch einen Abendtermin in der Hamburger Kunsthalle.«

Zum Abschied flüsterte Tanja Karl ins Ohr: »Ich servier ihn bald ab. Wir sollten mal wieder Monopoly spielen.«

Karl nickte ihr zu. »Tun wir doch die ganze Zeit.«

Auch Middelhoff wandte sich ihm bei der Garderobe noch vertraulich zu: »Nichts für ungut, oder? Die Ameisen auf dem Garcia Hernandez dahinten«, er deutete in Richtung der Ausstellung, »haben mir übrigens besonders gut gefallen.« Er zwinkerte Karl zu. »Wenn du mal wieder, du weißt schon, heißen Scheiß haben solltest, bin ich ansprechbar. Seit Basel sind meine Kontakte …«

»Du solltest für Tanja ansprechbar sein.« Karl schüttelte ihm die Hand und ging ins Büro zurück.

Dort schauten sich Sylvia und er längere Zeit wortlos an. Schließlich sagte sie: »Wie war eigentlich dein Gespräch mit Morten? Magst du ihn?«

»Nein.«

»Glaub mir, er ist interessant. Sei freundlich zu ihm, du möchtest ihn nicht zum Feind haben.«

»Ich möchte niemanden zum Feind haben.«

Sylvia sah ihn nachdenklich an. »Mach bloß keine Fehler!«

»Ein Irrtum ist jederzeit möglich.«

»Mystiker!«

»Von dieser Welt!«

Sie lachten beide, die Spannung zwischen ihnen löste sich. Sylvia setzte sich auf seine Sessellehne. »Ich wollte dir keine eifersüchtige Szene machen, ich hatte mich nur so darauf gefreut, gemeinsam mit dir zu feiern. Nach dem Kick einer Ausstellungseröffnung kann ich nicht einfach so ins Bett gehen, mich zur Seite drehen und einschlafen.« Sie legte ihm eine Hand an die Stirn. »In deinen Armen kann ich so gut entspannen. Bilde dir bloß nichts darauf ein!«

»Tu ich nicht.«

»Zauberer.« Sie küsste ihn.

»Strip-n-zieher«, nuschelte Karl und zog am Reißverschluss ihrer Hose.

»Spitz-bergen!«, stöhnte Sylvia.

Verhängnisvoller Absacker

Karl musste schmunzeln, als er seine Mutter vor der Tür seiner kleinen Wohnung am Blücherplatz sah. Ihr Outfit mit Bundeswehrparka, brauner Lederkappe, Fliegerbrille und Tuch um den Hals kam ihm bekannt vor. Er schaute auf ihre Füße. »Wo sind die Gummistiefel?«

»Mach du dich ruhig lustig! Ich habe fast zwei Stunden mit der klapprigen Mühle hierher gebraucht und mir ist ganz bange, ob ich es überhaupt noch zurückschaffe.« Sie blickte über seine Schulter. »Darf ich denn auch mal rein?«

Mit einer galanten Geste ließ Karl sie durch. Ingrid sah sich um, was schnell getan war. »Keine Blumen, keine Gardinen, kein bisschen Nippes, typische Junggesellenbude.«

Karl war froh, dass er immerhin das dreckige Geschirr gespült und sein Bett gemacht hatte.

»Ist ja nur für vorübergehend. Aber du solltest endlich mal den Führerschein machen, dann bist du nicht mehr auf das Moped angewiesen.«

»Wann fahre ich schon mal so eine weite Strecke? Und außerdem, was das wieder kosten würde!«

»Die moderne Frau von heute sollte Auto fahren können, Mutti. Ich gebe dir gerne das Geld dafür.«

Ingrid winkte ab. »Papperlapapp. Über das Schenken reden wir später. Erst brauche ich einen ordentlichen Kaffee zu dem Sandkuchen, den ich mitgebracht habe. Magst du doch so gerne.«

Karl ging in die winzige Küche, um den Kaffee aufzubrühen.

Seine Mutter verzog etwas das Gesicht, nachdem sie den ersten Schluck aus ihrem dampfenden Becher genommen hatte. »Bio?«

»Nicaragua. Kannst du Papa erzählen, freut er sich.«

»Aha. Aber der Kuchen schmeckt doch, oder? Sonst soweit auch alles in Ordnung?«

Karl zog die Schultern hoch und nickte bedächtig.

»Dann mal zu einem wirklich wichtigen Thema: Momo. Besser gesagt: du und Momo. Wird das eigentlich noch mal was? Sieht doch ein Blinder mit einem Krückstock, dass ihr euch liebt, und ihr wisst das auch!«

»Stimmt.«

»Und?«

»Wie, und?«

»Soll das noch ewig so weitergehen, dass du in der Weltgeschichte rumjuckelst und sie eine Kerze ins Fenster stellt?«

»Macht sie das immer noch?«

»Seit der Schneekatastrophe.«

»Neulich, als ich nach der Vernissage bei ihr übernachtet habe, brannte keine Kerze im Fenster.«

»Da warst du ja auch da!« Ingrid biss herzhaft in ihr Kuchenstück.

Karl wurde nachdenklich. »Ich habe nicht den Eindruck, dass Momo unglücklich ist.«

»Ist sie auch nicht. Sie hat die Gabe, die beileibe nicht vielen vergönnt ist, mit sich alleine zufrieden sein zu können. Aber sie ist nicht so glücklich, wie sie sein könnte, und dabei hätte sie es so verdient.«

»Was aber ist, wenn ich mit Momo in Schleswig auf die Dauer nicht glücklich würde und sie nicht mit mir?«

»Du probierst es doch gar nicht erst. Du gehst mutig wie kaum ein anderer raus in die Welt, aber zuhause bist du ein Feigling.«

Karl zog es vor, das Thema zu wechseln. »Apropos Momo: Was spricht eigentlich dagegen, dass ich Momo und dir mit eurem Laden ein wenig unter die Arme greife?«

»Das ist zwar nett formuliert, aber du willst ihn uns quasi schenken. Und das fühlt sich falsch an.«

»Warum?«

»Es beschämt mich.«

»Mama«, Karl griff über den Tisch nach ihrer Hand, »du hast mir so viel geschenkt! Kein Geld, aber so viel anderes, im Leben viel Wichtigeres. Es wäre mir eine große Freude, dir etwas zurückzugeben.«

»Das ist sehr lieb von dir, mein Junge. Du warst schon immer großzügig, das ist eine deiner guten Eigenschaften, aber ich kann das trotzdem nicht annehmen.«

»Ich verstehe das nicht. Du träumst doch schon lange von einem Bioladen und die Idee, einen Laden zusammen mit Momo und ihren Stricksachen zu machen, ist klasse! Willst du dir lieber weiter den Rücken krumm putzen?«

»Heinz wäre auch dagegen«, sagte Ingrid.

»Aha, jetzt kommen wir zu den wahren Gründen. Weil mein Geld *nicht ehrlich erarbeitet* ist?«

»Ist es das denn?«

»Geht es nicht eher um Gerechtigkeit als um Ehrlichkeit? Ist dein Lohn für das Putzen, ist Papas Lohn für seine ehrliche Arbeit in der Fabrik oder für das Austragen der Zeitungen etwa gerecht? Ist es gerecht, dass ich beim Verkauf eines Bildes so viel verdiene wie du in einem Jahr?«

»Du redest fast wie dein Vater.«

»Interessant, oder?« Plötzlich mussten sie beide lachen.

»Sieh es doch mal so: Ich verteile ein wenig von oben nach unten um. Was ist verkehrt daran? Fordert Heinz doch auch immer.«

»Ich glaube, er meint das etwas anders.«

»Ich mache es eben auf meine Art.« Karl hielt einen Moment inne. »Wäre es dir lieber, ich gebe Momo das ganze Geld, es wird ihr Laden und sie nimmt dich mit rein?«

Seine Mutter lächelte einen Moment und machte eine erwägende Geste. Aber dann verdüsterte sich ihr Gesichtsausdruck. »Bist du dir sicher, dass du dich nicht freikaufen willst?«

»Wie meinst du das denn nun wieder?«

»Vielleicht schenkst du Momo Geld, um nicht mit ihr zusammenleben zu müssen.«

Karl sprang auf und setzte an: »Also hör mal ...« Dann nahm er wieder Platz und blickte traurig auf sein halb gegessenes Kuchenstück.

In die eingetretene Stille sagte seine Mutter: »Alles über Momo könnte gehen, aber ich fürchte, Heinz würde den Braten riechen. Woher soll sie denn auf einmal so viel Geld haben?«

Karl dachte nach. »Erbschaft, entfernter Verwandter aus Kanada. Das hätte auch den Vorteil, dass Papa sich nicht so aufregt. Wir müssen schließlich auch an sein angegriffenes Herz denken!«

»Nu werd aber nicht makaber!« Ingrid trank den letzten Schluck Kaffee aus ihrer Tasse, schaute ihren Sohn an und fing an zu schmunzeln. »Kanada klingt gut.«

Es war Kieler Woche und in der Lobby des *Kieler Kaufmann* herrschte rege Betriebsamkeit, Gäste checkten ein oder aus, Pagen trugen Koffer zu den Fahrstühlen, Kellner balancierten Tabletts mit Getränken zu den Sitzgruppen an den Seiten des Foyers. Karl stand etwas verloren im Eingangsbereich und schaute sich suchend um. Schließlich entdeckte er Hecklund, der in einer hinteren Ecke in einem Korbstuhl saß, Zeitung las und an einem Drink nippte. Als

Karl sich seinem Tisch näherte, blickte Hecklund auf, legte die Zeitung beiseite und erhob sich.

»Karl, wie schön, Sie wiederzusehen. Danke, dass Sie sich Zeit für mich nehmen!« Er begrüßte Karl mit einem festen Händedruck.

»Es ist mir eine Freude, Morten. Haben Sie schon die Gelegenheit gehabt, sich ein wenig auf der Kieler Woche umzuschauen?«

»Ach, wissen Sie, ich bin um diese Jahreszeit schon seit langen Jahren Stammgast hier. Es ist immer ein guter Anlass und der Kaufmann ein guter Ort, Geschäftspartner zu treffen.« Hecklund winkte nach einem Kellner und orderte einen weiteren Martini, Karl bat um ein Wasser.

»Karl, ich bin kein Freund des Smalltalks und Sie ahnen bestimmt, weshalb ich Sie um diesen Termin gebeten habe. Ich will den Garcia Hernandez und ich möchte von Ihnen den Preis erfahren, für den Sie ihn mir verkaufen.«

»Morten, ich will offen zu Ihnen sein. Seitdem ich Ihnen letzten Monat gesagt habe, dass er nicht verkäuflich ist«, Karl registrierte eine kurze wegwerfende Handbewegung seines Gegenübers, »haben sich in meinem privaten Umfeld Veränderungen ergeben, die mich einen Verkauf doch in Erwägung ziehen lassen.« Er sah, dass sich Hecklunds Gesichtszüge entspannten und der Anflug eines Lächelns seine Lippen umspielte.

Hecklund zog ein Scheckbuch und einen Füller aus der Innentasche seines Sakkos. »Bevor ich hier gleich eine mittlere fünfstellige Summe eintrage, lassen Sie mich Ihnen noch zwei Dinge sagen. Erstens habe ich trotz der Expertise dieses dubiosen mexikanischen Museumsdirektors Zweifel, ob das Gemälde echt ist. Aber wissen Sie was? Es ist mir relativ egal. Es ist ein wunderschönes Bild und ich will es haben.« Hecklund fixierte Karl, der ihm ruhig in die Augen schaute und schwieg. »Zweitens erkenne ich mich als junger Mann in Ihnen wieder. Auch ich komme aus sehr einfachen Verhältnissen und habe mich hochgearbeitet. Man muss auch mal nicht ganz saubere Mittel benutzen, wenn man vorankommen will.«

»Haben Sie Erkundigungen über mich eingezogen?«

»Das mache ich grundsätzlich bei Geschäftspartnern. Es ist hilfreich, zu wissen, mit wem man es zu tun hat.« Er öffnete das Scheckheft und zog die Kappe vom Füller. »Fünfzigtausend?«

»Fünfundsiebzig.«

Hecklund zögerte einen Moment, dann trennte er den obersten Scheck aus dem Heft, füllte ihn aus und reichte ihn Karl. Der steckte ihn unbesehen in seine Hemdtasche und beide besiegelten den Kauf mit einem Handschlag.

»Ich habe bereits für morgen um elf Uhr einen Termin in der Kanzlei Wiedehöft und Partner zur Unterzeichnung des Kaufvertrages ausgemacht. Abends möchte ich mit Ihnen und meiner Frau den Abschluss feiern, können Sie das einrichten?«

»Es wird mir ein Vergnügen sein.«

Am nächsten Abend fand Karl, der schon seit Stunden Kopfschmerzen hatte, Hecklund und dessen Frau an derselben Stelle in der Lobby des Hotels vor. Britta trug eine marineblaue Bluse und einen sonnengelben Rock, der bis knapp oberhalb ihrer Knie reichte. Ein schneeweißer Pulli war lässig um ihren Hals geknotet »Sie sehen zauberhaft aus«, begrüßte Karl sie.

»Wo wollen wir unseren Geschäftsabschluss gebührend feiern?«, fragte Hecklund. »Was schlagen Sie vor, Karl? Sie wohnen doch in Kiel.«

»Erst seit kurzem, Sie kennen sich wahrscheinlich besser aus als ich. Aber wie wäre es, wenn wir uns unter die Leute mischen und die Kiellinie entlang spazieren, da gibt es jede Menge Essensstände und sicherlich auch ausreichend zu trinken.«

»Das fände ich toll, es ist solch ein schöner Abend«, stimmte Britta zu.

»Einverstanden, aber dann muss ich mich vorher noch umziehen.« Hecklund erhob sich.

In diesem Moment kam ein Hotelangestellter auf ihn zu. »Telefon für Sie, Herr Hecklund. Kabine drei bitte.«

Zehn Minuten später kam Hecklund mit einer düsteren Miene zurück. »Es gibt Ärger, ich muss sofort los nach Hamburg. Ich bin untröstlich.« Er wendete sich Karl zu. »Darf ich Sie um einen großen Gefallen bitten? Könnten Sie meine Frau heute Abend ausführen? Sorgen Sie dafür, dass sie sich amüsiert.«

»Sehr gerne, aber wie schade, dass Sie nicht dabei sein können.«

»Wann kommst du zurück?«, fragte Britta.

»Es wird spät werden, wahrscheinlich bleibe ich über Nacht. Ich rufe noch mal an, aber warte nicht auf mich.«

Karl und Britta schlängelten sich durch die Massen, aßen Fischbrötchen und Rote Grütze. Eine Weile hörten sie auf einem Betonpoller sitzend einer Skiffle-Band zu, später schunkelten sie mit vielen anderen zu den Darbietungen eines Shanti-Chors. »Das macht viel mehr Spaß als die öden Arbeitsessen mit Mortens Geschäftspartnern«, rief Britta ausgelassen und schwenkte ihre Bierflasche, »aber jetzt könnte ich etwas Ruhe gebrauchen. Ich glaube, ich bin etwas, wie sagt ihr Norddeutschen noch, eingetütet.«

»Angetütert«, lachte Karl.

»Genau!« Sie zeigte auf einen Landungssteg am Rand der Partyzone. »Lass uns dorthin gehen.«

Am Ende des Stegs zogen sie sich die Schuhe aus und ließen die Beine baumeln. Sie blickten über die Förde. Schräg gegenüber zur Linken war in der Ferne das Laboer Marine-Ehrenmal zu sehen, schräg rechts das Betriebsgelände der Howaldtswerke. Das Wasser war nur leicht gekräuselt, es ging ein laues Lüftchen. Britta legte sich auf den Rücken, blickte in den Sternenhimmel und seufzte zufrieden.

»Was macht Morten eigentlich beruflich?«

»Das will ich gar nicht so genau wissen, und du lieber auch nicht.«

Karl drehte ihr seinen Kopf zu und schaute sie fragend an. »Und wie habt ihr euch kennengelernt?«

Britta holte eine Zigarettenschachtel aus ihre Handtasche und steckte sich eine Camel an. »Auf einer Modenschau, ich war in meinem früheren Leben mal Model. Er hat einen Sinn für das Schöne. Und ich für Geld.« Sie lachte. »The beauty and the beast. Er hat zwar auch seine schwierigen Seiten, aber er ist gut zu mir.« Sie seufzte leise. »Und wonach richtest du dein Leben aus?«

Karl ließ sich neben ihr auf den Planken nieder und verschränkte die Arme hinter dem Kopf. Er zögerte, bevor er antwortete. »Da denke ich nicht oft drüber nach. Ich lasse mich durchs Leben treiben und habe das lange sehr genossen.« Er machte eine Pause.

»Und jetzt? Fehlt dir was?«

»Möglich.«

»Was ist es?«

»Genau das ist die Frage.«

Britta beugte sich zu ihm und küsste ihn auf die Stirn. »Heute Abend ist nicht der richtige Zeitpunkt, um Antworten auf solche Fragen zu finden.« Sie lachte, stand auf und hielt ihm eine Hand hin. »Bringst du mich zurück ins Hotel?«

Zurück im *Kieler Kaufmann* erkundigte sich Britta zunächst an der Rezeption und erhielt die Auskunft, dass ihr Mann bisher nicht versucht habe, sie zu erreichen. Sie ließ sich den Zimmerschlüssel reichen.

»Begleitest du mich noch auf einen Absacker?«, fragte sie Karl. »Die Minibar in unserer Kammer ist gar nicht so mini.«

Karl lächelte verlegen. »Britta, es war ein sehr schöner Abend, aber ich denke, das wäre keine gute Idee.« Er schaute Richtung Rezeption, der Portier schien beschäftigt. »Wenn Morten zurückkommt, könnte er das falsch verstehen.«

»Was könnte er falsch verstehen? Das musst du mir erläutern!« Sie zog ihn Richtung Fahrstuhl. »Nun komm schon!«

Sie betraten einen mit Fischgrätenparkett belegten Wohnraum, von dem eine Tür zum Schlafzimmer abging, eine andere ins Bad. An der einen Seite befand sich ein Esstisch mit vier Holzstühlen, auf der anderen Seite stand vor zwei großen Fenstern eine von einem weißen Wollteppich unterlegte Sitzgarnitur aus einem weinroten Ledersofa und zwei dazu passenden Lehnsesseln, die um einen gläsernen Couchtisch gestellt waren. Links von der Zwischentür standen ein großer Fernseher und eine Stereoanlage auf einem Sideboard. Picassos Mädchen mit Taube hing an der gegenüberliegenden Wand.

Britta öffnete die Minibar und schaute Karl, der unschlüssig im Raum stand, fragend an.

»Ein Mini-Mineralwasser, bitte.«

Britta blickte in den kleinen Kühlschrank. »Gibt's nicht.« Sie griff sich zwei Piccolos, drehte beide auf, drückte Karl ein Fläschchen in die Hand, setzte sich auf das Sofa und streifte ihre Tennisschuhe ab. Als sie sah, dass Karl den Picasso länger als nötig inspizierte, winkte sie ihn zu sich. »Wenn ich beißen würde, hätte ich es schon längst getan.«

Karl setzte sich auf einen der beiden Sessel und nippte am Sekt, während Britta sich eine angebrochene Zigarettenpackung vom Couchtisch griff. Als sie sich eine Zigarette anzünden wollte, fiel ihr die Streichholzschachtel aus der Hand und rutschte unter das Sofa. Britta rührte sich nicht. Nach einigen Momenten sah sie Karl an. Der schaute zurück und zuckte mit den Achseln. Als sie sich weiterhin nicht rührte, beugte er sich vor und blickte unter das Sofa. Dann zeigte er auf eine Stelle hinter ihrem linken Fuß. Britta sah ihn weiterhin stumm an. Karl schloss kurz die Augen und holte einmal tief Luft. Er stand auf, machte zögerlich die zwei Schritte auf sie zu, ging vor ihr auf die Knie und griff mit einer Hand unter das Sofa. Britta rutschte nach vorne und schlang beide Beine um ihn, mit den Händen senkte sie seinen Kopf unter ihren Rock. Karl zog seinen Kopf zurück und schaute zu ihr hoch, machte dabei eine verneinende Bewegung. Britta hob kurz den Po, ließ mit einer Hand ihren Rock hochrutschen und schob seinen Kopf wieder gegen ihren Schoß.

Die Tür zur Suite wurde abrupt geöffnet und Hecklund betrat den Raum. Er wirkte leicht derangiert, seine Krawatte war gelockert, das Jackett seines Anzugs baumelte an seiner einen Schulter, unter der anderen hatte sich ein deutlicher Schweißfleck auf seinem Hemd gebildet. »Diese Typen von Thyssen«, schimpfte er vor sich hin, erstarrte dann aber. Er ließ den Aktenkoffer aus seiner rechten Hand fallen und schnappte nach Luft. Karl, der sich in der Zwischenzeit aufgerappelt und dabei an der Tischplatte gestoßen hatte, ging einen Schritt auf Hecklund zu und machte mit seinen Armen eine beschwichtigende Geste, Britta drückte sich in eine Ecke des Sofas, ruckelte ihren Rock glatt und zog die Beine an.

»Ist das der Dank?«, brüllte Hecklund und stierte seine Frau an. Schweißperlen standen auf seiner Stirn, Alkoholgeruch machte sich breit. Dann wandte er sich Karl zu. »Und du, mein Freund und Geschäftspartner, verkaufst mir nicht nur ein gefälschtes Gemälde für viel Geld, sondern machst dich auch noch hinter meinem Rücken an meine Frau ran? Das wirst du büßen!« Er sah sich kurz um, griff nach dem dreiarmigen gusseisernen Kerzenleuchter auf dem Esstisch, fegte die Kerzen mit einer schnellen Bewegung seiner Handkante heraus und stürzte auf Karl zu. Der tauchte unter dem mit großer Wucht geführten, auf seinen Kopf gezielten Schlag durch und verstärkte, wie er es beim Aikido gelernt hatte, mit einem blitzartigen Handgriff die Bewegung seines Angreifers. Hecklund geriet ins Taumeln, machte noch einen hilflosen Versuch, seinen Körper zu stabilisieren, drehte sich dann im Fallen um hundertachtzig Grad und knallte mit dem Rücken gegen die Kante der Fensterbank. Es gab ein hässliches Knacken, der Kerzenleuchter fiel aus seinen Händen, schließlich sackte Hecklund mit einem Stöhnen zusammen. Britta hatte angefangen lauthals zu schreien. Karls Kopf durchfuhr ein stechender Schmerz. Er rieb sich erst mit beiden Fäusten die Stirn, dann ging er auf den am Boden liegenden Mann zu. »Du Wichser tust mir nicht weh!«, brüllte er und trat Hecklund mit dem Fuß heftig in die Seite und gleich darauf noch einmal.

»Hör auf, hör doch auf!«, schrie Britta. Sie sprang auf, schubste Karl beiseite und beugte sich über ihren Mann.

Karl trommelte mit seinen Fingerknöcheln heftig gegen beide Stirnseiten, dann sackten ihm die Beine weg.

Die Kompetenz der Spucke

Auf dem Polizeipräsidium herrschte reges Treiben. Eine Mutter hatte ihre Tochter im Gedränge auf der Kiellinie verloren, Gäste der Kieler Woche wollten Anzeigen wegen Taschendiebstahls aufgeben, drei betrunkene Männer, die offensichtlich in eine Schlägerei geraten waren, konnten nur mühsam von Beamten gebändigt werden.

Nachdem seine Personalien aufgenommen worden waren, war er in ein Zimmer geführt und erkennungsdienstlich behandelt worden, auch seine Oberbekleidung hatte er abgeben müssen und einen Overall aus Plastik erhalten. Anschließend wurde er aufgefordert, im Flur zu warten, bis man sich weiter um ihn kümmern werde.

Die Abläufe direkt nach Hecklunds Sturz waren ihm nur noch schemenhaft in Erinnerung. Britta hatte wohl telefoniert, dann waren mehrere Männer in das Zimmer gekommen, Hecklund wurde auf eine Bahre gehoben und aus dem Zimmer getragen. Ein Sanitäter maß Karls Blutdruck, leuchtete ihm mit einer Taschenlampe in die Augen und fragte ihn nebenbei nach seinem Namen, dem Datum und Wochentag und ob er wisse, wo er sich befinde. Zwei mittlerweile eingetroffene Polizeibeamte befragten ihn kurz, dann war er aus dem Hotel zu einem Polizeiauto geführt und zum Präsidium gefahren worden.

»Herr Brodersen, bitte kommen Sie mit.« Zwei Polizisten in Zivil begleiteten ihn zu einem Raum, der bis auf einen Tisch und vier Stühle leer war. Der jüngere der beiden, der sich als Friedrichsen vorstellte, fragte Karl, ob er etwas trinken möchte. Karl bat um einen Kaffee. Der ältere Beamte, der zur Begrüßung »KHK Kramke« gemurmelt hatte, blätterte in einer Aktenmappe und räusperte sich mehrmals. Nachdem Friedrichsen mit drei dampfenden Plastikbechern zurückkehrte, eröffnete er das Gespräch mit einer Rechtsbelehrung.

»Brauche ich einen Anwalt?«, fragte Karl. Er fühlte sich immer noch etwas benommen und er war beunruhigt, weil er nicht wusste, was auf ihn zukommen würde, außerdem verspürte er Scham.

Friedrichsen zuckte mit den Schultern. »Vielleicht erzählen sie erst einmal, was da vorhin im Hotelzimmer passiert ist.«

»Wie geht es Herrn Hecklund?«, fragte Karl zurück.

»Uniklinik«, knurrte Kramke.

»Und wir fragen uns, wie es zu seinen Verletzungen gekommen ist«, ergänzte Friedrichsen in freundlicherem Tonfall. Er schaute Karl interessiert an.

Karl erzählte die Geschichte wahrheitsgetreu, ließ jedoch einige Details weg. »Es war Notwehr, Hecklund wollte mir den Schädel einschlagen.«

»Hmm«, Friedrichsen kraulte sich das Kinn. »Also klassisches Eifersuchtsdrama? Und dann auch noch unbegründet?«

Karl nickte.

Kramke räusperte sich vernehmlich. »Herr Brodersen, möglicherweise verkennen Sie den Ernst der Lage. Es geht hier offensichtlich um eine schwere Körperverletzung, möglicherweise auch um ein versuchtes Tötungsdelikt.« Er nahm ein Blatt aus seiner Mappe, rieb sich über seinen Schnurrbart und fixierte Karl. »Frau Hecklund hat die Abläufe in einer ersten Befragung deutlich anders geschildert.«

Er musste schlucken und fragte dann mit brüchiger Stimme: »Wie denn?«

»Sie spricht nicht von einer, wie Sie es genannt haben, *missverständlichen, verfänglichen Szene*, sondern sagt, dass ihr Mann Ihnen vorgeworfen habe, ihm ein gefälschtes Bild verkauft zu haben. War das so?«

Karl schloss für einen Moment die Augen. »Ja, auch. Aber das stand nicht im Mittelpunkt. Abgesehen davon, dass es nicht stimmt.«

»Was stimmt nicht?«

»Das Gemälde, das ich ihm verkauft habe, ist nicht gefälscht.« Karl zögerte. »Ich glaube, ich möchte mich jetzt doch erst mit einem Anwalt beraten, bevor ich weitere Angaben mache.«

»Das ist Ihr gutes Recht und es ist auch schon sehr spät«, sagte Friedrichsen mit Blick auf die Uhr, die an einer der ansonsten völlig kahlen Wände hing. »Rufen Sie morgen früh Ihren Anwalt an, der möglichst umgehend hierher kommen sollte. Alles Weitere sehen wir dann.«

»Muss ich solange hier bleiben?«

Friedrichsen nickte und zeigte mit einer Bewegung seiner Schultern und einem Kräuseln der Nase sein Bedauern.

»Und wie geht es dann weiter?« Karl verspürte Angst, ein für ihn ungewohntes Gefühl. »Komme ich in Untersuchungshaft?«

»Das hängt von den weiteren Befragungen ab. Dann entscheidet gegebenenfalls die Staatsanwaltschaft, ob sie einen Haftbefehl beantragt.«

Björn kam am Morgen gegen halb zehn in Begleitung eines Anwalts namens Harmsen von der Kanzlei, in der er nach Abschluss seines Staatsexamens arbeitete. »Alter, du siehst scheiße aus«, sagte er zur Begrüßung und warf ihm von der Tür der Arrestzelle aus ein mit Zellophan umhülltes, belegtes Brötchen zu. Karl griff beim Versuch, es aufzufangen, knapp daneben, das Brötchen fiel auf den Boden. Er registrierte Björns halb tadelnden, halb besorgten Blick.

»Ich fühle mich auch scheiße.« Karl hatte den Rest der Nacht kein Auge zu getan. »Danke, dass du so schnell gekommen bist.«

Harmsen und Björn ließen sich die Ereignisse des Vorabends und Karls nächtliche Vernehmung durch die Kripo schildern. »Es hängt natürlich von den Aussagen der Frau ab und davon, ob Hecklund sich schon geäußert hat, aber ich denke mal, wir werden Sie hier herausholen können«, meinte Harmsen schließlich. »So oder so rate ich Ihnen dringend, bei der Befragung keine weiteren Angaben zu machen, antworten Sie auf keinen Fall spontan.«

»Warum überrascht es mich nicht, dass du wegen einer Frauengeschichte in Schwierigkeiten bist?«, sagte Björn. Als keine Erwiderung kam, fragte er: »Und was ist eigentlich mit diesem Bild, dass du dem Norweger verkauft hast?«

»Darüber will ich jetzt nicht reden. Ist das denn wichtig?«

»Grundsätzlich schon, aber für den Moment wohl nicht«, antwortete Harmsen.

Die zweite Vernehmung fand im gleichen Raum statt, dieselben Beamten stellten in etwa dieselben Fragen, Harmsen antwortete jedes Mal, dass sein Mandant keine weiteren Angaben machen werde, und sagte schließlich: »Wenn Sie keine neuen Erkenntnisse haben, die unseren Mandanten belasten, scheint doch ein klarer Fall von Notwehr vorzuliegen. Wir würden Herrn Brodersen gerne mitnehmen.«

Kramke blätterte in mehreren Papieren, »Frau Hecklund hat zwar in der Tat mittlerweile bestätigt, dass ihr Mann zuerst auf Ihren Mandanten losgegangen ist, aber es bleiben trotzdem einige Fragen.« Er machte eine Pause, wandte sich dann Karl zu. »Was ist mit den Fußtritten?« Er blickte ihn scharf an.

Karl musste einmal schlucken, setzte schon an zu sprechen, schaute dann aber zu Harmsen.

»Wovon sprechen Sie?«, schaltete der sich ein.

»Nun«, sagte Friedrichsen gedehnt, »Frau Hecklund hat angegeben, dass Herr Brodersen mehrmals auf ihren Mann eingetreten habe, als dieser schon am Boden gelegen habe.«

Harmsen und Björn sahen Karl an, Ersterer überrascht, Zweiterer ungläubig.

»Und der erste Bericht aus dem Krankenhaus«, Kramke hielt ein Blatt Papier hoch, »beschreibt, dass Hecklund neben einer massiven Wirbelsäulenverletzung, die offensichtlich durch seinen Sturz gegen die Fensterbank hervorgerufen wurde, ebenfalls schwere Hämatome im Bauch- und Rippenbereich erlitten hat, die nicht von dem Sturz herrühren können. Erklären Sie uns die mal.«

»Herr Brodersen wird sich hierzu zum jetzigen Zeitpunkt nicht äußern«, beeilte sich Harmsen zu sagen. »Hat Herr Hecklund Verletzungen der inneren Organe?«

Kramke schaute auf das Blatt. »Davon steht hier nichts.«

»Also«, meinte Harmsen, »mit welcher Begründung wollen Sie unseren Mandanten noch länger festhalten? Zumal keinerlei Flucht-, Verdunklungs- oder Wiederholungsgefahr besteht.«

Friedrichsen und Kramke steckten kurz die Köpfe zusammen. »Sie können gehen«, sagte Friedrichsen. »Vorerst«, ergänzte Kramke, »und stellen Sie sicher, dass Sie erreichbar sind.«

»Alles Weitere bitte über mich.« Harmsen gab den Polizeibeamten seine Visitenkarte.

»Was willst du jetzt machen?«, fragte Björn auf dem Weg nach draußen.

»Ich weiß es nicht.« Karl strubbelte sich durch die Haare.

Als sie durch den Ausgang traten, kam ein Mann mit Schreibblock und Stift in der Hand auf sie zu, ein anderer machte Fotos.

»Herr Brodersen, ich bin von der Presse. Möchten Sie eine Stellungnahme abgeben? Haben Sie den bekannten Kunstsammler Hecklund verprügelt?«

Harmsen stellte sich vor Karl und machte eine abwehrende Bewegung. »Keine Fragen!« Karl schob Harmsen beiseite. »Verpiss dich, sonst kriegst *du* von mir Prügel!«

Björn zerrte Karl unsanft Richtung Parkplatz. »Was soll das? Du hast schon genug Probleme.«

Karl schüttelte ihn unwillig ab, folgte ihm aber zu dessen Auto. Sie verabschiedeten sich von Harmsen, der noch einen Termin in Lübeck hatte.

»Wo willst du hin, Karl?«, versuchte Björn es erneut. »Nach Schleswig? Du solltest jetzt nicht alleine sein.«

»Ich will nicht nach Schleswig, und alleine bin ich sowieso.«

Björn legte ihm eine Hand auf die Schulter. »Ich mache dir einen Vorschlag: Ich nehme dich mit nach Hamburg, du wohnst ein paar Tage bei mir, ist sowieso gerade reichlich Platz. Du duschst erst einmal ausgiebig, isst was Ordentliches und schläfst dich aus. Der Polizei gebe ich Bescheid, wie du zu erreichen bist. Ich habe noch Termine bis ungefähr zweiundzwanzig Uhr, erst Arbeit, dann Politik. Wenn ich nach Hause komme, erzählst du mir bei einem Wasser on the Rocks alles, was dir auf der Seele liegt. Und wenn du willst, erzähle ich dir, was mir auf die Seele liegt. Abgemacht? Es gibt übrigens auch Mescal.«

»Das war eine lange Rede.« Karl kratzte sich hinter dem Ohr und überlegte. »Ich brauche noch ein paar Kleinigkeiten aus meiner Wohnung.«

Björn ging einige Schritte von Karl weg, griff in seine Hosentasche und warf ihm ein Schlüsseletui zu. »Der runde ist für unten.« Karl pflückte die Schlüssel locker aus der Luft. Sie grinsten sich an.

Eine der Kleinigkeiten, die Karl aus seiner Wohnung schleppte, entpuppte sich als eine monströs große Reisetasche, in der sich ein neuartiger Gleitschirm befand, den Pete ihm einige Monate zuvor aus den USA geschickt hatte.

»Willst du vom Michel aus starten?«, fragte Björn ächzend, während sie mühevoll die Tasche in seinem Volvo verstauten.

Kaffeegeruch weckte Karl am nächsten Morgen. Als er von der Couch aufblickte, auf der er unter einer Wolldecke geschlafen hatte, sah er Björn Zeitung lesend in einem Sessel sitzen.

»Da habe ich wohl etwas länger geschlafen.« Er setzte sich auf.

»Moin. Kann man so sagen. Wie geht es dir?«

Karl räkelte sich. »Besser. Wenn nicht so viel Scheiße passiert wäre, würde ich mich glatt fragen, welche Abenteuer heute auf mich warten.«

»Honig?« Björn machte eine einladende Geste zum gedeckten Esstisch.

Nach dem Frühstück saßen sie in der Morgensonne auf dem Balkon der Wohnung, die in einer Seitenstraße der Max-Brauer-Allee gelegen war.

»Wo ist eigentlich Bine?«, fragte Karl, nachdem er minutenlang den Amseln, Tauben und einer vereinzelten Krähe bei ihren Flugkünsten zugeschaut hatte.

»Nicht am frühen Morgen.« Björn verzog kurz das Gesicht. »Ich erzähle dir später davon. Lass uns lieber über die Abenteuer der nächsten Tage reden. Das Wochenende steht vor der Tür, ich habe heute nur einen Termin, den kann ich problemlos verschieben. Die Wettervorhersage ist prima, lass uns raus fahren, nur mit Schlafsack und Campingkocher. Und ich will dich fliegen sehen mit diesem Ungetüm, das Dreiviertel meines Kombis füllt.«

»Ich bringe es dir bei, ist ganz einfach.«

»Nein danke, ich bin noch nicht lebensmüde. Wohin also?«

Karl stand auf, stellte sich an das Geländer, blickte in alle Richtungen und sagte dann: »Harz.«

In Goslar hielten sie kurz bei einer Buchhandlung, Karl kaufte eine topographische Landkarte.

»Und jetzt wohin?«, fragte Björn, nachdem Karl wieder eingestiegen war.

Karl schaute abwechselnd auf die Karte und in den Autoatlas, dann kurbelte er das Seitenfenster herunter, leckte seinen rechten Zeigefinger an und streckte ihn aus dem Fenster, wartete einen Moment, schaute erneut auf die Landkarte und meinte: »Richtung Braunlage.«

In der folgenden Dreiviertelstunde dirigierte Karl Björn über erst größere und später immer kleiner werdende Straßen. Schließlich rumpelten sie über einen Feldweg an einer Wiese entlang, bis der Weg an einer Fichtenschonung endete. Beide schauten sich um und schwiegen.

»Das war wohl nichts. Soll ich umdrehen?«

»Wir sind da.«

»Wir sind wo?« Björn blickte sich erneut und etwas ratlos um.

»An der richtigen Stelle. Komm!« Karl stieg aus und schritt energisch auf den Waldrand zu. Zu seiner Linken entdeckte er den Beginn eines schmalen Trampelpfads und winkte Björn, der gerade zögerlich aus dem Wagen kletterte, zu sich. Nach wenigen Minuten hatten sie die Schonung durchquert, das Waldstück öffnete sich hin zu einer felsigen, halbkreisförmigen, leicht abschüssigen Freifläche, die an einem Abhang endete. Der Ausblick war großartig, sie konnten kilometerweit in die hügelige Umgebung schauen. Als sie sich der Kante näherten, sahen sie, dass der Abhang gut fünfzig Meter in die Tiefe reichte.

»Perfekt«, meinte Karl zufrieden.

»In der Tat, ein feines Übernachtungsplätzchen, aber wolltest du nicht erst«, Björn zögerte, »Du willst dich doch nicht etwa …«

»Genau.«

»… hier in die Tiefe stürzen?«

»Natürlich nicht! Ich hebe ab in die Lüfte.« Karl schaute sich um, beobachtete die Bewegungen der Äste und Blätter in der Umgebung. Wieder befeuchtete er einen Finger und hielt ihn hoch. »Solider Hangaufwind, Spitzenthermik, keine Turbulenzen. Von mir aus kann es losgehen.«

»Ich will ja nicht die Kompetenz deiner Spucke in Frage stellen, aber ist das nicht etwas gefährlich? Wer hat dir überhaupt von dieser Stelle erzählt?«

»Die Landkarte. Und, nein, es ist nicht gefährlich. Der Wind ist ein Freund und trägt dich, wohin du willst. Meistens.« Karl erzählte Björn lieber nicht von der Beinahe-Bruchlandung, die er in der Sierra Nevada gebaut hatte, als er mit Pete zum ersten Mal einen Gleitschirm geflogen war.

Nachdem sie den Schirm, ihre Schlafsäcke, Matten, Rucksäcke und eine Kiste mit Proviant herangeschleppt hatten, setzte Björn sich zum Verschnaufen auf die windschiefe Holzbank, die jemand vor vermutlich langen Jahren an den Waldrand gestellt hatte.

Karl zog Hose und Pullover aus und stieg in seinen Fluganzug. Dann breitete er den Schirm mit beiden Flügelhälften schräg nach unten aus, ergriff die zwei Tragegurte, zog sie etwas nach vorne und kontrollierte, dass sich die Leinen unverdreht spannten. Er hängte die Tragegurte an den Karabinern seines Anzugs ein und sicherte sie. Er überprüfte Beinschlaufen, Brustgurt und Karabiner, vergewisserte sich, dass die Eintrittskante des Schirms offen lag und er sich in der Mitte der Kappe befand. Dann drehte er sich zu Björn um, so dass sich der Abhang in seinem Rücken befand. »Ich wäre dann soweit.«

Björn schaute Karl an. »Solltest du nicht zumindest einen Helm und eine Schutzweste tragen?«

»Eigentlich ja, aber ich fühle mich dadurch so eingeengt.«

Björn seufzte. »Guten Flug. Nur noch eine kleine Frage: Falls du es überlebst, wo finde ich dich wieder?«

»Direkt wieder hier zu landen, dürfte schwierig werden. Ich peile die Wiese auf der anderen Seite der Schonung an. Wenn ich in einer Stunde nicht zurück bin, könntest du ein wenig durch die Gegend fahren. Ich gehe ja nicht verloren.«

»Wäre auch schade drum.«

Karl trat einen Schritt zur Seite und zog an den Steuerungsleinen eines Flügels. Wie von Zauberhand hob sich der Schirm in die Luft. Als der sich genau über ihm befand, warf Karl noch einen letzten Kontrollblick nach oben, drehte sich um hundertachtzig Grad und lief auf den Abgrund zu. Schon bevor er die Kante erreichte, hob er mit einem Freudenschrei vom Boden ab. Der Schirm knickte ein wenig nach hinten weg und zog Karl weiter in die Höhe. Nachdem er den Schirm gut stabilisiert hatte, lenkte Karl ihn so, dass er sich in einem großen Bogen wieder der Abflugstelle näherte. Er rief Björn, der mit einer Hand seinen Augen Schatten gab und mit der anderen zu ihm hoch winkte, etwas zu, was dieser aber nicht verstand. Dann war er hinter den Bäumen verschwunden.

Nach einer Dreiviertelstunde kam Karl pfeifend den Trampelpfad entlang.

»Wie war es?«

»Alter, es ist einfach mit nichts zu vergleichen.« Karl suchte einige Momente nach Worten. »Wenn du oben in der Luft schwebst, hat nichts da unten irgendeine Bedeutung. Du bist losgelöst von allem. Du hörst auf zu denken, gibst dich einfach dem Element Luft hin. Die Sinne sind so geschärft, du hörst deinen Flugwind, du siehst die so friedlich aussehende Erde unter dir und den wunderschönen Himmel über dir, du riechst den Wald und das geschnittene Gras.«

»Unter den Wolken muss die Freiheit wohl grenzenlos sein«, neckte Björn.

Karl nickte. »Genau! Alle Ängste, alle Sorgen, sagt man, blieben darunter verborgen. Und dann würde, was uns groß und wichtig erscheint, plötzlich nichtig und klein. Du musst das unbedingt auch mal ausprobieren!«

»Danke nein. Ich bin nicht so abenteuerlustig und hänge am irdischen Leben.«

»Das ist ein Unterschied zwischen uns.«

Björn schaute Karl verwundert an.

Nach einem kargen Picknick kochte Björn Wasser auf dem wackeligen Campingkocher und füllte damit zwei Emaillebecher, in die er zuvor löslichen Kaffee gegeben hatte. »Was ist denn nun mit diesem reichen Norweger, seiner scharfen Frau und dem ominösen Gemälde? Bist du bereit, mir die ganze Geschichte rund um diesen aus dem Ruder gelaufenen Abend in Kiel zu verraten?«

»Hast du Zeit mitgebracht? Denn eigentlich fängt das Ganze viel früher an.« Karl nahm einen großen Schluck aus seinem Becher und verbrannte sich die Zunge. Er musste husten und löschte seinen Mund mit kaltem Wasser. Dann fing er an zu sprechen, und während er über seine Zeit in Mexiko und Kassel redete, von Garcia Hernandez Schwester Rosa, von Pete, Maria und Jorge und dem korrupten Ramirez, von Middelhoff, dem Schmuggeln des einen und dem Fälschen der anderen Bilder, von Rosas Krankheit und Momos Traum von einem eigenen Laden, wurde ihm bewusst, dass er bisher niemandem die ganze Geschichte erzählt hatte. Allen, egal ob seinen Eltern, Momo und Björn, ob Sandra, Middelhoff, Tanja oder Sylvia hatte er immer nur Ausschnitte preisgegeben. Er hatte Geheimnisse vor den wichtigsten Menschen in seinem Leben. Er stockte immer wieder in seinen Erzählungen. Björn unterbrach ihn kein Mal. Als er schließlich mit der Nacht in der Arrestzelle endete, schwiegen beide längere Zeit.

Björn sagte schließlich: »Die Szene mit dieser Britta im Hotelzimmer klingt ehrlich gesagt nach einer jugendlichen Wichsfantasie. Wolltest du nun, dass es passiert oder nicht? Du sagst zwar, dass du es kommen sehen und abwehrend reagiert habest, aber du bist zwischen ihren Beinen auf die Knie gegangen.« Er wartete auf eine Antwort. »Hast du nicht Angst gehabt, dass Hecklund ins Zimmer platzt?«

»Doch, hatte ich.« Karl trank einen weiteren Schluck Kaffee, der schon lange kalt geworden war. »Ich wollte nicht, dass das alles passiert. Aber ein Teil von mir wohl doch. Ich verstehe es selber nicht. Vielleicht ist es der Nervenkitzel, der Reiz, Grenzen auszutesten, auch wenn mein Verstand mir sagt, dass ich es lieber bleiben lassen sollte.«

Björn räusperte sich. »Warum hast du Hecklund dann noch getreten, einen hilflosen, schwer verletzten, älteren Mann, der schon am Boden lag?«, fragte er vorsichtig. »Das passt so gar nicht zu dir.«

»Ich weiß es nicht, aber ich schäme mich sehr dafür. Ich hatte schon den ganzen Tag über Kopfschmerzen und während Hecklunds Angriff wurden die unerträglich. Dazu hatte ich eine unglaubliche Wut, eine Aggression, die sich mit aller Macht Bahn brechen wollte. Ich war außer mir und schon war es passiert. Solche Attacken habe ich in letzter Zeit leider öfter. Ich verstehe nicht, was los ist, ich erschrecke vor mir selber.«

Björn stand von seiner Matte auf und setzte sich neben Karl. Er legte ihm einen Arm um die Schulter. »Ich kenne dich lange genug, du bist einer von den Guten. Aber du solltest mal zum Arzt gehen und dich untersuchen lassen.« Dann lachte er. »Etwas mehr an die Regeln halten, könnte allerdings auch nicht schaden. Und Schwanzkontrolle«, ergänzte er scherzhaft, sah dann aber die Tränen in Karls Augen.

Etwas später machten sie auf Björns Vorschlag noch einen Spaziergang, sahen einen Feldhasen, hörten einen Specht und sprachen kaum ein Wort. Die Sonne verschwand recht unspektakulär hinter einem dicht bewaldeten Hügel, als sie zu ihrem Lagerplatz zurückkehrten.

»Hasenragout hat ja nicht geklappt«, meinte Björn und holte zwei Dosen aus ihrer Lebensmittelkiste, »also muss der Pichelsteiner Eintopf her.« Er öffnete sie mit seinem Taschenmesser, schüttelte den dickflüssigen Inhalt in einen Topf, zündete den Kocher an und stellte den Topf auf die ausgeklappten Metallbügel.

Mit großem Appetit aßen sie kurze Zeit später gemeinsam aus dem Topf, tunkten die Reste mit Brot heraus und leckten am Ende ihre Löffel ab. Mittlerweile hatte die Dämmerung eingesetzt.

»So, mein Freund, jetzt bist du an der Reihe.« Karl machte es sich auf seiner Schlafmatte gemütlich. »Was ist mit Bine? Habt ihr euch getrennt? Hat sie was mit dem politischen Feind?«

»Schlimmer«, Björn lachte sarkastisch, »mit dem politischen Freund. Rolfi, Doktor Rudolf Liedtke, persönlicher Assistent vom Justizsenator, ein wahrer Hansdampf in allen Gassen. Bine ist vor zwei Wochen ausgezogen, direkt zu ihm, von einem Bett ins nächste.« Er griff sich die Mescal-Flasche, schraubte sie auf und nahm einen Schluck. Er zögerte, dann reichte er sie mit einem fragenden Blick zu Karl herüber. Der zögerte ebenfalls, bevor er sie nahm, schaute sich das Etikett an, lächelte, nippte ein wenig, schüttelte sich und gab sie Björn zurück.

»Es lief schon länger nicht gut. Ich war erst mit dem Examen und jetzt mit dem Job in der Kanzlei beschäftigt, dazu der Jusovorsitz, und Bine, du kennst sie ja, hat doch sowieso kaum etwas anderes im Sinn als ihre Karriere. Also haben wir kaum noch etwas gemeinsam gemacht, außer zu Parteiveranstaltungen zu gehen. Ganz selten mal ins Kino, keine Konzerte, und wenn wir mal für ein paar Tage weggefahren sind, hat sich jeder Arbeit mitgenommen. Sie hat mir mehrmals vorgeworfen, ich sei nicht ehrgeizig genug, und als ich letztes Jahr vorsichtig das Thema Familienplanung aufgebracht habe, meinte sie nur *später*.« Björn schüttelte den Kopf und griff zur Flasche. »Dabei waren wir lange Zeit ein richtig gutes Team, haben uns gegenseitig unterstützt und motiviert, konnten uns aufeinander verlassen.« Er nahm einen weiteren kräftigen Schluck.

»Ein gutes Team zu sein, ist hilfreich bei der Arbeit, aber in der Liebe …«

»Da spricht der Experte! Gib mir doch mal ein paar hilfreiche Tipps auf der Grundlage deiner umfassenden Erfahrungen mit längerfristigen Liebesbeziehungen.«

Beide schauten sich an, Björn herausfordernd, Karl verlegen. Sie hörten ein Rascheln im Gestrüpp des Waldrandes und drehten ihre Köpfe. Im Zwielicht sahen sie einen Fuchs, der sie anstarrte und sofort wieder in den Büschen verschwand.

»Eines der Probleme mit der Liebe ist doch«, sagte Karl dann, »je mehr wir uns einlassen, desto verletzlicher werden wir.«

»Also lieber nicht zu sehr lieben, ist das die Alternative? Bisschen rummachen und weiterziehen, wenn es ernst wird, wenn wir die ersten Verletzungen erleiden?«

»Für mich sind die eigenen Verletzungen das kleinere Problem, damit kann ich umgehen.« Sandra fiel ihm ein. »Viel schlimmer finde ich, dem anderen weh zu tun.«

»Es mag ja egozentrisch klingen, aber für mich stehen derzeit meine eigenen Verletzungen im Vordergrund.« Björn stand auf, ging zur Abbruchkante, öffnete seine Hose und pinkelte in den Abgrund.

Als er zurückkam, setzte sich Karl aus seiner liegenden Position auf. Er schaute seinen Freund längere Zeit schweigend an.

»Was?«

»Ich möchte dir etwas erzählen, worüber ich noch nie mit jemandem gesprochen habe. Ich habe beinahe einmal mit Rosa geschlafen.«

»Der Schwester dieses mexikanischen Malers? Überrascht mich nicht.« Er sah, dass Karl den Kopf sachte schüttelte. »Nicht mit der?« Björn blickte ungläubig herüber. »Du meinst, du hast ... mit deiner Schwester?«

»Ich war dreizehn, sie fünfzehn. In den Sommerferien, nachmittags, sonst war keiner zuhause. Wir hatten uns doch bis dahin ein Zimmer geteilt und uns eigentlich immer sehr gemocht. Ich habe meine Schwester vergöttert, so schön und schlau, wie sie ist. Erst kam das Übliche, Doktorspiele, Rosa hatte schon immer ein großes Interesse an Anatomie. Später hat sie mir ihre ersten Schamhaare gezeigt und ich ihr meine erste Erektion, wir haben dann auch einmal im Monat ihren Brustumfang mit dem Maßband unserer Mutter ermittelt und in einer Liste notiert. Und dann ist es eben irgendwann passiert.«

»Von wem ist es ausgegangen?«

Karl zuckte die Achseln. »Ich würde sagen, von uns beiden, aber ich bin mir nicht mehr sicher. Wir haben erst etwas gebalgt, dann angefangen, uns zu streicheln, überall. Schwupps waren die Klamotten weg, ich lag auf ihr drauf und mein Schwanz lag an ihrer Möse. Sie hat erst gestöhnt und mich dann plötzlich weggestoßen und angeschrien, ich solle sofort aufhören und sie in Ruhe lassen. Ab dem Tag war alles anders zwischen uns. Sie hat sich total von mir zurückgezogen und mich immer nur angegiftet. Macht sie im Prinzip bis heute. Unsere Eltern haben natürlich gemerkt, dass was nicht stimmte. Kurze Zeit später sind wir dann in eine größere Wohnung gezogen und hatten jeder ein eigenes Zimmer. Wir haben nie wieder darüber geredet.«

»Warum erzählst du mir jetzt davon?«

»Weil ich mich manchmal frage, ob mein verkorkstes Verhältnis zu Frauen da seine Wurzel hat.«

»Verstehe ich nicht.«

Karl zuckte etwas hilflos mit den Schultern. »Ich auch nicht. Vielleicht sollte ich mal eine Therapie machen.« Er lachte gequält auf. »Inzest, da leckt sich bestimmt jeder Psychologe die Finger nach.«

»Falls du doch noch wegen Hecklund angeklagt werden solltest, könnten wir das vielleicht als Verteidigungsstrategie nutzen, pubertäres Trauma und so weiter.« Als Björn merkte, dass Karl nicht lachte, meinte er sofort: »Das sollte ein Scherz sein!«

»Ergäbe das eventuell auch für die Kunstfälschung mildernde Umstände?«

Björn wackelte zweifelnd mit dem Kopf.

»Wenn ich mal kurz unserer beider Situation zusammenfassen darf«, wurde Karl sogleich wieder ernst, »haben wir beide gerade einen Einschnitt in unserem Leben. Wie wird es für dich weitergehen?«

»So, wie ich mich kenne, werde ich wohl ungefähr den Kurs halten, bloß eben ohne Bine. Das wird schwer genug. Und du? Willst du dich weiter treiben lassen oder setzt du mal die Segel in eine bestimmte Richtung, lässt dich gar nieder?«

»Das ist eine der großen Fragen.«

Jeder Luftballon ist besonders schön

Kaum waren sie am nächsten Tag wieder zurück in Hamburg, zog Björn sich mit der Erklärung, dass er noch eine Rede für das nächste Juso-Treffen vorbereiten müsse, in sein Zimmer zurück. Karl kochte sich einen Kaffee und setzte sich mit dem Becher auf den Balkon. Er schaute über die Dachkante des gegenüberliegenden Hauses in den Himmel und überlegte, was er jetzt tun sollte. Nach einer Weile ging er zum Telefon. Sylvia wurde sofort laut, nachdem er sich gemeldet hatte.

»Ich will gar keine Einzelheiten wissen, aber du hast einen Riesenmist gebaut.« Dann legte sie noch an Lautstärke zu: »Ich hatte dich gebeten, nett zu Hecklund zu sein, nicht, ihn in den Rollstuhl zu prügeln! Abgesehen davon, dass ich wahrscheinlich einen meiner besten Kunden verliere, färbt dieser Skandal doch auch auf meine Galerie ab. Wenn ich könnte, würde ich dich auf Schadensersatz verklagen!«

»Käme auch nicht mehr drauf an«, sagte Karl in die entstandene, kurze Pause.

»Komm mir jetzt bloß nicht auf die Mitleidstour. Wir sind auf jeden Fall geschiedene Leute. Auf allen Ebenen!« Karl hörte sie leicht seufzen. »Zum Glück endet die Ausstellung am kommenden Wochenende und dann ist zum Glück erst einmal Sommerpause. Die Finissage habe ich übrigens abgesagt. Ich will, dass du direkt nach Ausstellungsende alle Sachen abholst.«

»Mache ich.«

»Wo steckst du überhaupt?«

Karl legte auf.

Bei Tanja ging nur der Anrufbeantworter an. Er hinterließ keine Nachricht.

Warum, wusste er selber nicht, aber als Nächstes rief er bei Middelhoff an. »Junge, Junge«, sagte der in gewohnt jovialem Ton. »Die Vöglein haben es mir schon gezwitschert. Du zeigst immer neue Seiten. Im Vertrauen: Ich würde auch hin und wieder gerne dem einen oder anderen *Kunstfreund* die Fresse polieren. Aber dir ist schon klar, dass du vorerst verbrannt bist, oder? Lass zwei, drei Jahre ins Land gehen, dann kannst du ein Comeback planen. Wird eigentlich noch was wegen dieser Garcia-Hernandez-Geschichte nachkommen? Ich verlasse mich da auf deine Diskretion, so wie du dich auf meine verlassen kannst. Muss ich noch erwähnen, dass ich Teflon-Qualitäten habe? An *mir* wird nichts kleben bleiben. Hast du eigentlich was von Tanja gehört?«

Karl legte auf.

Momo schien nicht da zu sein, jedenfalls hob sie nicht ab.

Zuhause dauerte es sehr lange, bis sich schließlich seine Mutter meldete.

»Mein Gott, ich bin schon ganz krank vor Sorge gewesen. Wo bist du? Wie geht es dir?«

»Bei Björn. Es geht so.«

Weil ihm nichts Besseres einfiel, sagte er dann: »Und was gibt es bei euch so Neues?«

»Bei uns? Dein Vater tobt, in der Fabrik ziehen sie ihn wohl ordentlich auf mit seinem *missratenen Sohn*. Vorgestern hat so ein Pressefuzzi bei uns geklingelt und wollte eine Stellungnahme. Heinz hat ihm die Tür vor der Nase zugeknallt. Er musste seine Medikamente erhöhen. Der Zeitungsheini hat sich dann wohl noch in der Nachbarschaft umgehört und die sind seitdem auch etwas komisch. Rosa sagt, dass sie allen sagt, dass sie dich nicht kennt und noch nie gekannt hat und schon immer vermutet hat, dass du als Baby im Krankenhaus vertauscht worden seist.«

»Und du?«

»Was, und ich?«

»Was denkst du?«

»Du bist natürlich nicht vertauscht worden, aber schön ist das alles nicht. Du stellst die Mutterliebe manchmal ganz schön auf die Probe.«

»Hast du was von Momo gehört? Und habt ihr noch mal über den Laden gesprochen?«

»Also, das ist ja nun wohl wirklich nicht der richtige Zeitpunkt«, antwortete seine Mutter mit gedämpfter, aber energischer Stimme.

»Ich habe das Geld zusammen!«

»Ich will davon nichts hören! Jedenfalls jetzt nicht. Und Momo, ach Junge, was soll ich dir sagen? Sie hat seit ein paar Wochen einen Verehrer.«

Karl hörte im Hintergrund seiner Mutter eine Tür aufgehen, dann die Stimme seines Vaters: »Mit wem telefonierst du da?« Seine Mutter antwortete nicht. »Gib her!« Karl hörte seinen Vater stoßend atmen. Dann war die Leitung tot.

Am nächsten Tag fuhr Karl mit dem Zug nach Kiel. Den Rest der Woche verbrachte er größtenteils damit, seine Wohnung zu putzen und auf dem Bett zu liegen. Gelegentlich kramte er seine Gitarre hervor, stellte sie meist aber nach ein wenig Geklimper wieder in die Ecke. Er versuchte zu zeichnen, aber ihm fiel nicht recht ein, was, und seine wenigen Entwürfe landeten im Papierkorb. Er wunderte sich darüber und war gleichzeitig erleichtert, dass niemand anrief. Post kam auch keine. Die Wohnung verließ er nur, um sich in dem Laden zwei Ecken weiter das Nötigste zu besorgen. Schließlich raffte er sich auf, suchte in den Gelben Seiten nach einem Allgemeinmediziner und ging in die Praxis von Doktor Brede. Der hörte sich Karls Beschwerden an und fragte mehrmals nach der Art der Kopfschmerzen und der genauen Stelle und den Situationen ihres Auftretens. Er fragte auch nach weiteren Symptomen und Karl erzählte von seiner aggressiven Gereiztheit in letzter Zeit, die untypisch für ihn sei. Außerdem berichtete er, dass ihm gelegentlich nicht das Wort für etwas einfalle, und zwar nicht ein Fachbegriff oder ein Fremdwort, sondern für etwas ganz Alltägliches. Neulich in einer Bäckerei habe er auf ein Brötchen zeigen müssen, weil ihm einfach nicht das Wort dafür eingefallen sei. Am Ende des Gesprächs schlug der Mediziner eine Computertomographie vor und stellte eine Überweisung zum Radiologen aus. Auf Karls Frage, was es denn sein könne, antwortete Brede, »Da müssen wir erst einmal die Ergebnisse des CTs abwarten.« Der Arzt rief persönlich in einer radiologischen Praxis an und erhielt für Karl einen Termin in der nächsten Woche.

Am Wochenende regnete es zum ersten Mal seit längerer Zeit. Karl spielte mit sich selber Schach und als ihm das langweilig wurde, zog er sich seine Regenjacke über und ging in den Park Enten füttern, sein Brot war hart geworden.

Als er zurückkam, blinkte sein Anrufbeantworter. Tanja hatte eine Nachricht hinterlassen, in der sie ihn bat, ihre Fotografien für eine kurze Zeit bei sich zu lagern. »Ich hole sie bald mal ab, und dann musst du mir alles haarklein erzählen.«

Am Montagmorgen lieh Karl sich einen Kleintransporter bei einer Autovermietung und fuhr zur Galerie. Er war froh, Sylvia nicht zu begegnen. Ihre Sekretärin gab sich gegen ihre sonstige Gewohnheit wortkarg, auch das war ihm recht. Er lud alles in den Transporter, wobei ihm auffiel, dass der Garcia Hernandez nicht dabei war, und fuhr zurück. Nachdem er die Bilder in seine Wohnung gebracht und den Wagen abgeliefert hatte, rief er in der Uniklinik an. Dort erfuhr er, dass ein Herr Morten Hecklund in der Tat noch bei ihnen liege und Besuch empfangen dürfe.

Nach einer unruhigen Nacht und ohne gefrühstückt zu haben, stieg Karl am nächsten Morgen in den Keller und holte sein Fahrrad. Auf dem Weg hielt er an einem Delikatessengeschäft und kaufte eine Flasche des teuersten schottischen Whiskys im Sortiment. In dem weitläufigen Klinikgebäude musste er mehrmals nachfragen, bis er schließlich vor dem richtigen Zimmer stand. Karl atmete einmal kräftig durch, dann klopfte er. Er hörte ein unbestimmtes Geräusch von innen und öffnete langsam die Tür. Hecklund lag in dem einzigen Bett eines geräumigen Zimmers. Britta saß auf einem Stuhl neben ihm und hielt ihrem Mann die Hand. Karl war erleichtert, dass Hecklund an keinerlei Apparaturen angeschlossen war. Er blieb im Türrahmen stehen und schaute beide wortlos an. Sie blickten schweigend zurück, bis Hecklund ihn schließlich mit einer kleinen Handbewegung heranwinkte.

Britta sah ihren Mann an. »Soll ich euch allein lassen?«

»Sei so gut, das ist etwas unter Männern«, bat Hecklund.

Sie drückte ihrem Mann die Hand, stand auf und ging um das Bett herum. Als sie Richtung Tür schritt, drückte Karl sich an die Wand und zog den Bauch ein. Britta hielt ebenfalls größtmöglichen Abstand. Hecklund bedeutete ihm, auf dem anderen Besucherstuhl Platz zu nehmen. Karl blieb zunächst stehen.

»Morten, ich bin gekommen, um mich zu erkundigen …«

»Ich habe Glück gehabt, ein Wirbel ist gebrochen, aber das Rückenmark ist unverletzt geblieben. Sie haben mir eine Metallplatte eingesetzt.«

»Ich möchte Ihnen sagen, wie aufrichtig leid mir tut, dass Sie sich so schwer verletzt haben.«

»Die Formulierung ist leider richtig: *Ich* habe mich verletzt, du hast nur etwas nachgeholfen. Ich trage die Verantwortung dafür. Dein Nachtreten hat mich allerdings enttäuscht. Man sollte erkennen, wann der Gegner erledigt ist.«

»Sie sind nicht mein Gegner und für meine Tritte möchte ich mich ausdrücklich entschuldigen, ich weiß nicht, was in mich gefahren war.«

»Im Kampf verlieren fast alle die Kontrolle. Ich hatte sie auf jeden Fall verloren und hätte dir, wenn du mich gelassen hättest, wahrscheinlich den Schädel eingeschlagen. Dann lägst du möglicherweise hier«, Hecklund lachte laut, »und ich wäre im Knast. Wo du übrigens nicht hin musst, ich habe keine Anzeige erstattet und im Übrigen auch nicht mit der Presse geredet. Sensationsgeiles Schmierenpack!«

»Danke dafür. Ich möchte noch einmal betonen, dass ich nicht mit Britta …«

Hecklund winkte ab. »Sie hat mir alles erzählt und ich habe ihr verziehen. Ich brauche sie, jetzt mehr denn je. Weißt du, Karl«, er sah ihm in die Augen, »unser Leben kann sich aus dem Nichts heraus von einem Moment zum nächsten komplett verändern, zum Guten wie zum Schlechten. Das sollten wir nie vergessen.«

Karl nickte bedächtig. »Und der Garcia Hernandez?« Er kramte Hecklunds Scheck aus seinem Portemonnaie und hielt ihn hoch. »Ich habe ihn nicht eingelöst.«

»Dann wird es aber Zeit, ich habe ihn doch gekauft.« Hecklund zeigte auf die gegenüberliegende Wand. Karl drehte seinen Kopf in die angegebene Richtung. Da hing das Bild.

»Ein prachtvolles Gemälde«, sagte Hecklund. »Die Hängung und die Lichtverhältnisse sind allerdings suboptimal.« Hecklund zeigte auf den Whisky, den Karl immer noch in der Hand hielt. »Lass uns endlich den Kauf begießen.«

Gleichzeitig beschwingt und nachdenklich verließ Karl das Klinikgebäude. Es war ein warmer, sonniger Tag geworden. Er radelte zügig zurück, suchte in der Abstellkammer seiner Wohnung einige Malutensilien zusammen, schaffte es irgendwie, seine Staffelei mit Spanngurten am Fahrrad zu befestigen und machte sich auf den Weg zum Falkensteiner Strand. Dort herrschte reger Betrieb, die Schulferien hatten begonnen. Eine Gruppe Jugendlicher lag gelangweilt auf Luftmatratzen, aus ihrem Ghettoblaster dröhnten Run DMC. Ein älteres Ehepaar löste im Schatten ihres Sonnenschirms konzentriert Kreuzworträtsel, zwei junge Männer warfen sich eine Frisbeescheibe zu und ein muskelbepackter Mann mit Totenkopf-Tattoo auf dem Oberarm warf seinem Boxer immer wieder einen großen Stock ins Wasser, den dieser unermüdlich wieder herausholte. Der Geruch von Sonnencreme hing in der Luft.

Karl suchte sich einen etwas zurückgesetzten Platz aus, um die Staffelei aufzustellen, weil er keine Aufmerksamkeit erregen wollte. Er holte Palette, Farbtuben und Terpentin aus dem Bastkorb und ließ den Blick schweifen, schaute auf das Wasser, das in der Sonne glitzerte und sich kaum bewegte. Am Himmel hingen einige gutmütige, weiße Haufenwolken, das helle, typisch nordische Licht sorgte für klare Konturen. Einige Minuten später drückte er Farben auf die Palette und ließ den Pinsel über die Leinwand gleiten. Irgendwann liefen ihm Schweißperlen ins Gesicht und ihm fiel auf, dass er vergessen hatte, einen Sonnenhut einzupacken. Er nahm das dünne, beige Handtuch, an das er immerhin gedacht hatte, aus dem Korb, legte es sich auf den Kopf und malte weiter.

Ein bunter Plastikball rollte ihm vor die Füße. Karl schaute auf. Ein kleiner Junge, vielleicht vier oder fünf Jahre alt, lutschte an einem Eis und sah ihn ernst an.

»Bist du ein echter Maler?«

»Ich bin mir nicht sicher.«

Diese Antwort schien den Jungen nicht zufrieden zu stellen. »Die Wolken da«, er zeigte auf Karls Bild, »sehen aber nicht echt aus.«

»Stimmt. Ist das schlimm?«

»Nö. Aber warum malst du sie nicht so, wie sie wirklich aussehen?«

Karl legte seinen Pinsel beiseite und dachte nach. »Weil es mir Freude macht, mir vorzustellen, wie sie ganz anders aussehen könnten, und das dann zu malen. Stellst du dir nicht auch manchmal vor, das etwas ganz anders sein könnte?«

»Klar, im Kindergarten habe ich mal ein Bild von meinem Zimmer gemalt und alles war aus Schokolade.«

»Da hätte ich gerne reingebissen.« Karl imitierte eine Kaubewegung.

»Ich auch«, lachte der Junge.

»Jonas, nun lass den Mann bitte in Ruhe weitermachen«, rief seine Mutter von ihrer Decke einige Meter entfernt und machte eine entschuldigende Geste.

Der Junge griff sich seinen Ball und blickte noch einmal auf Karls Bild. »Die Wolken sind trotzdem blöd«, sagte er, drehte sich um und ging davon.

Ein paar Tage später klingelte es nachmittags an Karls Wohnungstür. Momo stand auf dem Treppenabsatz, einen Kuchenteller in den Händen. Sie schauten sich lange wortlos an, Karl registrierte, dass sie eine andere Frisur hatte, besser gesagt, überhaupt eine Frisur hatte. Es stand ihr gut. Sie hob den Teller. Er nahm ihn ihr ab und trug ihn ins Wohnzimmer, Momo folgte ihm. Dort standen sie sich gegenüber, nahmen sich schließlich in die Arme.

»Danke, dass du gekommen bist.«

»Warum bist du nicht zu mir gekommen?«

Karl setzte sich auf einen Stuhl und schaute aus dem

Fenster. »Ich habe mich gefürchtet. Warum bist du nicht eher gekommen?«

»Ich habe mich auch gefürchtet. Aber du bist doch sonst immer so furchtlos.«

»Das scheint sich zu verändern.«

Momo schaute ihn erstaunt an. »Karl, lass uns mutig miteinander sein.«

»Gerne. Wollen wir spazieren gehen? Ich habe in letzter Zeit viel zu viele Stunden in der Bude verbracht.«

Sie gingen zum kleinen Kiel. Während ihrer zweiten Umrundung fing Momo an zu sprechen. »Es hat sich etwas verändert. Ich habe einen Mann kennengelernt.« Sie blickte Karl von der Seite an. »Einen, der für mich da ist, der bei mir bleiben will. Und ich will mit ihm zusammen sein. Er heißt übrigens Jan, ist Buchhändler und tunkt Kerzen.« Sie atmete tief durch. »So, jetzt ist es raus.«

Sie gingen schweigend eine Weile nebeneinander her. Karl deutete auf eine Parkbank und sie setzten sich.

»Liebst du mich nicht mehr?«

»Doch, und das werde ich auch weiterhin. Aber es ist doch eine«, sie hielt inne, »platonische Liebe, wenn der Begriff passt, eine Verbindung unserer Herzen. Sie ist wunderschön und ich wünsche mir, dass sie bestehen bleibt. Aber sie ist nicht mit gemeinsamem Leben gefüllt. Wir wohnen nicht zusammen, wir sehen uns selten, manchmal monatelang nicht, wir erleben uns kaum in alltäglichen Situationen, teilen nicht die kleinen Freuden und Sorgen, wir haben keinen Sex miteinander. Das sind nicht unsere Verbindungsebenen, das habe ich schon länger verstanden und mittlerweile auch akzeptiert. Jetzt ist ein Mann in mein Leben getreten, der mir genau das anbietet, was mir fehlt, und ich möchte dieses Angebot annehmen.«

Karl nickte nachdenklich. »Das solltest du auch. Du hast Recht mit allem, was du sagst. Ist bloß schlechtes Timing.«

»Wie meinst du das? Hätte ich heute lieber nicht kommen sollen?«

»Das ist es nicht. Es ist schlechtes Timing meinerseits.«

Momo nahm seine Hände und schaute ihm ins Gesicht. »Eigentlich muss sich zwischen uns gar nichts ändern.«

Karl wackelte bedächtig mit seinem Kopf. »Was ist mit dem Geld?«

»Welchem Geld?«

»Das ich dir und Ingrid für euren Laden geben möchte.«

Momo schloss die Augen, dachte einen Moment nach, schüttelte dann den Kopf. »Dein Angebot ist total lieb, aber es fühlt sich gerade jetzt irgendwie falsch an. Sei bitte nicht gekränkt.«

Karl blickte vor sich auf den Boden. Dann sprang er plötzlich auf. »Ich wünsche dir nur das Beste.«

Momo schaute ihn verwirrt und fragend an. Karl nickte kaum merklich. Momo erhob sich zögerlich, legte ihre Arme um seinen Hals und ihren Kopf an seine Wange. »Und ich dir! Behalte den Spatzen im Auge.« Dann löste sie sich von ihm und eilte davon.

Karl setzte sich wieder auf die Bank, ihm war schwindlig. Eigentlich ist es schön, dass du wieder in der Nähe bist, hatte sie neulich zu ihm gesagt. Und jetzt: Eigentlich muss sich zwischen uns gar nichts ändern. Aber uneigentlich? Würde sich viel für ihn ändern, hatte sich schon verändert. Es war, als ob ein Mantel, ein Kokon, eine Hülle, die ihn all die Jahre umgeben, geschützt und gewärmt hatte, löchrig geworden war, sich aufzulösen drohte. Er war verletzlich geworden.

Eine Mutter schob einen Kinderwagen an ihm vorbei, neben ihr hüpfte ein kleines Mädchen mit einem blauen Luftballon, den sie stolz in Karls Richtung hielt. Dann stolperte sie und der Ballon entglitt ihrer Hand. Sie stieß einen Schrei aus und versuchte dem Ballon, der schon einige Meter vor ihr durch die Luft trieb, hinterher zu laufen, gab aber schnell auf, blieb stehen und fing an zu weinen. Karl sah, dass die Mutter gerade mit ihrem Baby im Kinderwagen beschäftigt war, stand von seiner Bank auf, ging zu dem Mädchen und hockte sich neben sie. Er weinte mit ihr. Beide sahen sie dem Luftballon nach, der immer weiter aufstieg und bald kaum noch vom Himmel zu unterscheiden war. »Ich glaube, der Luftballon erlebt gerade ein Abenteuer und vielleicht landet er bei einem anderen netten Mädchen«, sagte Karl schließlich.

»Und ich?« Die Kleine wischte sich mit dem Jackenärmel den Rotz von der Nase.

»Du wirst bestimmt bald einen anderen finden.«

»Aber der war besonders schön!«

»Jeder Luftballon ist besonders schön.«

Vielleicht im nächsten Leben

Karl stellte den Mietwagen auf dem Parkplatz der Standseilbahn ab, ließ den Schlüssel stecken, wuchtete seinen Rucksack und die große Tasche mit dem Gleitschirm aus dem Kofferraum und ging schwer beladen zum Kartenhäuschen. Der Mann hinter dem Tresen blickte auf, als er Karl mit seinem Gepäck sah.

»Die nächste Fahrt ist die letzte für heute und die Bahn fährt gleich anschließend wieder runter.«

»Das ist in Ordnung. Ich brauche auch nur eine Karte für die Fahrt hoch«, sagte Karl, hielt einen Geldschein hin und lächelte den Mann freundlich an.

»Alles klar. Das wilde Campieren oben am Peterskopf ist natürlich nicht gestattet.« Der Fahrkartenverkäufer schmunzelte. »Aber ich kenne da einen verschwiegenen Platz in der Nähe der Aussichtsplattform, toller Blick auf den Edersee, windgeschützt, absolut ruhig.«

»Klingt gut«, meinte Karl und ließ sich die Stelle beschreiben.

»Zu zweit wäre es an so einem Sommerabend da oben natürlich noch viel schöner«, meinte der Mann noch grinsend, als er Karl den Fahrschein und das Wechselgeld reichte.

Karl schloss kurz die Augen und nickte. »Vielleicht im nächsten Leben.«

In der Bahn war außer ihm nur noch ein Pärchen, das Fahrräder dabei hatte und ganz mit sich selbst beschäftigt war. Während der zehnminütigen Fahrt wurden die Fahrgäste per Bandansage über die Geschichte und technischen Details der Seilbahn und des Pumpspeicherkraftwerks Waldeck informiert, aber Karl hörte nicht zu.

Er war völlig verschwitzt, als er die beschriebene Stelle endlich fand, ließ sein Gepäck auf den Boden fallen, setzte sich auf die Wiese, holte seine Wasserflasche aus dem Rucksack und trank gierig. Er schaute sich um. Vom Edersee waren zwar nur kleine Ausschnitte in einiger Entfernung zu sehen, aber er hatte einen fast vollständigen Rundumblick auf die von der sinkenden Sonne mit einem milden Licht beschienene Hügellandschaft. Vögel zwitscherten in der Abendstimmung, nichts störte Augen und Ohren. Karl legte sich hin und schaute in den beinahe wolkenlosen Himmel. Fast wäre er eingenickt, aber dann rappelte er sich doch noch einmal auf und machte einen Spaziergang. Als er zu einem der beiden Hochspeicherbecken kam und es umrundete, war er versucht, über den Zaun zu klettern und schwimmen zu gehen, aber der Gedanke, dass das Wasser eingesperrt sei, hielt ihn ab.

Zurück an seinem Lagerplatz bereitete er sein Nachtlager. Den Gleitschirm nutzte er als Unterlage und Kopfkissen, darauf rollte er seinen Schlafsack aus. Obwohl er nicht hungrig war, aß er die belegten Brote, die er sich morgens vor der Abfahrt aus Kiel geschmiert hatte, und wunderte sich, wie gut sie ihm schmeckten. Mittlerweile war es schon fast dunkel geworden, aber der aufgegangene Mond spendete noch etwas Helligkeit. Karl kramte seinen Skizzenblock und einen Bleistift aus dem Rucksack. Er hielt einen Moment inne, dann zeichnete er ein Portrait von Momo. Als es fertig war, riss er die Zeichnung aus dem Block und faltete aus dem Blatt einen Papierflieger. Er stand auf und ging zu einer etwas erhöhten Stelle. Von dort ließ er den Flieger hangabwärts gleiten, wendete seinen Blick aber ab, bevor Momos Bild auf dem Boden aufkam.

Er ging zurück und krabbelte in seinen Schlafsack. Ein Lied von Jim Croce fiel ihm ein. Zu dumm, dass er seine Gitarre nicht dabei hatte! So sang er eben ohne leise in die Nacht.

»If I could save time in a bottle
the first thing that I'd like to do
is to save every day till eternity passes away
just to spend them with you.
If I could make days last forever
if words could make wishes come true
I'd save every day like a treasure and then
again I would spend them with you.
But there never seems to be enough time to do
the things you want to do once you find them.«

Kurz bevor er einschlief, sah Karl Glühwürmchen im Gebüsch. Sie blinkten ihm zu und er winkte zurück.

Am Morgen wurde Karl vom Vogelgesang und der aufgehenden Sonne geweckt. Er zog seinen Flugoverall an, packte seine Sachen zusammen, ließ den Rucksack an Ort und Stelle und ging mit der geschulterten Gleitschirmtasche zu der abschüssigen Wiese, die er am Vorabend auf dem Weg von der Seilbahnstation als geeigneten Startplatz ausgemacht hatte. Die Sonnenstrahlen wärmten ihn, einige Cumuluswolken zogen gemächlich über den Himmel, eine leichte Brise zog hangaufwärts, es würde ein weiterer schöner Sommertag werden.

Nachdem Karl seine Startvorbereitungen beendet hatte, schaute er sich noch einmal in alle Richtungen um. Aus einem Busch schaute ihn ein vor sich hin schimpfender Spatz an. Karl behielt ihn für einige Momente im Auge, dann wendete er sich ab. Mit energischen Schritten ging er in den Startlauf, wurde abgebremst, als der Schirm sich hinter ihm aufrichtete, trabte raumgreifend weiter und nach wenigen Metern hob er vom Boden ab. Er musste nur wenig korrigieren, während er aufstieg. Die Thermik war konstant und günstig, so dass er schnell an Höhe gewann und die im satten Grün stehende Buchenreihe überflog. Rechter Hand sah er den Affoldener See, schräg vor sich die langgezogene Staumauer des Edersees, auf die er zusteuerte. So früh am Morgen sah er keine Menschen bis auf einen älteren Mann oben auf der Staumauer, der offensichtlich seinen Hund Gassi führte. Karl schwenkte Richtung Wildtierpark ab, von unten blickte kurz ein Reh zu ihm hoch, bevor es weiter äste. Auf der gegenüberliegenden Seite ragte die Burg Waldeck über den See. Karl flog hinüber, unter ihm war nur ein Segelboot auf dem Wasser unterwegs, der Ausflugsdampfer lag noch am Steg des Strandbads vertäut. Er umrundete die Burg und nahm Kurs gen Westen, ließ eine Halbinsel unter sich vorbeiziehen und zog mehrere Kreise über das Wasser, um noch etwas Höhe zu gewinnen und sich satt zu sehen. Dann klinkte er den Schirm aus.

Im freien Fall sah er, wie sich die Wolken, in die er immer so gerne geschaut hatte, in der Wasseroberfläche spiegelten.

Der Umschlag

Bestatter Sörensen verließ als Erster die Kapelle des Domfriedhofs. Er trug die nachtblaue Urne mit beiden Händen vor sich her, als er gemessenen Schrittes durch den Nieselregen in Richtung der Begräbnisstätte ging. Ihm folgten zwei weitere Mitarbeiter des Bestattungsinstituts, dann der Pastor, der die kurze Trauerfeier abgehalten hatte. Karls Eltern und seine Schwester gingen an der Spitze der Trauergemeinde, Ingrid und Rosa hatten sich bei Heinz eingehakt. Eine Reihe hinter ihnen gingen Momo und Björn, dann kamen die anderen Trauergäste.

»Vereint im Himmelreich, die Engel und der ewige Frieden; dieses ganze Gesülze und besinnliche Getue ist nichts für mich und wäre auch nicht in Karls Sinne gewesen«, schimpfte Heinz vor sich hin.

»Nicht so laut, Papa«, zischte Rosa und machte eine Kopfbewegung in Richtung des Geistlichen.

»Bei meiner Beerdigung muss das anders werden!«

»Du hast bestimmt noch viele Jahre, dich darum zu kümmern.« Ingrid tätschelte abwesend den Arm ihres Mannes.

Als sie an der Grabstelle ankamen, setzte Sörensen die Urne vor dem ausgehobenen Loch ab. Die Trauergäste stellten sich im Halbkreis auf, keiner sprach ein Wort. Der Pastor trat an die Begräbnisstelle und sagte: »Erde zu Erde, Asche zu Asche, Staub zu Staub.« Er verweilte einen Moment, trat dann zurück und stellte sich an die Seite. Nachdem der Bestatter ein Tau an der Urne befestigt hatte, hob er sie an, machte einen Schritt auf das Grab zu und senkte die Urne in das Loch. Anschließend holte er einen Kübel mit roten und weißen Rosen unter einem kleinen Klapptisch hervor und hob ihn auf den Tisch. Seine beiden Mitarbeiter stellten sich zu beiden Seiten der Grabstelle auf und blickten zu Boden, beide Hände aufeinander an den Bauch gelegt. Nach einigen Sekunden nahm Karls Mutter ihren Mann an die Hand und löste sich mit ihm aus der Reihe. Sie traten erst an den Tisch, Ingrid ergriff eine rote Rose und gab sie Heinz, sich selber nahm sie eine weiße. Gemeinsam machten sie die paar Schritte bis vor das Loch und ließen ihre Rosen hineinfallen. Heinz machte schon den Ansatz, sich umzudrehen, aber Ingrid verstärkte ihren Händedruck und hielt ihn an ihrer Seite. So schauten sie noch eine Weile in das Loch, bis Karls Vater sich räusperte und sie sich schließlich vom Grab lösten. Rosa ging als Nächste, sie zog energisch gleich drei Blumen aus dem Kübel, trat forsch nach vorne und warf sie, als ob sie Dartpfeile in der Hand hielt, mit dem Stiel voran Richtung Urne. Auf dem kurzen Weg zurück zu ihren Eltern liefen ihr Tränen die Wangen hinunter. Björn trat zunächst nur einen Schritt aus der Reihe der Trauergäste vor. Er griff in seine Jackentasche und holte einen Tennisball heraus. Er streckte seinen Arm nach unten, holte von hinten aus und warf den Ball in das Erdloch. Ein leicht metallisch klingendes Geräusch war zu hören, als der Tennisball die Urne traf. Der Pastor schaute missbilligend, Momo lächelte. Björn hob beide Arme etwas an, in der Erwartung, dass der Ball zurückgeflogen käme. Als das nicht geschah, ging er auf das Grab zu und schaute mit einem bedauernden Gesichtsausdruck hinein.

Nach und nach schritten die anderen Trauergäste heran, einige Nachbarn der Brodersens, Ludger und Patricia, Tanja und Middelhoff, die getrennt angereist waren, selbst Sylvia war gekommen. Seine alten WG-Mitbewohner Rita und Lulu waren da, auch Björns ehemalige Freundin Bine und Eva, die am Grab ein knallrotes Stoffknäuel aus ihrer Hosentasche zog, es kurz an ihre Nase hielt und dann mit einem Seufzer in das Loch fallen ließ. Einer von Sörensens Mitarbeitern neigte kurz den Kopf und schielte nach unten. Als er den Slip sah, umspielte ein Lächeln seinen Mund, dann hatte er sich wieder im Griff. Als Letzte kam Momo, die zunächst ihren Anorak auszog, ihn dem verdutzten Björn zum Halten gab und sich dann am Grab ihren Pullover über den Kopf zog. Er war einer von ihren neuen selbstgestrickten, schwarz, mit einem gelben, lachenden Smiley auf der einen und einem traurigen auf der anderen Seite. Sie kniete sich an den Rand des Lochs und umhüllte die Urne mit dem Pullover.

Der Pastor gab Karls Eltern und Rosa die Hand und ging zurück in Richtung Kapelle.

»Wie ihr ja alle wisst, treffen sich diejenigen, die möchten und die Zeit haben, um dreizehn Uhr im Missunder Fährhaus. Wer noch eine Mitfahrgelegenheit braucht, wende sich bitte an mich«, sagte Rosa. »Vielen Dank, dass ihr gekommen seid!«

Das Fährhaus Missunde gab es laut Geschichtsbüchern schon seit mehr als fünfhundert Jahren. Mittlerweile war es eine Ausflugsgaststätte der etwas gehobeneren Art, ein großer weißgetünchter Backsteinbau. »Das ist nicht unsere Preisklasse und nicht unser Stil«, hatte Rosa als Antwort auf ihren Vorschlag von ihrem Vater zu hören bekommen. »Aber Karl war immer so gerne an der Schlei«, hatte Rosas Mutter gemeint, und als sich Rosa bereit erklärt hatte, die Bewirtungskosten zu übernehmen, hatte Heinz schließlich widerstrebend zugestimmt.

Sie hatten einen separaten Raum im Anbau der Gaststätte für sich, mit direktem Zugang zur Terrasse, die einen sehr schönen Blick auf die einen Steinwurf entfernte Schlei bot. Der Regen hatte aufgehört, der Himmel begann von Westen her aufzuklaren.

Nachdem alle eingetroffen waren, ging eine Kellnerin mit einem Tablett herum und reichte jedem einen Aquavit. »Nich lang snacken«, rief Björn und kippte sich den Schnaps in den Hals. Die Tische waren zu einer langen Tafel zusammengeschoben, nach und nach nahmen alle Platz. Kurz nachdem die Getränkebestellungen entgegengenommen waren, wurde auch schon eine klare Rindfleischbrühe in kleinen Terrinen gereicht und größtenteils schweigend gelöffelt.

»Also, ik will ju mol en Stremel vun de lütte Karl vertelln«, meinte Margarete Steenhusen in die sich anschließende Stille, wischte sich zunächst aber den Mund mit der Serviette ab. »Dor weer de Butjer villicht so veer orer fief Johr old. De Ieswaag, de fröher in de Sommer eenmol in de Week vörbikeem, hölt bi uns in de Königsberger, de Iesmann bimmelt. Ik kam jüst von de Arbeit nahuus un seh Karl na de Waag henlopen. Mit groot Verlangen kickt he op de Iessmaschin. Geld hett he nich dorbi, also spendeer ik em en lütte Soft-Ies, halv Vanille, halv Erdbeer. Oordig bedankt he sik, probeert aver nich, kickt sik dat blots an. Nu man ran, segg ik, denn langsam fangt dat Ies an de Waffel rünnertolopen. Karl aver schüttelt de Kopp. Ik kann nich, seggt he, un fangt meist an to wenen. Woso dat nich, fraag ik. Dor antert de Jung ganz eernsthaftig, dat süht doch so fein ut.«

In das Lachen der anderen fragte Karls Mutter: »Die Geschichte kenn ich noch gar nicht. Geht sie noch weiter?«

»Ik heff mi dat Lachen verknepen un heff em seggt, dat dat noch hübscher warrt, wenn he doran lickt. Dat hett he dann ok maakt, mit de Tung dat Rote und dat Witte vermengeleert un al Oogenblick keek he aver sien Kunstwark an.«

»He weer al ümmer en beten afsünnerlich«, kommentierte Frau Steenhusens Mann Arthur.

Die Kellnerin machte mit der eisgekühlten Schnapsflasche die Runde um den Tisch und schenkte nach.

Björn stand auf und hob sein Glas. »Karl ist mit 27 gestorben, genau wie Jimi Hendrix.«

»Brian Jones«, rief Middelhoff und erhob sich ebenfalls.

»Jim Morrison«, sagte Sylvia seufzend beim Aufstehen.

»Nicht zu vergessen: Janis Joplin«, ergänzte Momo.

»Aber Karl hatte nichts Selbstzerstörerisches wie diese Rockstars, er wollte doch nicht sterben«, sagte Karls Mutter, als sich alle wieder gesetzt hatten. »Er hat zwar manchmal riskante Sachen gemacht, aber er hatte solch eine Lebensfreude.«

»Mama, er hat sich umgebracht!«, entgegnete Rosa.

»Das ist nicht sicher! Er hat doch nicht mal einen Abschiedsbrief hinterlassen. Und außerdem, warum hätte er das tun sollen?« Ingrid warf einen unsicheren Seitenblick auf Momo.

»Weil er haltlos war«, sagte Karls Vater energisch. »Weil er schon lange kein richtiges Zuhause mehr hatte. Und weil er in dubiose Geschäfte verwickelt war. Er hatte sich nicht mehr im Griff, war unbeherrscht und planlos.«

Patricia Buttgereit schaltete sich ein: »Könnte es nicht ein Unfall gewesen sein? Materialschaden? So etwas kommt doch vor.«

»Die Fakten sprechen eine andere Sprache«, antwortete Rosa hitzig. »Die Polizei sagt, der Gleitschirm sei völlig intakt gewesen. Und ein Augenzeuge soll berichtet haben, dass Karl zunächst ganz ruhig über dem See gekreist und dann plötzlich wie ein Stein ins Wasser gefallen sei.«

»Als ich ihn zuletzt gesehen habe, hat er mir von starken Kopfschmerzen erzählt«, warf Björn ein, »vielleicht hatte er eine Art Anfall.«

»Ich möchte euch etwas zeigen«, sagte Tanja. Sie stand auf, ging zur Garderobe und holte etwas aus ihrer Reisetasche. Alle Augen waren auf sie gerichtet, als sie wieder Platz nahm und eine großformatige Mappe vor sich auf den Tisch legte. Sie öffnete die Mappe und hielt ein großes, schwarz-weißes Portraitfoto von Karl hoch. Auf dem Foto war nur sein Kopf zu sehen, er blickte knapp an der Kamera vorbei, sein Gesichtsausdruck war weder fröhlich noch traurig, aber von großer Intensität. Er schien in die Ferne zu schauen, sein Blick war nicht fokussiert. Seine Augen leuchteten, gleichzeitig schien sich etwas Melancholisches in ihnen auszudrücken. Er nahm Abschied. Ingrid, Rosa und Momo fingen augenblicklich an zu weinen. »Karl hat mich am Tag vor seinem Tod in Kassel besucht und mich gebeten, dieses Foto von ihm zu machen. Als ich ihn fragte, warum, hat er mir erzählt, dass er einen inoperablen Hirntumor und nur noch wenige Monate zu leben habe. Ich dachte, ihr wüsstet davon.« Sie legte das Foto auf den Tisch und blickte in die Runde. »Karl war ein Freigeist und er hat den Freitod gewählt.«

Ingrid schluchzte und griff nach der Hand ihres Mannes. Björn schob seinen Stuhl nach hinten, stand auf, verließ den Raum, kehrte kurz darauf mit einer vollen Flasche Bommerlunder zurück, ging um den Tisch und schenkte jedem ein.

»Manchmal kann man gar nicht genug saufen«, sagte Ludger und prostete den anderen zu.

»Karl hat nie getrunken«, gab Bine zu bedenken.

»Fast nie«, meinte Björn und dachte mit Wehmut an ihr Besäufnis in Mexiko.

Im Anschluss ans Essen zerstreute sich die Trauergesellschaft für eine Weile. Einige statteten der Toilette einen Besuch ab, andere begaben sich auf die Terrasse, die Steenhusens wollten sich vor der Tür etwas die Beine vertreten und erhielten Gesellschaft von den Buttgereits, Middelhoff hatte ein Telefonat zu führen. Nur Tanja und Karls Eltern blieben am Tisch sitzen. Während Ingrid das Foto zu sich heranzog, sprach Heinz Tanja an: »Heißt ein Freigeist sein, an nichts und niemandem zu hängen? Dass einem alles egal ist, dass einem die anderen egal sind?«

Tanja schüttelte den Kopf. »Ich hatte nie den Eindruck, dass Karl alles egal war, und er hat sehr an euch gehangen, seiner Familie und seinen Freunden. Ich hatte den Eindruck, dass er unendlich traurig war, uns verlassen zu müssen, aber auch, dass er darauf gespannt war, was kommen würde.«

»Mit Leid konnte er noch nie umgehen«, sagte Rosa, die gerade zurückgekehrt war.

»Wie meinst du das«, fragte ihre Mutter und blickte von dem Foto auf.

»Ach nichts.«

Auf der Terrasse standen Björn und Bine am Geländer und blickten auf das Wasser. Die Missunder Fähre tuckerte gerade auf die andere Schleiseite zu und wurde von der Sonne, die zwischen den Wolken hervorschaute, beschienen. »Säufst du eigentlich wegen Karl so viel oder wegen mir?«, fragte Bine und deutete auf das Bierglas in Björns Hand. Der blickte auch auf das Glas, dachte nach und sagte dann: »Nein, es ist wegen etwas viel Wichtigerem: Die Umfragewerte der SPD sind um einen halben Prozentpunkt gefallen.« Björn griff mit seiner freien Hand gegen ihren Oberarm und drückte ihn kurz. »Aber mach dir keine Sorgen, alles wird schon wieder gut werden.« Dann ging er.

In der Zwischenzeit war der Tisch für das Kaffeetrinken mit typisch norddeutschem Geschirr eingedeckt worden, weiße Teller und Tassen mit blauen, maritimen Motiven darauf. Mehrere Platten mit Butterkuchen und Mohnstriezel, dazu Kaffee- und Teekannen waren über die Länge der

Tafel verteilt. Als alle wieder Platz genommen hatten und gerade dabei waren, sich Kuchen zu nehmen und Getränke einzuschenken, öffnete sich die Tür. Morten Hecklund, eingehakt bei seiner Frau Britta, machte ein paar vorsichtige Schritte in den Raum. Er schaute in die Gesichter der Anwesenden, die wiederum alle ihn anstarrten. »Entschuldigen Sie bitte unser unangemeldetes Erscheinen, aber wir haben das große Bedürfnis, den Hinterbliebenen von Karl die Ehre zu erweisen.«

Sylvia Weitkamp stand auf. »Morten, welch Überraschung! Kommen Sie.« Sie warf Karls Eltern einen fragenden Blick zu, die beide ein Nicken andeuteten. »Nehmen Sie Platz.« Hecklund, noch wackelig auf den Beinen, ging jedoch zunächst zu Karls Eltern. »Ich möchte Ihnen, wir«, korrigierte er sich, »möchten Ihnen unser herzliches Beileid aussprechen. Wir sind tief berührt von Karls Tod und trauern mit Ihnen.« Er gab beiden die Hand, seine Frau umarmte erst Ingrid und dann Karls Vater, der perplex wirkte. »Vielen Dank, dass Sie gekommen sind«, sagte Ingrid und bat, sich mit Kaffee und Kuchen zu bedienen.

Nachdem sich die allgemeine Verblüffung gelegt hatte, wurde beherzt beim Kuchen zugegriffen, Kaffeeduft füllte den Raum. Einige schielten zu Hecklund und seiner Frau herüber, auch Karls Eltern. Als Hecklund deren Blicke registrierte, wandte er ihnen sein Gesicht zu. »Ich kannte ihn ja kaum, aber ich glaube, ihr Sohn war ein großartiger Mensch, so vielfältig talentiert, selbstbewusst und doch bescheiden, dynamisch und gleichzeitig respektvoll. Ich habe mich in den letzten Tagen gefragt, wie sein weiteres Leben wohl verlaufen wäre.«

»Er wäre an seinem beschissenen Tumor verreckt«, meinte Rosa und bekam dafür einen bösen Blick ihrer Mutter zugeworfen.

Britta Hecklund hielt sich vor Schreck eine Hand vor den Mund. »Oh, das wussten wir nicht.«

Björn schnappte sich die Schnapsflasche und schenkte allen, die noch wollten, nach. »Aber mal angenommen, er hätte nicht diesen Tumor gehabt, was hätte er dann wohl gemacht?«, fragte er mit dezent lallender Stimme. Er blickte alle nacheinander an. Manche zuckten mit den Schultern, andere kratzten sich am Ohr oder an der Nase. Schließlich meinte Middelhoff: »Er hätte uns überrascht. Mich jedenfalls hat er ständig überrascht, meistens positiv.«

»Ja, er war unberechenbar und wäre es wahrscheinlich geblieben«, meinte Rosa.

»Überraschung ist das Stichwort.« Hecklund griff mit einer Hand in die Innentasche seines Mantels, holte einen dicken Briefumschlag hervor und ließ den Umschlag auf den Tisch fallen. »Was soll hiermit geschehen?«

»Was ist da drin?«, fragte Ingrid vorsichtig.

»Fünfundsechzigtausend Mark.«

Es wurde sehr still im Raum. Einige hielten die Luft an.

»Woher? Wofür?«, fragte Karls Vater misstrauisch.

»Es ist Karls Geld. Für diesen Preis habe ich ein Bild von ihm gekauft, bloß hat er den Scheck nie eingelöst.«

»Der Garcia Hernandez«, rief Sylvia.

»Genau.« Hecklund wandte sich Karls Eltern zu. »Ich vermute mal, sie sind die gesetzlichen Erben, falls Karl kein anderslautendes Testament hinterlassen hat.« Er schob den Umschlag in Richtung der beiden.

»Ich will das Geld nicht haben«, meinte Heinz Brodersen entschieden, verschränkte die Arme vor der Brust und schaute auf den Tisch. Keiner sagte etwas. Als Heinz aufblickte, sah er, dass alle Augen auf ihn gerichtet waren. »Was?« Wieder sagte keiner etwas. Schließlich griff er sich den Umschlag und legte ihn zwischen Ingrids und Momos Platz wieder ab. »Dann macht ihr eben euren Laden. Aber ich werde nicht anfangen, Grünkern zu futtern und selbstgestrickte Pullis zu tragen. Ich gehe pissen.«

»Männer!«, seufzte Ingrid.

»Gönner!«, meinte Tanja trocken.

Die Frauen am Tisch fingen an zu kichern und prosteten sich zu. Die Männer schauten sich fragend und achselzuckend an.

Steenhusen zupfte am Ärmel der Bluse seiner Frau, kurz darauf verabschiedete sich das Ehepaar. Heinz Brodersen setzte sich nach seiner Rückkehr von der Toilette zu Hecklund.

»Butter bei die Fische, Herr Hecklund! Ist das Bild nun echt oder hat mein Sohn es gefälscht?«

Der lachte und antwortete: »Ich weiß es nicht und muss es auch nicht wissen. Es ist mir egal, weil es ein wunderschönes Bild ist.«

Middelhoff, der das Gespräch mitgehört hatte, räusperte sich und zog damit die Blicke auf sich. »Ich stimme Ihnen zu, es ist ein großartiges Bild, aber es ist definitiv kein Garcia Hernandez. Es ist ein Brodersen.«

»Woher willst du das wissen?«, schaltete Sylvia Heitkamp sich ein.

»Ich habe es sofort gesehen, mich führt man nicht so leicht hinters Licht.« Er machte eine Kunstpause. »Die Ameisen.«

»Die Ameisen?«

»Karl hatte während seiner Kasseler Zeit schon mal ein Bild mit Ameisen gemalt. Mit genau diesen.«

»Das hättest du mir sagen müssen!«

»Mittlerweile«, sagte Hecklund, »gefällt mir die Vorstellung, dass Karl das Bild gemalt hat, viel besser.«

Karls Vater schüttelte den Kopf und gab Björn ein Zeichen, dass er noch einen Schnaps wolle.

Björn ging, nachdem er Heinz eingeschenkt hatte, mit der Flasche in der Hand auf die Terrasse. Er schwankte auf Tanja, Britta und Momo zu, die in einer Ecke standen, rauchten und sich über Tanjas Fotoarbeiten unterhielten. »Seit wann rauchst du?«, fragte er Momo und nahm ihr die Zigarette aus dem Mund, um selber an ihr zu ziehen. Dann schaute er die drei nacheinander aus seinen glasigen Augen an. »Gleich drei davon – was ich euch schon lange mal fragen wollte: Was genau fandet ihr Frauen eigentlich so toll an Karl?« Er wackelte etwas hin und her.

Die Frauen blickten sich an. »Er war«, begann Tanja, stockte dann aber.

»Er«, ergänzte Momo.

»Genau«, bestätigte Britta.

»Hä?« Björn wischte sich über die Stirn.

»Er war er«, erläuterte ihm Momo ruhig.

»Klar«, sagte Björn und nahm einen Schluck aus der Flasche. »Stimmt.« Er torkelte Richtung Terrassentür, machte dann aber einen Rückwärtsschwenk, gab Momo die Zigarette zurück und fragte: »Mit welcher Seite hast du den Pullover auf die Urne gelegt?«

»Wie hättest du es gemacht?«

Björn setzte die Flasche an den Mund, trank dann aber nicht, setzte wieder ab, wiegte den Kopf erst nach links, dann nach rechts. »Eigentlich egal.«

»Genau.«

Ingrid sagte in die bereits aufkommende Aufbruchstimmung: »Wartet bitte. Ich möchte euch noch etwas vorlesen.« Sie ging zur Terrassentür, um die draußen Stehenden hineinzubitten. »Vorgestern ist mit einem Kurierdienst ein Brief aus Mexiko gekommen.« Sie öffnete das Kuvert und zog einen handgeschriebenen Bogen Papier heraus. »Er ist von Pete, dem Besitzer des Strandhotels, in dem Karl längere Zeit gearbeitet hat.« Ingrid räusperte sich und legte ein Taschentuch bereit, dann begann sie vorzulesen.

»Liebe Familie und Freunde von Karl, mit großer Bestürzung haben wir die Nachricht von Karls plötzlichem Tod aufgenommen. Wir können es immer noch nicht fassen und sind unendlich traurig! Karl war einer der warmherzigsten und großzügigsten Menschen, den wir je kennengelernt haben. Er war allen gegenüber, egal ob unseren Gästen oder seinen Kollegen, nicht nur freundlich zugewandt, sondern auch mitfühlend, Anteil nehmend. Er hatte nicht nur die vielleicht typischen deutschen Tugenden der Pünktlichkeit und Zuverlässigkeit und konnte hart arbeiten, sondern er war auch bescheiden und zurückhaltend. Nicht zuletzt hat er uns mit seinem Humor oft zum Lachen gebracht und mit seinem Gitarrenspiel unterhalten.« An dieser Stelle lieh Heinz sich das Taschentuch seiner Frau, Ingrid nahm einen Schluck von ihrem Mineralwasser. »Wir alle vom Team des El Paraiso vermissen Karl, der hier wahlweise Carlos, Charly oder auch einfach El Aleman genannt wurde, schon jetzt und werden ihn nicht vergessen. Karl hat Spuren bei jedem Einzelnen von uns hinterlassen, gute, wertvolle, bleibende Spuren. Ihr Einverständnis vorausgesetzt möchten wir eines unserer Gebäude nach ihm benennen. Seien Sie versichert, dass Karl einen festen Platz in unseren Herzen behalten wird! Wir wünschen Ihnen allen alles Gute und würden uns sehr freuen, wenn der Kontakt zwischen Ihnen und uns auf die eine oder andere Art erhalten bliebe.« Ingrid schniefte und legte das Blatt auf den Tisch. »Unterschrieben ist der Brief von Pete Hinterseer, Maria und Jorge Gonzales und Rosa Garcia Hernandez. Es kommen dann noch mehrere Nachträge. Der eine lautet: Maria hat darauf bestanden, dass ich nachfrage, ob Karls Tod nicht vielleicht im Zusammenhang mit einer Unter- oder Mangelernährung zusammenhängen könnte. Das meint sie ernster, als Sie es nehmen müssen. Dann kommt: Jorge fragt an, ob er vielleicht eine Brieffreundschaft mit dem Freund von Karl, der

Rechtsanwalt ist, beginnen könne. Er möchte später auch Anwalt werden und anderen Menschen helfen.« Ingrid schaute zu Björn hinüber, der an eine Wand gelehnt immer noch die Schnapsflasche in der Hand hatte, diese kurz hochhob und nickte. »Der letzte Nachtrag lautet: Rosa und Maria bedanken sich herzlich für Karls erneute großzügige Überweisung, die wenige Tage vor seinem Tod eingetroffen ist. Sie werden das Geld für Jorges weitere Ausbildung und Rosas Medikamente verwenden, bitten aber, von weiteren Spenden abzusehen.«

Ingrid seufzte, lehnte sich auf ihrem Stuhl zurück und schloss für einige Momente die Augen, Heinz schüttelte bedächtig den Kopf.

»Kann es einen schöneren Abschluss für eine Trauerfeier geben?«, meinte Morten Hecklund. »Danke, dass wir Teil davon sein konnten.« Er und seine Frau verabschiedeten sich. Auch die übrigen Gäste machten sich für die Heimfahrt bereit. Rosa ging die Rechnung bezahlen, Björn übergab sich auf der Toilette. Tanja erteilte Middelhoff eine Abfuhr, als der eine gemeinsame Übernachtung im Hamburger Atlantic vorschlug. Bine checkte ihren Terminkalender. Rita rief ihren Freund im ehemals besetzten und mittlerweile legalisierten Haus in Berlin an. Sylvia fragte sich, als sie in ihrer Handtasche nach den Autoschlüsseln kramte und schon mal vorsorglich ein Aspirin nahm, ob sie eigentlich noch guten Gewissens selber fahren könne. Patricia und Ludger, die den kürzesten Heimweg hatten – ihr Haus lag schräg gegenüber auf der anderen Seite der Schlei –, redeten noch ein paar Worte mit dem Pächterehepaar des Fährhauses, das sie persönlich kannten. Heinz trat auf die Terrasse, um etwas frische Luft zu tanken und schaute nachdenklich in den Abendhimmel, während Momo und Ingrid Geschirr zusammenräumten.

Das Sorgenpüppchen II
Epilog

»Wo soll es eigentlich hingehen?«, fragte Momo, als Ingrid sie mit ihrem Moped abholen kam.

»Ausflug. Überraschung.« Ingrid hielt Momo einen großen, grauen Stoffrucksack und einen Helm hin. »Den musst du nehmen. Und den musst du aufsetzen.« Sie selber trug wie immer Lederkappe und Fliegerbrille.

»Puh, ist der schwer«, meinte Momo, als sie den Rucksack schulterte. »Was ist da drin?«

Ingrid antwortete nicht, schwang sich auf das Moped, drehte den Schlüssel und trat auf den Kickstarter. Momo setzte sich hinter sie und legte ihre Arme an Ingrids Seiten.

Fast zwei Stunden brauchten sie mit dem altersschwachen Fahrzeug, bis sie in Maasholm ankamen und gerade noch rechtzeitig zur Abfahrt des Ausflugsdampfers *Stadt Kappeln* den Hafen erreichten.

»Schleimünde?«, sagte Momo, »da war ich lange nicht mehr.«

Es war ein zwar kühler, aber sonniger Herbsttag. Die beiden Frauen setzten sich in eine windgeschützte Ecke auf dem Deck des Schiffes und schauten übers Wasser. Die Blätter der Laubbäume an beiden Seiten der Schlei hatten begonnen sich zu verfärben, das Uferschilf wiegte sich im Wind, Enten, Schwäne und Blesshühner zogen ihre Bahnen, Möwen kreisten und kreischten über ihnen, aus den Außenlautsprechern des Dampfers erklang gedämpft

Sailing von Rod Stewart. Momo lehnte sich an Ingrids Schulter, beide schlossen die Augen und genossen die Sonnenstrahlen auf ihren Gesichtern.

Außer ihnen waren nicht viele Ausflügler an Bord, und als sie in Schleimünde anlegten, zog es die meisten entweder Richtung Naturschutzgebiet oder zur Gaststätte *Giftbude*. Ingrid und Momo gingen zum Leuchtturm mit den grünen und weißen Streifen und setzten sich auf die Kaimauer.

»Gib mal den Rucksack«, bat Ingrid nach einigen Minuten. Sie öffnete ihn und zog eine sehr große Tupperdose hervor.

»Picknick?«, fragte Momo. »Da passen aber einige Stullen rein.«

Ingrid schüttelte den Kopf und forderte Momo mit einer Handbewegung auf, die Dose zu öffnen.

Momo hievte sie sich auf den Schoß und hob die Deckellasche mit einem Daumen hoch. Eine Windböe wirbelte weißlich-grauen Staub in ihr Gesicht, so dass sie den Deckel schnell wieder schloss. Sie schaute Ingrid fragend an, aber eigentlich kannte sie die Antwort schon.

Momo hielt Ingrid die Hand hin und beide sprangen gemeinsam von der Mauer auf die großen Steine, die zur Wasserkante führten. Dort zogen sie den Deckel ab, griffen abwechselnd mit beiden Händen in die Dose, warfen die Asche in die Luft und beobachteten, wie der Wind sie durcheinanderwirbelte und auf die Ostsee trieb. Als die Dose fast leer war, steckte Momo sich einen Finger in den Mund, tauchte ihn in die Aschereste und leckte ihn ab, dann schüttete sie den Rest aus.

Der Ausflugsdampfer tutete als Zeichen, dass die Rückfahrt bevorstand. Die beiden gingen Hand in Hand auf dem Damm zur Anlegestelle zurück. Einige Meter vor ihnen hüpfte ein Spatz auf der Suche nach Futter. Ingrid griff in die Tasche ihres Parkas.

»Das wollte ich dir noch geben.« Sie reichte Momo das Sorgenpüppchen, das Momo vor Jahren Karl auf seine Reise nach Mexiko mitgegeben hatte. »Das war bei den Sachen, die man bei Karl gefunden hat.«

Momo nahm die kleine Puppe in die Hand, schaute sie länger an, rieb sie dann sachte über ihre Wange und steckte sie schließlich unter ihrer Jacke in die Brusttasche ihres Flanellhemdes. Sie drehte sich zu Ingrid. »Ich habe übrigens einen Anruf erhalten, die Regale werden übermorgen geliefert.«

Abschließende Anmerkungen und Dank

Die Geschichte habe ich in Erinnerung an meinen Jugendfreund Andreas geschrieben, der eine Art Blaupause für meinen Protagonisten Karl gewesen ist, und an meinen ehemaligen Spielkollegen Tom, bei dessen Beisetzung die ersten Ideen zu diesem Buch in mir zu reifen begannen.

Behalte den Spatzen im Auge ist die deutsche Übersetzung des Songtitels *Keep your eye on the sparrow (Baretta's theme)*, der die Erkennungsmelodie der US-amerikanischen Krimiserie Baretta (1975–1978) war. Am bekanntesten ist die von Sammy Davis Jr. gesungene Version. Keep your eye on the sparrow ist ein Slangausdruck und bedeutet in etwa: Konzentriere dich auf das Wesentliche, lass dich nicht ablenken.

Beim Schreiben dieses Buches haben mich viele Menschen unterstützt. Uli Kroll, einer der Pioniere des Drachenfliegens in Deutschland, hat mir sachkundige und humorvolle Auskünfte zum Drachenfliegen gegeben und mir mit einer Führung in das Radom auf der Wasserkuppe ein eindrucksvolles Erlebnis ermöglicht. Die plattdeutschen Passagen wurden kenntnisreich von Inge Brix überarbeitet. Hilfreiche Anregungen hinsichtlich der Atmosphäre an der Kasseler Hochschule für bildende Künste in den 1980er Jahren habe ich Mona Yahia zu verdanken. Anne Müller-Lottes hat mich bezüglich Bildbeschreibungen und Maltechniken beraten. Die Rückmeldungen meiner TestleserInnen Susanne Ahrendts, Sönke Cordeiro, Christiane Goebel, Helmut Lottes, Monika Schönig, Irene Schweizer und Helmut Wetzel waren für mich sehr hilfreich. Silke Strupat hat das Manuskript mit kritischer und empathischer Klarheit lektoriert. Die ansprechende Form und Gestaltung des Buches ist das Werk von Christina Eiling. Meine Frau Caroline Cordeiro hat mir ihre medizinische und psychologische Kompetenz zur Verfügung gestellt, vor allem aber den jahrelangen Prozess der Arbeit an diesem Buch fürsorglich und liebevoll begleitet.

Allen möchte ich für ihre Beiträge von Herzen danken!

Kaufungen, Februar 2020

Sven Borstelmann